de Bibliotheek
Breda

Prinsenbeek

D1351069

GESTOLEN TIJD

José Vriens

Gestolen tijd

Uitgeverij Zomer & Keuning

ISBN 9789401904933
ISBN e-book 9789401904940
ISBN GL 9789401904957
NUR 340

© 2015 Uitgeverij Zomer & Keuning
Postbus 13288, 3507 LG Utrecht

Omslagontwerp Julie Bergen, Riverside Studio
Omslagfoto istockphoto.com / UygarGeographic

www.zomerenkeuning.nl
www.josevriens.nl

Alle rechten voorbehouden

HOOFDSTUK 1

De regen sloeg in grote druppels tegen de ramen. Wat zacht aarzelend was begonnen, leek nu een stroom waaraan geen einde kwam. Het water dat van de ramen gleed, vertroebelde het zicht naar buiten. De lucht erachter was donker en zwaar. Een dreigende wolkenmassa kwam in rap tempo voorbij. Deze regen was slechts het begin van wat hun nog te wachten stond. Er werd een storm voorspeld, code oranje was afgegeven.

Zelfs door het dichte raam hoorde Bertie de storm naderen, het geloei en gehuil van de wind om de hoek van het huis. Dat was dan meteen het nadeel van hun vrijstaande huis; de wind had hier vrijspel.

Bertie huiverde en trok het dekbed nog iets dichter om zich heen. De verwarming stond aan en het was absoluut niet koud in de slaapkamer, toch zat er een kilte in haar botten die zich niet liet verjagen door alle warmte om haar heen.

In de kamer naast de hare klonken stemmen, onder andere van Stefanie, de kraamhulp. Ze was aan het schoonmaken en had daarnet stof afgenomen in deze slaapkamer. Het hoge stemmetje van Romi kwam overal bovenuit, al kon Bertie niet precies verstaan wat ze zei. Haar dochtertje van bijna twee vond het prachtig om de kraamhulp met alles te helpen; met het verzorgen van haar nieuwe broertje, en zelfs poetsen vond ze schitterend.

Waar was Ron eigenlijk? Hoorde hij op dit tijdstip niet thuis te zijn? Moest hij geen boodschappen doen? Hij was weggegaan om nog even wat te doen op de zaak, had hij een paar uur geleden gezegd. Met een uurtje zou hij terug zijn. Die uurtjes van hem duurden vaak langer dan zestig minuten, wist Bertie inmiddels.

Stefanie mocht geen boodschappen doen, zij was er voor moeder en kind, kinderen in dit geval. Dat wist Ron toch?

Jammer dat het nog even duurde voordat haar moeder zou komen. Ze had beloofd een paar dagen te komen helpen in het jonge gezin, maar zolang er een kraamhulp in huis was, had dat geen enkele zin, dan liepen ze elkaar alleen maar in de weg, volgens haar moeder.

Vanwege de boerderij die ze niet zomaar in de steek konden laten en de afstand – van Julianadorp naar Roosendaal was dik twee uur rijden – was het niet zo eenvoudig om even hierheen te komen en te helpen. Net na de bevalling waren haar ouders wel even geweest om het nieuwe kleinkind te bewonderen.

Via de babyfoon hoorde Bertie geluid in de babykamer. Was Romi daar bezig of werd de baby net wakker? Nu alweer, verzuchtte ze in gedachten. Het was toch nog geen voedingstijd? Bertie wist het niet meer zo precies wanneer ze de baby voor het laatst had gevoed. Ze was na de laatste voeding in slaap gesukkeld. Afgelopen nacht had ze niet veel geslapen. Hoewel ze niet veel meer hoefde te doen dan hier wat te liggen en de baby te voeden, was ze na drie dagen nog altijd hondsmoe van de bevalling.

Beerend was vannacht een paar keer wakker geworden en had zijn zusje met zijn gehuil ook wakker gemaakt. Ron had natuurlijk overal doorheen geslapen en werd pas wakker toen de beide kinderen bij hen in bed lagen; Beerend aan de borst en Romi tegen Ron aan.

'Je had me wakker moeten maken,' had hij verontwaardigd gereageerd. 'Dit hoef jij nu toch nog niet te doen.'

Net of ze niet had geprobeerd hem wakker te krijgen. Het had geen zin kwaad op hem te worden, hij sliep overal doorheen. Romi had hij ook nooit gehoord als ze 's nachts huilde, alleen in de eerste week vlak na haar geboorte, maar na een poosje was het nachtelijke gehuil kennelijk niet meer tot hem doorgedrongen.

'Maak me dan wakker, je hoeft niet alles alleen te doen,' zei hij in het begin 's morgens. Na een poosje was hij daarmee opgehouden.

Lotte, haar vriendin, durfde zelfs te beweren dat Ron zich slapende hield en haar het werk liet opknappen.

'Welnee, zo erg is het heus niet,' had Bertie haar man verdedigd. 'Hij is nog niet wakker te krijgen als je een kanon naast hem afschiet. Het heeft voor mij toch geen zin om te blijven liggen als ik dan al klaarwakker ben?' Zij had zich erbij neergelegd, het was niet anders. Ook al betekende het voor Bertie dat ze overdag gebroken was als de baby 's nachts een paar keer wakker was geweest. Gelukkig had ze nu nog tien weken kraamverlof. In die tijd was Romi door gaan slapen, hopelijk lukte dat ook met haar broertje.

'Zullen we Beerend naar mama brengen?' hoorde Bertie nu duidelijk de stem van de kraamhulp door de babyfoon.

'Ikke tage,' riep Romi.

'Je mag hem straks wel even vasthouden, als je op bed zit. Beerend is een beetje te zwaar voor jouw kleine armpjes,' leidde Stefanie dat in goede banen.

Hun stemmen klonken inmiddels op de overloop en al snel werd de deur opengegooid door Romi. Ze klom op bed.

'Ikke Bee-end vashouwe.' Romi ging in de kussens zitten tegen de achterwand van het bed, daarbij geen acht slaand op het feit dat ze haar moeder raakte met haar maaiende beentjes.

'Kijk een beetje uit, snoes,' mompelde Bertie. Ze duwde zich omhoog in de kussens. Kon ze nog even naar het toilet, vóór de voeding? Het geluid van een klagelijk huilende Beerend kwam dichterbij. Hm, zo te horen zat dat er niet meer in.

'Dag mama, hier is je zoontje weer. Hij heeft honger.' Stefanie kwam binnen met de baby in haar armen.

'Ik moet naar het toilet, kan dat nog even?'

'Vast wel. We houden die kleine jongen wel even bezig. Ga maar snel.'

Snel zou het echt niet gaan. Soms voelde ze zich een oud mens, zo traag als alles ging. Moeizaam schoof Bertie haar benen naar de rand van het bed. Ze kwam voorzichtig omhoog om de hechtingen te ontzien. Na de toiletgang moest er gespoeld worden, afdrogen, een nieuw verband en al dat gedoe om te voorkomen dat ze een infectie kreeg. Nodig, dat wist Bertie best, maar o zo vervelend als je haast had.

Terwijl ze in de badkamer bezig was, drong het klagende gehuil van de baby tot haar door. Het duurde Beerend veel te lang. Hoe moest dat straks als ze alleen was? Als de kraamhulp niet meer kwam? Haar moeder kwam dan nog wel een paar dagen helpen, maar daarna moest ze het echt zelf gaan doen. Daar zag ze nu al tegen op.

Ze slofte terug naar de slaapkamer. Romi had Beerend in haar armen, maar aan haar gezichtje was duidelijk te zien dat ze die huilende baby maar niks vond.

Stefanie had inmiddels het dekbed teruggeslagen en de kussens opgeschud, zodat Bertie de baby rechtop zittend kon voeden, met een kussen onder haar arm. Ze ging op bed zitten en schoof haar benen weer onder het dekbed. De kou van de overloop had haar onaangenaam verrast.

'Hier is je kleine man, mama.' Stefanie nam de baby van Romi over en legde hem in de armen van Bertie.

Even ging er een schok door Bertie heen en wilde ze haar armen wegtrekken.

Stefanie had die beweging kennelijk opgemerkt en keek haar onderzoekend aan. 'Alles goed?' vroeg ze op zachte toon. 'Heb je pijn of voel je je niet lekker?'

'Het is niks,' mompelde Bertie. Ze nam de baby over en legde hem aan. Het klagende huilen verstomde zodra hij haar tepel in zijn mondje nam.

Hoewel Bertie het heerlijk had gevonden dat ze Romi twee jaar geleden zelf kon voeden, had ze dat gevoel dit keer helemaal niet. Ze genoot er niet van. Het was haast vanzelfsprekend dat ze borstvoeding was gaan geven. Daar had ze eigenlijk niet eens aan getwijfeld en nog minder over nagedacht, maar nu ze een paar dagen verder waren, kwam die twijfel wel. Waarom moest zíj hem voeden? Op die manier kon ze deze taak nooit eens uit handen geven.

Bertie herinnerde zich nu weer hoe lastig het was geweest met Romi, toen ze na tien weken weer was gaan werken. Melk afkolven; flesjes klaarzetten in de koelkast om mee te nemen naar het kinderdagverblijf; het teveel invriezen voor een volgende voeding. Wat een gedoe was het geweest. Dat wilde ze niet nog een keer meemaken. Dan maar minder lang zelf voeden. Voordat de tien weken om waren, kon ze die borstvoeding best afbouwen, nam Bertie zich voor. Ze zou zich dit keer niet gek laten maken door iedereen die riep dat je een baby zo lang mogelijk zelf moest voeden, dat hij daarmee de beste start kreeg. Hele programma's werden er gewijd aan de voordelen van borstvoeding. Prima, maar waarom hoorde je nooit iets over de nadelen? Dan gaven die lui niet thuis, of ze deden het af met: het verstevigt de band tussen moeder en kind. Je moet er iets voor overhebben, het is maar zo'n korte tijd in een heel leven.

Fijn, maar vader mocht ook best een band opbouwen, en dan niet met haar afgekolfde melk. Dat gedoe iedere keer wilde ze niet meer, daar had ze echt geen zin in. Ze was toch geen koe, dacht ze opstandig.

Kennelijk voelde Beerend haar boosheid aan. Hij liet haar tepel los, keek haar met grote ogen aan en zette vervolgens een keel op.

Stefanie kwam op het gehuil af. 'Wat is er aan de hand? Wil het niet lukken?'

'Ik heb geen idee, hij liet opeens los,' mompelde Bertie met een licht schuldgevoel.

Stefanie nam de baby over van Bertie en legde hem tegen haar schouder aan. 'Misschien heeft hij te veel lucht ingeslikt.'

Romi, die al die tijd tevreden naar haar broertje had liggen kijken, klom van bed. 'Bee moet tinke.' Ze kwam niet veel later terug met haar beer en een poppenflesje, waarmee ze opnieuw op bed klom om de knuffelbeer eten te geven.

Op het moment dat Stefanie naar huis ging, was Ron nog altijd niet terug van zijn werk. Waar bleef die man van haar nu toch? Was dat werk dan echt zo veel belangrijker dan zijn gezin? Had hij niet in de gaten dat zijn vrouw nog lang niet fit genoeg was om alles alleen te doen?

Bertie wond zich erover op. Ze had hem al een paar keer gebeld en steeds had hij gezegd dat hij er zo aankwam. Dat 'zo' duurde nu al uren. Inmiddels was ze naar beneden gegaan omdat Romi en zij toch iets moesten eten. Stefanie had een maaltijd voor hen gekookt die ze alleen maar op hoefde te warmen, maar daarna kwam het op haar neer. Romi moest gewassen worden en naar bed gebracht, vervolgens was het weer tijd voor de volgende voeding van Beerend.

Over het huishouden hoefde Bertie zich even niet druk te maken, maar wel over het feit dat Ron voor vanavond een paar vrienden had uitgenodigd. Bij Romi hadden ze een geboortefeest gegeven zodat op één middag alle kraamvisite tegelijk kwam. Niet steeds tussendoor mensen over de vloer, behalve dan haar ouders en Lotte, anders kreeg je helemaal geen rust. Dat had prima gewerkt. Zo'n feest zouden ze over een paar weken ook geven voor Beerend. Waarom Ron dan nu een vriend en zijn vrouw had gevraagd om te komen, begreep

Bertie niet helemaal. En dat ook nog zonder met haar te overleggen. Vanochtend had Ron haar verteld dat hij Conrad en Helga voor vanavond had uitgenodigd, een voetbalvriend met zijn vrouw.

Bertie had er absoluut geen zin in. Van een rustige avond met zijn tweetjes, wat zitten en vroeg naar bed gaan, kwam er dan niet van.

Het was niet dat ze een hekel aan Conrad en Helga had. Normaal vond ze het wel gezellig als zij kwamen, maar nu even niet. Begreep Ron dat dan niet? Moe als Bertie was, kon ze het echt niet opbrengen om een paar uur lang vrolijk en gezellig te doen. Bovendien was er zo goed als niets in huis. Misschien een paar biertjes en nog een zak chips die al een paar dagen open lag.

Midden in de nacht werd Bertie wakker van een stekende pijn in haar linkerborst. Ze had er vast te lang op gelegen en draaide zich voorzichtig om. Ook had ze het warm; niet normaal warm, maar koortsig warm. Zie je wel, die visite had haar gesloopt, ging het door haar heen.

Ze tastte naar de man die naast haar lag te slapen en duwde tegen zijn rug. 'Ron, word eens wakker.'

Een vaag gebrom was zijn reactie. Waarom werd die man niet gewoon wakker? Ieder ander zou vast schrikken van die duw, maar niet haar man. Opnieuw stootte Bertie hem aan en zei zijn naam nu iets harder en dwingender. 'Ron!'

Pas na vier keer porren en roepen, reageerde hij eindelijk. Ondertussen was ook Beerend wakker geworden.

'Wa-wat is er?' vroeg Ron nog half slapend.

'Beerend is wakker en ik voel me niet zo goed. Mijn borst doet zeer en volgens mij heb ik koorts. Voel eens aan mijn voorhoofd.' Bertie reikte naar het koordje dat achter het hoofdeind hing om een lampje aan te doen.

Meteen was Ron helderder. 'Koorts? Waarvan dan? Heb je borstontsteking?'

'Geen idee.' Bertie knoopte haar pyjamajasje open en zag meteen de boosdoener. Op haar linkerborst was een flinke rode plek ontstaan en hij voelde hard aan. Aanraking van de borst was in ieder geval behoorlijk pijnlijk.

'Dat ziet er niet best uit,' mompelde Ron. 'Hoe kom je daaraan?'

'Weet ik veel. Wat moet ik nu doen?' Iets dergelijks had Bertie nog niet eerder meegemaakt. Hoe moest ze dan weten wat ze moest doen?

'Ik zoek het wel even op.' Ron stond al naast het bed en schoot in zijn sloffen.

'Nee,' hield Bertie hem tegen, 'haal Beerend eerst. Hij moet een schone luier en eten hebben.'

'Met die borst? Kan dat wel? Is het niet gevaarlijk voor de baby?'

'Dat weet ik toch niet,' mompelde Bertie ontdaan. Tranen sprongen in haar ogen. Was zij een gevaar voor de baby? Er stond haar iets bij over borstontsteking, dat je extra moest voeden. Had het niet iets te maken met de melkklieren? 'Zoek het eerst maar op, maar wel snel.'

Ron knikte en haastte zich naar beneden. Ondertussen schoof Bertie het bed uit. Een druk op haar blaas leerde haar dat ze moest plassen. Ook dat nog, bovendien voelde ze zich niet erg zeker op haar benen staan. Met een hand tegen de muur om zichzelf te ondersteunen, strompelde ze meer dan ze liep naar de badkamer. Eerst plassen, dan de baby pakken. Ron wist tegen die tijd misschien al wat meer.

Duizelig en trillend van vermoeidheid deed ze wat ze moest doen, verzorgde zichzelf en stond moeizaam op van het toilet. De babykamer. Beerend was harder gaan huilen. Als Romi nu maar niet weer wakker werd. Het moest geen gewoonte worden dat ze met twee kinderen in bed lagen.

Staande bij het ledikant doemde meteen al het volgende probleem op. Daarnet had Bertie gemerkt dat het bewegen van haar linkerarm pijnlijk was voor haar borst, evenals het steunen erop. Hoe moest ze dan de baby optillen?

Waar bleef Ron nu toch? Hij moest Beerend maar uit zijn bedje tillen. Misschien kon ze hem in het ledikant verschonen, in ieder geval een poging doen. Tegen de tijd dat ze een luier en schoonmaakdoekjes had gepakt en in het ledikant had gelegd, kwam Ron al terug met de iPad in zijn hand.

'Ga jij maar terug naar bed, ik doe het wel. Als het borstontsteking is, moet je ervoor zorgen dat er geen stuwing in die borst ontstaat. Vaak aanleggen en goed leeg laten drinken, dat is belangrijk. Hier,' hij gaf haar de iPad, 'lees maar wat erover geschreven wordt.'

Bertie ging terug naar hun slaapkamer en liet zich voorzichtig weer op het bed zakken. Hechtingen die trokken, vermoeidheid die maar niet wilde wijken, nu weer borstontsteking. Wat kreeg ze nog meer te verwerken? De kraamtijd moest een prettige tijd zijn, waarin je kon genieten van je kindje terwijl anderen het werk om je heen deden en je verwenden. Dit was niet echt genieten.

Veel voeden, las ze op het kleine scherm. De symptomen klopten met wat ze voelde. Er waren zelfs medicijnen tegen. Die moest Ron morgen dan maar meteen gaan halen.

Haar man kwam terug met de baby in zijn armen en ging naast haar op bed zitten. 'Zal het gaan? Het voeden? Je moet eerst met de aangedane borst beginnen.'

Voorbereid op flink wat pijn legde Bertie het hummeltje aan. Het was niet bepaald een prettig gevoel, toch bracht het wat verlichting toen de druk op haar borst langzaam minder werd. Ze liet hem drinken zolang hij wilde voordat ze hem aan de andere borst aanlegde.

HOOFDSTUK 2

De vroedvrouw constateerde de volgende dag inderdaad een borstontsteking, maar vond het niet direct nodig om medicijnen voor te
schrijven. 'Ik wil het even aanzien. Het is beter dat de ontsteking
door vaker voeden overgaat. Je zegt zelf dat je de druk en de pijn dan
voelt afnemen. Door medicijnen wordt de melkgift vaak wat minder,
bovendien krijgt de baby die stoffen ook binnen. Zolang het geen
bacteriële infectie is, geef ik de voorkeur aan extra voeden en geen
medicijnen. Je mag wel een paracetamol tegen de pijn innemen als
het heel erg wordt. Als de koorts niet binnen twee dagen minder
wordt, gaan we over op medicatie.'

Bertie knikte gelaten. Ze wist dat het niet veel zin had ertegen in
te gaan.

Ron was kennelijk geschrokken door het gebeuren van de afgelopen nacht en bleef die dag thuis. Wel belde hij veelvuldig met collega's en klanten, maar hij was er in ieder geval en droeg zijn steentje
bij aan het gezin. Door de ontsteking en omdat ze vaker moest voeden, voelde Bertie zich aan het einde van de dag volledig opgebrand.
Ze had niet meer de fut om uit bed te komen en samen met Ron en
Romi te eten. Zelfs honger had ze niet eens.

'Je moet iets eten, liefje. Voor jezelf maar ook voor Beerend,' hield
Ron haar voor. 'Ik breng wel iets naar boven, als jij maar zorgt dat je
het opeet.'

Bertie knikte tam. Eten, dat was wel het laatste waaraan ze nu
wilde denken. Drinken ging er wel in, maar voedsel stond haar
tegen. Nog altijd was ze koortsig door de ontsteking en voelde ze
zich zo gammel als een oude fiets.

Nu Stefanie naar huis was en Ron samen met Romi beneden at,

werd het iets rustiger op de bovenverdieping en kon Bertie even toegeven aan de slaap.

Zo kwam het dat het eten nog onaangeroerd op het bord lag toen Ron weer bovenkwam. 'Bertie, je hebt niets gegeten.' Hij stond opeens naast haar met Beerend in zijn armen en keek haar met een strenge blik aan. 'Als je beter wilt worden, zul je toch iets moeten eten. Drink in ieder geval wat. Hier is Beerend, het is tijd voor zijn voeding. Ik breng zometeen nog een glas sap voor jou, dan kun je iets drinken tijdens het voeden.' Hij legde de baby in haar armen en liet haar weer alleen.

Opnieuw volgde het ritueel van aanleggen aan de linkerkant, het samenknijpen van haar ogen tegen die eerste pijn en het langzaam weg voelen ebben. Echt prettig was het voeden nog altijd niet. Bertie kon niet zeggen dat het beter ging. Het liefst stopte ze helemaal met het geven van borstvoeding, maar dat kon nu juist niet vanwege die ontsteking.

De baby zoog en slikte, zoog en slikte, zoog en slikte onverminderd door. Het vertederende gevoel bij het zien van het drinkende kleintje bleef zelfs uit. Bertie voelde zich helemaal leeg vanbinnen, alsof ze een holle pop was met slechts aan de buitenkant levend materiaal. Nog nooit eerder had ze zich zo gevoeld. Warm door de koorts, en toch koud. Vol vanwege de melk in haar borsten, en toch leeg.

Tot haar grote schrik bemerkte ze dat ze op dit moment zelfs niet eens gevoelens voor haar kindje had. Wat was ze voor moeder, als ze niet eens van haar zoontje hield? Haar ogen schoten vol met tranen van schaamte. Kwam het door de drukte om haar heen of door de borstontsteking dat ze zo reageerde, dat haar gevoelens zo waren afgevlakt?

Na de geboorte van Romi had ze iedere minuut van de tijd met de baby samen genoten. Ze had het liefst alles zelf gedaan en niet te veel aan anderen overgelaten, dat herinnerde Bertie zich nog goed. Wat was er dan nu met haar aan de hand? Waarom wilde ze niet een hele dag met haar kleine jongen samen zijn, van hem genieten en naar hem kijken hoe hij in slaap viel?

Ze was beslist een slechte moeder als ze dit soort gedachten had. Met opeengeperste lippen keek ze naar de drinkende baby. Het zou vast nog wel komen. Nu was ze gewoon te moe en te ziek om iets anders te voelen. Als ze maar eens een nachtje door kon slapen, dat zou al een heleboel schelen.

Net na acht uur belde Berties moeder. 'Hallo Bertina, hoe gaat het met jullie? Ligt Romi al op bed?' wilde Hedwig van Langen weten. Haar moeder was zowat de enige die haar met haar volledige naam aansprak.

Bertie zat beneden op de bank met een deken over haar benen tegen de kou, ondanks een dikke pyjama, een ochtendjas en warme sloffen. Ron had net Romi naar bed gebracht. Zo meteen zou hij vast Beerend mee naar beneden brengen voor de volgende voeding. 'Ja, mam, ze ligt al op bed. Veel te laat, dat wel. Morgen moet ze weer op tijd naar het kinderdagverblijf.'

'Ook nu jij thuis bent?' vroeg Hedwig verbaasd. 'Dan kun je toch gemakkelijk zelf voor haar zorgen?'

'Dat zou kunnen, maar als ik haar thuishoud tot ik weer ga werken, zijn we haar plaats kwijt. Zo werkt dat nu eenmaal. Bovendien zit Romi in het ritme van het kinderdagverblijf. Dat wil ik graag zo houden.'

'Het zal wel, als jij het zegt. Maar ik vind het raar dat je al die tijd dat je thuis bent het kind naar het kinderdagverblijf blijft sturen. Net of het niks kost.'

Bertie hield een zucht binnen. Deze discussie hadden ze al eerder gehad. Kennelijk wilde haar moeder maar niet begrijpen hoe het werkte in de kinderopvang. 'Gelukkig krijg ik al die maanden ook gewoon doorbetaald van mijn baas.'

'Dat geluk heb je inderdaad. Als wij ziek zijn, kost het meteen een hoop geld. Knap je al weer een beetje op? Heb je nog kraamhulp, of komt die vriendin van je helpen?'

Bertie wist dat haar moeder het niet zo had op Lotte. Waarom dat was, daar had ze geen idee van. Het was in ieder geval wederzijds. Aan die laatste opmerking ging ze maar voorbij. 'Ik heb kraamhulp tot vrijdag, dan komt ze nog een paar uurtjes en daarna is het afgelopen.'

'Zal ik dan in de loop van zaterdag komen? Maandag is Lindsey vrij en kan ze pa en Hugo helpen. Dan ga ik maandag weer bijtijds terug naar huis. Ik kom met de trein. Kan Ron mij komen halen van het station?'

Bertie had ook niet verwacht dat haar vader zijn vrouw helemaal hierheen zou brengen. 'Dat denk ik wel. Zaterdag hoeft hij niet te werken. Laat je dan nog wel even weten hoe laat je hier precies aankomt?'

'Dat zal ik doen. Hoe gaat het met jou? Ben je al uit bed?'

'Ik zit nu beneden, maar veel komt er niet uit mijn handen,' gaf Bertie toe. 'Ik ben nog altijd ontzettend moe en ik heb borstontsteking erbij gekregen.'

'Ach ja, dat had ik ook bij je broer. Veel aanleggen, dat helpt. Moe, dat is iedere moeder. Dat gaat vanzelf over als de baby eenmaal doorslaapt. Je bent toch nog vrij? Dan heb je tijd genoeg om te rusten, helemaal als Romi ook nog eens drie dagen per week naar het kinderdagverblijf gaat. Ik stond overal alleen voor, met twee kleine kinderen, en ik moest ook nog meehelpen op de boerderij. Je vader kon me echt geen weken achtereen missen. Na de kraamtijd was het direct weer aanpakken.'

Bertie rolde met haar ogen en was blij dat haar moeder het niet kon zien. Dat haar moeder haar hele leven zo hard had moeten werken om rond te komen op de boerderij, dat wist ze zo onderhand wel. Haar broer Hugo en zij kregen dat bij iedere gelegenheid te horen. Hugo moest dat vast nog altijd dagelijks aanhoren, omdat hij samen met zijn vrouw Lindsey op de hoeve van zijn ouders – inmiddels zijn eigen bedrijf – woonde en werkte.

Lindsey werkte vier dagen per week bij de thuiszorg, de rest van de tijd sprong ze bij waar dat nodig was op de boerderij. Een deel van het grote boerenhuis was zodanig verbouwd dat er twee gezinnen konden wonen.

Hugo liever dan ik, dacht Bertie vaak. Omdat ze haar ouders niet zo heel vaak zag, vond ze het niet erg dat haar moeder deze keer een paar dagen zou blijven om te helpen. De kleinkinderen gaven haar vast voldoende afleiding, daar genoot ze altijd volop van. Voor haar eigen kinderen was ze minder hartelijk geweest. Het leven was geen feest, volgens Hedwig van Langen, die les kon je maar het beste zo snel mogelijk leren. Ze bedoelde het vast goed, al was ze minder lief en meelevend dan de moeder van Ron was geweest.

De ouders van Ron waren beiden overleden. Zijn vader bijna negen jaar geleden en zijn moeder slechts een paar maanden na de geboorte van Romi. Ze was vijfenzeventig jaar geworden, en was daarmee een flink stuk ouder dan haar eigen vader en moeder. Ron was een nakomertje. Ze hadden zijn komst niet meer verwacht aangezien zijn moeder op dat moment al drieënveertig was. Tot die tijd was het slechts bij één kind gebleven: Patrick, de twaalf jaar oudere broer van Ron.

Het leeftijdsverschil zorgde ervoor dat de beide mannen niet veel contact met elkaar hadden. Daarbij woonde Patrick met zijn gezin in Maastricht, ook al geen afstand om vaak af te leggen. Als de broers elkaar twee keer per jaar zagen, was het veel. Het geboortefeest voor Beerend zou een van die keren worden.

Haar moeder praatte nog even verder, vertelde over voorvallen op de boerderij en over mensen uit de omgeving die Bertie zou moeten kennen van vroeger. Bertie luisterde maar met een half oor. Zaterdag zou ze het vast allemaal nog een keer vertellen.

Ron kwam beneden net nadat Bertie afscheid van haar moeder had genomen. 'Was dat je moeder die belde?'

'Ja, ze komt zaterdag hierheen. Of jij haar dan van de trein kunt halen. Ze geeft nog door hoe laat ze hier precies aankomt.'

'Zaterdag? Hm, als ik geen wedstrijd heb.'

'Toch niet 's morgens of vroeg in de middag?'

'We moeten er nog een inhalen.'

'Dat verzin je ter plekke. Zo erg is het heus niet om mijn moeder van de trein te halen.'

'Dan doe je het zelf.' Ron keek haar uitdagend aan.

'Ik? In mijn toestand? Doe even normaal,' viel Bertie uit. 'Ik heb amper de fut om me te douchen en aan te kleden. Voor jou is het een kleine moeite.'

'Kalm maar, wind je niet zo op. Ik rijd zaterdag wel. We hebben inderdaad geen wedstrijd, je hebt gelijk.'

'Waarom zeg je dat dan?' Bertie keek hem verbaasd aan. Wilde hij niet dat haar moeder hierheen kwam, had hij een hekel aan haar? Dat had ze niet eerder gemerkt. Ze voelde dat ze volschoot en al snel drupten de tranen op haar hand.

'Hé, daar hoef je toch niet om te huilen?' Ron ging geschrokken naast haar zitten en sloeg zijn arm om haar heen. 'Liefje, stil nou, zo erg is het echt niet, ik maakte maar een grapje.'

'Ik vind het geen leuke grap. Mijn moeder doet het voor ons, om ons te helpen,' snikte Bertie.

'Dat weet ik wel, schat. Ze is ook welkom en ik ga haar wel van de trein halen. Stil nou maar. Toe, niet meer huilen.'

Bertie kon zijn armen om zich heen niet verdragen, veel te warm, en ze duwde hem opzij. Zijn bezorgde blik kon ze niet langer aanzien. Voorzichtig stond ze op en ze vulde in de keuken een glas met water dat ze gulzig opdronk.

'Heb je eigenlijk nog gegeten?' wilde Ron weten. Hij was achter haar aangelopen.

Het bord had ze schoongespoeld en in de vaatwasser gezet, de inhoud lag echter in de vuilnisbak, onder wat ander afval. Bertie had het echt niet weg kunnen krijgen zonder kokhalsneigingen te krijgen. Een keer wat minder eten gaf vast niets, als ze maar voldoende dronk. 'Ik heb alles op,' antwoordde ze met een stalen gezicht. 'Was Beerend nog niet wakker?'

'Ik haal hem zo meteen. Zet jij alvast koffie?'

Zaterdag, terwijl Ron haar moeder was gaan halen bij het station, kwam Lotte binnenlopen voor koffie.

'Hoi, hoe gaat het hier? Krijg je het een beetje gedraaid met twee kids?' Lotte, dol op kinderen, werd meteen door Romi besprongen.

'Paadje ije,' gilde Romi.

Beerend, die in diepe rust in zijn Maxi-Cosi in de box lag, werd wakker van zijn zus en begon geschrokken te huilen.

'Kijk nou wat je doet,' riep Bertie boos uit.

'Dat is niet best, Romi, zullen wij je kleine broertje eens snel gaan troosten? Hij schrok van jouw gegil.' Lotte knipoogde naar Bertie en liep met Romi op haar rug naar de box. Ze zette het meisje op de grond en tilde de baby uit de Maxi-Cosi. 'Stil maar, lieverd. Niet zo huilen, dat was je zusje die even gek deed,' begon Lotte op zachte toon tegen Beerend te praten.

Romi klom haast in haar benen om bij haar broertje te kunnen komen.

Bertie zag met lede ogen aan hoe Lotte haar baby en haar dochter stil wist te krijgen. Hoewel de borstontsteking inmiddels verdwenen was, bleef ze erg moe. Het hielp ook niet dat Beerend 's nachts wel een keer of twee wakker werd om te eten. Bertie hield het op het vele voeden tijdens de borstontsteking. Ron meende dat haar voeding iets terug was gelopen en dat hij zich daarom vaker meldde.

'Mag Romi bij Beerend in de box?' haalde Lotte haar uit haar overpeinzingen.

'Als ze niet op de Maxi-Cosi gaat hangen, en als ze blijft zitten. De bodem staat nu wat verder omhoog omdat ik Beerend er anders niet uit kan tillen.' Bertie beet op haar lip. Ze vond het niks om Romi bij de baby te laten. Het kind was veel te speels en begreep nog niet dat ze de baby niet hetzelfde kon behandelen als haar grote beer.

'Wij zijn er toch bij, dan kan er niet veel misgaan,' meende Lotte en ze tilde Romi in de box die meteen de mobiel boven het hoofd van haar broertje in beweging zette. Beerend volgde het allemaal met grote interesse.

Lotte ging bij Bertie aan tafel zitten. 'Hoe gaat het met je? Je ziet er niet meer zo koortsig uit als van de week. Is die ontsteking nu helemaal over?'

'Gelukkig wel, maar ik ben nog steeds heel erg moe.'

'Begrijpelijk, het is best druk met twee kinderen. De kraamhulp was gisteren voor het laatst?'

Bertie knikte. 'Dat klopt, maar dit weekend komt mijn moeder nog een paar dagen helpen. Ze logeert tot maandag bij ons.'

'Ik kan je in het vervolg ook komen helpen als het nodig is,' ging Lotte verder.

Bertie keek haar vriendin verbaasd aan. 'Jij moet toch werken door de week?'

'Vanaf volgende week niet meer. Het bedrijf gaat sluiten. We zijn failliet.' Met een spijtig gebaar liet ze haar handen in haar schoot vallen. 'Woensdag gaat de deur definitief op slot.'

'Dat meen je niet,' riep Bertie geschrokken uit. 'Wat vreselijk. Hoeveel man werkt er bij dat bedrijf?'

'Vierentwintig mensen in totaal. Iedereen staat op straat. De lui van de administratie moeten het papierwerk verder afhandelen, maar wij, uit de productie, hoeven niet meer te komen.'

'Afschuwelijk. Had je een idee dat dit eraan zat te komen?'

'Absoluut niet. Het komt als een donderslag bij heldere hemel. De orders liepen wel iets terug de laatste tijd, maar niet zodanig dat er banen op de tocht stonden.'

Lotte werkte al negen jaar bij een glasblazerij die glaswerk voor winkels en laboratoria maakte, maar op bestelling ook allerlei sierlijke voorwerpen. Een familiebedrijf, wist Bertie, dat al ruim zestig jaar bestond. Tot nu dan. Failliet.

'Wat ga je nu doen?'

Lotte haalde haar schouders op. 'Ik ga me inschrijven bij alle uitzendbureau's en aanpakken wat ik kan krijgen. Iets in mijn eigen vakgebied zal ik hier niet zo snel meer vinden, vrees ik. Maar ik vind echt wel weer werk, daar ben ik niet zo bang voor.'

'Je krijgt toch wel een uitkering?'

'Natuurlijk, daar heb ik recht op. Dankzij mijn goedkope flatje kan ik daar zelfs blijven wonen als ik in de bijstand zit.' Lotte had in Schoonhoven het vak van glasblazer geleerd en had in de buurt van Breda werk en een woning gevonden. Daar hadden Bertie en zij elkaar leren kennen, omdat Bertie in Breda als student op kamers had gezeten. Zo was er een hechte vriendschap ontstaan tussen de beide jonge vrouwen.

'Misschien kan ik je helpen. Zal ik eens bij het hotel informeren of er een vacature vrij is?' stelde Bertie voor. Hoewel ze nog lang niet terug aan het werk ging, kon ze in die tijd wel proberen haar vriendin te helpen.

'Bij jou in het hotel? Als wat? Kamermeisje? Of in het restaurant in de bediening? Ik ben niet bepaald klantvriendelijk,' deed Lotte het ietwat lacherig af. 'Dat zie ik mezelf toch echt niet doen.'

Ze was inderdaad niet op haar mondje gevallen, wist Bertie. Dat had Lotte vroeger heel wat aanvaringen opgeleverd en zelfs een relatie gekost. 'Je moet het zelf weten, ik kan het altijd vragen.'

'Nee, doe maar niet. Lief van je, maar ik vind vast wel iets. Desnoods bij een champignonkwekerij.'

Bertie hoorde een auto stoppen naast het huis. Dat moest Ron zijn met haar moeder. Langzaam kwam ze omhoog om de nieuwkomer te begroeten.

Dat ze zo voorzichtig was, viel zelfs Lotte op. 'Heb je nog altijd last van je hechtingen? Je loopt nog steeds zo moeilijk. Wanneer worden de hechtingen verwijderd?'

'Dat doen ze niet. Ik ben gehecht met oplosbare draad. Maar pijnlijk is het nog wel. Te strak gehecht, vermoed ik. Bij Romi had ik daar een heel stuk minder last van.'

Ron kwam binnen, gevolgd door zijn schoonmoeder. De eerste blik van Hedwig van Langen was voor Romi en de baby in de box.

'Daar zijn mijn kleine schatjes.' Ze liep meteen naar de box.

Op deze blijk van liefde zou Bertie bijna jaloers worden. Wanneer had haar moeder haar ooit zo hartelijk begroet? Het was een gegeven dat moeders die oma werden meer van de kleinkinderen genoten dan ze van hun eigen kinderen hadden gedaan. Misschien was dat genetisch zo bepaald omdat ze nu wel de lusten maar niet de lasten hadden.

'Oma!' Romi strekte haar armpjes om uit de box getild te worden. Ook Beerend kreeg een aai over zijn wangetje van zijn grootmoeder. Vervolgens was Bertie aan de beurt. Zij moest het doen met een vluchtige kus op haar wang.

'Dag, Lotte,' mompelde Hedwig tegen de andere vrouw. 'Alles goed met jou?'

'Ja hoor. Met u ook? Lang geleden dat we elkaar zagen, mevrouw Van Langen.' Lotte stak een hand uit naar Berties moeder, die een slap handje teruggaf.

'Dat zal met Rons verjaardag zijn geweest,' knikte Hedwig. 'En nu is oma er weer, hè, kleine dot van me,' ging ze tegen Romi verder.

'Oma sjozeeje?' wilde Romi weten.

Hedwig begreep feilloos waar ze het over had en knikte. 'Oma blijft bij jullie logeren, mag dat van jou?'

'Jaaaa!' juichte de kleine meid.

HOOFDSTUK 3

Omdat haar moeder er was, meende Ron vast dat hij niet meer nodig was in huis en dat hij er best even tussenuit kon knijpen. Bertie wist wel dat haar man niet zo goed met zijn schoonmoeder kon opschieten, maar dit viel toch wel heel erg op.

Zelfs Hedwig zei er iets van, al vermoedde zij dat hij om een heel andere reden zijn snor drukte. 'Helpt Ron nog altijd niet mee in het huishouden?'

'Dat is toch ook niet nodig nu ik thuis ben?' mompelde Bertie. Niet dat er veel uit haar handen kwam. De vermoeidheid wilde maar niet wijken. Alles wat ze deed kostte haar ontzettend veel energie. Zelfs het sorteren van de was duurde twee keer zo lang als normaal.

Met een: 'Je ziet eruit als een dweil', werd ze na het verplichte middagdutje door haar moeder begroet.

'Ik slaap ook niet al te best,' verdedigde Bertie zichzelf.

'Ga vanavond dan maar eens vroeg naar bed. Je hebt je slaap nodig. Aan een moeder die haar ogen overdag niet eens open kan houden, heeft niemand iets.'

'Ik kan niet voor elf uur naar bed. Beerend moet toch nog gevoed worden.'

'Tot die tijd kun jij best naar bed gaan,' besliste Hedwig, 'dan komen Ron of ik de baby wel bij je brengen als het zover is.'

Bertie ging niet tegen haar moeder in, daar had ze de fut niet voor. Ze ging met een mand gewassen babykleertjes aan de eettafel zitten en begon ze op te vouwen, terwijl haar moeder bezig was met het eten. Berties gedachten gingen terug naar wat Lotte had voorgesteld bij het weggaan. Nu ze haar baan kwijt was, kon zij best eens komen helpen met de kinderen als ze dat prettig vond.

Vond Bertie dat prettig? Nog niet zo lang geleden had ze er niet aan moeten denken dat wie dan ook zich met haar huishouden bemoeide, maar nu verwelkomde ze iedere hulp die zich aanbood. Helaas had al die hulp ook een dubbele bodem. Het zorgde er tevens voor dat Bertie zich een waardeloze moeder voelde. Hoe kon ze nu moe zijn als ze een hele dag niet veel meer deed dan wat bezig zijn met Beerend en wat aanrommelen?

Voordat ze met zwangerschapsverlof ging, had ze vier dagen per week in een middelgroot hotel gewerkt als assistent-manager en daarnaast haar gezin en het huishouden bijgehouden. Bertie moest er niet aan denken dat ze over negen weken weer moest gaan werken. Waarom kon ze niet veel verdragen van de kinderen en voelde ze niets als ze haar baby eten gaf? Dat was toch niet normaal?

Met Lotte kon ze hier niet over praten, omdat zij geen ervaring had met het moederschap, met haar moeder nog veel minder. Zij was meer het type van: niet zeuren maar poetsen. Bertie had er met de vroedvrouw over willen praten, maar die had gisteren geen tijd gehad om meer te doen dan te controleren of de hechtingen er goed uitzagen en of de borstontsteking echt verdwenen was. Aan de buitenkant ging het goed met haar, vanbinnen was echter een heel ander verhaal.

'Misschien is het beter dat ik de borstvoeding afbouw,' begon Bertie in een poging er met haar moeder over te praten. 'Dan kan Ron het voeden eens overnemen van mij. Nu moet ik er 's nachts vaak twee keer uit om Beerend te voeden.'

'Dat is toch onzin,' meende Hedwig. 'Je wordt toch wakker als Beerend begint te huilen. Denk je echt dat je dan kunt blijven liggen als je Ron bezig hoort met de kleine? Hij moet hem verschonen, dan naar beneden om een fles warm te maken, en vervolgens terug naar boven om de baby de fles te geven. En al die tijd ligt Beerend te huilen. Borstvoeding is veel gemakkelijker. Dat heb je altijd bij de hand, is op de juiste temperatuur en jij bent vast veel handiger en sneller met Beerend dan Ron.'

'Dat kan hij toch ook leren?' protesteerde Bertie.

'Geloof me, je schiet er niets mee op. Die borstontsteking is nu over, je hebt toch genoeg voeding voor de baby?'

'Dat vraag ik me weleens af. Hij komt veel vaker dan om de drie uur,' mompelde Bertie. Ze voelde zich nu al schuldig omdat ze het onderwerp had aangekaart.

'Dat kan en dat mag met borstvoeding ook. Hij is nu nog klein en heeft regeldagen. Je kunt niet verwachten van een baby van acht dagen oud dat hij op uur en tijd komt.'

'Misschien heb je wel gelijk, mam, maar ik ben zo moe. Dat was ik met Romi helemaal niet. Toen had ik energie te over.'

'Eén of twee kinderen is een enorm verschil. Ga eens wat vaker naar buiten met de kinderen, energie opdoen in de buitenlucht. Daar knap je meer van op dan een hele dag binnen hangen.'

Alsof het weer zo uitnodigde om naar buiten te gaan met een pasgeboren baby. De storm van vorige week was een voorbode geweest van een vroege winter. Het was koud en guur, met veel regen en soms zelfs natte sneeuw. Bertie huiverde. Ze moest er niet aan denken nu buiten te wandelen met Beerend.

Haar moeder begon een verhaal over vroeger, hoe zij hun babytijd was doorgekomen met het werk op de boerderij. De kinderwagen ging mee naar de stal als ze daar moest zijn. 'Wij hadden geen tijd om moe te zijn. Het werk ging gewoon door en ik kon jullie niet altijd alleen in het huis laten. Opoetje paste dan wel op, maar zij sukkelde nog weleens in slaap.'

Bertie kon zich nog vaag herinneren dat er een oude oma was geweest die bij hen in huis had gewoond. Toen ze een jaar of zes was, was oma overleden. Zou haar moeder net als opoetje op de kinderen van Hugo en Lindsey passen als het ooit zover kwam? Vast wel, ze woonden immers onder hetzelfde dak. Nu was ze gek op Romi en Beerend, haar enige kleinkinderen. Als Hugo eenmaal kinderen had, was het vast gedaan met al die aandacht.

Misschien kregen Hugo en haar schoonzus helemaal geen kinderen. Lindsey had eens laten vallen dat ze niet per se kinderen wilde. Ze had genoeg aan haar werk bij de thuiszorg en het werk op de boerderij. Als Hugo er net zo over dacht, dan kwam er vast geen derde generatie Van Langens op de hoeve te wonen. Wist hun vader dat al?

Op het moment dat haar moeder de naam Lindsey liet vallen, kwam Bertie er weer bij. Wat had mam daarnet gezegd? Werd er een antwoord van haar verwacht, of was dit weer zo'n eenzijdig gesprek dat haar moeder wel vaker voerde, met vragen die zichzelf beantwoordden?

'Het is een lieve meid en ze werkt hard, maar zo onderhand zou je toch denken dat ze aan kinderen begonnen. Ze worden er niet jonger op. Hugo wil straks vast ook een opvolger voor het bedrijf,' vervolgde Hedwig.

Frappant, haar moeder had kennelijk dezelfde gedachten gehad, alleen sprak zij ze uit. 'Zo oud zijn Hugo en Lindsey niet, pas negenen achtentwintig. Ik was eenendertig toen Romi geboren werd. Praat je er weleens met hen over?'

'Ben je gek! Daar heb ik me toch niet mee te bemoeien? Dat heb ik met jou ook nooit gedaan. Het zijn mijn zaken niet of en wanneer ze aan kinderen beginnen. Dat merken we vanzelf wel.' Hedwig richtte haar aandacht voor even op de winterpenen die ze schoon moest maken. 'Beerend is wakker. Het is tijd voor zijn voeding. Haal je hem zelf uit zijn bedje of doe ik dat?'

'Doe jij dat maar, mam, dan ga ik verder met het eten.' Bertie legde de opgevouwen was in de mand en ging naar het aanrecht. Ze reageerde niet op de vreemde blik die haar moeder haar toewierp. Deed ze iets verkeerd?

Een poosje later kwam haar moeder terug met de baby op haar arm. Romi was met oma meegegaan naar boven en had beer bij zich. Ze installeerde zich als een echt moedertje op de bank met de poppenfles om beer drinken te kunnen geven. 'Mama, Bee-end ete,' riep ze met haar heldere stemmetje.

Bertie nam aan de andere kant van de bank plaats en schoof een kussen onder de arm waarop Beerend rustte. Het zogen deed nu geen pijn meer. Toch genoot ze er nog altijd niet van dat ze dit kon doen. Ze voelde dat de ogen van haar moeder op haar rustten en verwonderd keek ze op. Uit het strakke gezicht van haar moeder kon ze niet opmaken wat er aan de hand was. Gelukkig draaide ze zich om en ging terug naar de keuken.

Ron kwam met veel lawaai binnen en plofte tussen moeder en dochter in op de bank. 'Mijn meisjes aan het voeden. Hoe gaat het hier?' Over het hoofd van Beerend heen kuste hij Bertie en streelde vervolgens zacht het wangetje van zijn zoon.

Bertie rook aan zijn adem dat hij had gedronken. 'Waar ben je geweest?'

'Bij Conrad. Hij is op de zolder bezig met een extra slaapkamer. Ik heb hem geholpen. Hij en Helga willen een derde kind.' Ron keek haar veelbetekenend aan. 'En wij?'

'Wij hebben al een slaapkamer op zolder. Dat is de logeerkamer waar mama slaapt. Wil je die verbouwen? Dat is toch niet nodig?'

'Dat is niet wat ik bedoel. Ik bedoel: of wij ook drie kinderen willen?'

'De tweede is net geboren, Ron. Mag hij nog even wat ouder worden voordat we daarover een besluit nemen?' deed ze verontwaardigd. Drie kinderen? Was hij niet lekker? Hoe moest ze dat gedraaid krijgen? Wilde hij echt nog meer kinderen? Ze hadden nooit over een bepaald aantal gesproken, meer of het wel zou lukken en of hun kinderen gezond zouden zijn. Dat waren ze alle twee. Twee was een mooi aantal, meende Bertie, al was dat haar op dit moment al te veel.

'Je hebt gelijk. We zijn rijk met ons tweetal. Een jongen en een meisje. Een koningswens.' Ron grijnsde dommig. Dat deed bier met hem. Onhandig kuste hij Bertie nog een keer, om zich daarna tot zijn dochter te richten. 'Is beer al gegroeid?'

Hedwig kwam de kamer binnen. 'Ha, daar ben je. Kun jij de tafel klaarmaken, Ron? Het eten is over een paar minuten klaar.'

Nu was het Rons beurt om verwonderd naar zijn schoonmoeder te kijken. De tafel klaarmaken. Dat deed hij niet meer sinds ze kinderen hadden, dacht Bertie boosaardig, hij wist vast niet eens waar hij borden en het bestek moest zoeken.

Ron deed echter zonder morren wat hem gevraagd was en tot Berties grote verbazing wist hij zelfs alles te vinden. Romi had de beer aan zijn lot overgelaten en hielp haar vader met het klaarmaken van de tafel. Beerend ging onverstoorbaar verder met drinken.

Van ontspanning omdat haar moeder er was om te helpen, merkte Bertie niet veel. Hedwig hielp wel, daar niet van, maar steeds voelde ze de kritische blik van haar moeder op zich rusten. Kennelijk deed ze iets fout, al kreeg ze geen enkele keer commentaar.

Van eerder naar bed gaan en slapen tot de volgende voeding was zaterdag- en ook zondagavond niet veel gekomen. Haar moeder vond het niet gezellig om alleen met haar schoonzoon de avond door te brengen. Dus was Bertie beneden blijven zitten, vechtend tegen de slaap.

Maandagochtend had haar moeder de kinderen nog gewassen en aangekleed en gedaan wat er nodig was in een jong gezin. Nu stond ze klaar om te gaan, met haar weekendtas bij haar voeten. 'Ik moet gaan, anders haal ik de trein niet. Het bed op de logeerkamer heb ik afgehaald. Het beddengoed ligt bij de wasmachine.'

Bertie knikte en trachtte een glimlach op haar gezicht te leggen. 'Fijn, bedankt dat je bent geweest en ons hebt geholpen dit weekend. Echt lief van je. Ik weet hoe druk het op de boerderij is en hoe slecht je gemist kunt worden.'

Een bedenkelijke blik was haar antwoord. 'Raap jezelf bij elkaar, Bertina, anders red je het niet. En geniet eens wat meer van de kinderen. Ik heb je dit weekend niet één keer zien lachen of zelfs maar glimlachen. Romi heeft meer nodig dan een norse moeder. Zelfs als je met Beerend bezig bent kijk je niet blij of trots.'

'Ik ben gewoon hondsmoe, mam. Het lukt me eenvoudig niet om voldoende rust te krijgen. Alles is me te veel.'

'Ga dan eens naar een dokter. Daar zijn die lui voor. Misschien heb je wel bloedarmoede, daar kun je best zo moe van zijn. Bloedarmoede is niet vreemd, hoor, na een bevalling. Blijf er niet te lang mee lopen, daar heeft niemand iets aan,' adviseerde Hedwig haar op een stugge toon.

Romi greep zich vast aan een been van oma. 'Komme te-ug?'

Hedwig bukte zich en tilde de kleine meid op. 'Natuurlijk kom ik nog een keertje terug, en dan is opa er ook bij. Zul jij je mama goed helpen met Beerend, en een beetje lief voor haar zijn?'

Romi knikte met een ernstig gezichtje en sloeg haar armpjes om de hals van oma. Ze drukte een natte kus op haar wang, waarna ze begon te draaien om op de grond gezet te worden.

'Dag popje, geef maar een kus van oma aan Beerend.' Hedwig ging weer staan en hield haar wang naar Bertie gedraaid voor de plicht-matige kus.

'Nogmaals bedankt, mam. Doe je de groeten aan pap, Hugo en Lindsey?'

Samen met Romi bleef Bertie in de deuropening staan tot haar moeder om de hoek van de straat verdwenen was. Ze zou met de bus naar het station gaan en vandaar verder met de trein. Een reis van meer dan drieënhalf uur.

Op het moment dat Bertie naar binnen ging en de deur achter zich dichtdeed, voelde ze tot haar schaamte opluchting omdat haar moeder naar huis was. Haar hulp was welkom geweest, absoluut, maar waarom kon ze niet wat liever zijn, wat hartelijker?

De rest van de dag kwam er niet veel uit Berties handen. Ze lag wat op de bank als de kinderen haar even niet nodig hadden en probeerde te rusten. Boodschappen hoefde ze gelukkig niet te doen, dat had Ron dit weekend nog gedaan. Wel moest ze het eten klaarmaken. Iets gemakkelijks wat niet te veel tijd kostte.

Dinsdag sleepte Bertie zich door de rituelen van de ochtend heen. Beerend moest in bad, aangekleed en gevoed worden, en dan was Romi aan de beurt. Vervolgens ging ze met de twee kinderen naar beneden om te ontbijten. Voor Romi en zichzelf smeerde ze een boterham.

Na het ontbijt wachtte er een was die in de wasmachine gestopt moest worden, en een andere die nog in de droger zat. Omdat ze Romi niet alleen durfde te laten met haar kleine broertje nam ze de peuter mee naar de zolder, waar de apparaten stonden.

Terwijl Romi in de logeerkamer met wat blokken speelde, zat Bertie op haar knieën voor de twee machines, een volle wasmand met vuile was stond achter haar, de schone was die ze net uit de droger had gehaald ernaast. Zelfs het overbrengen van de was uit de droger naar de mand vergde een enorme inspanning van Bertie. Ze was warm en duizelig en haar armen trilden. Misschien had ze inderdaad bloedarmoede en had haar moeder gelijk. Zo moe als ze was, dat was echt niet normaal.

Naar de huisarts, had haar moeder gezegd. Van de gedachte alleen al kreeg ze het benauwd. Dat hele eind. Hoe moest ze dat doen? Normaal zette ze Romi voor op de fiets in het stoeltje en was ze met tien minuten bij de huisarts, maar Beerend was nog te klein om in een draagzak onder haar jas op de fiets mee te gaan. Bertie voelde er niet veel voor om dat hele eind te voet af te leggen met de kinderwagen. Het regende dan wel niet meer, de wind blies nog altijd stevig en het was koud, waterkoud.

Lotte! Haar vriendin werkte immers niet meer. Misschien vond zij het niet erg om naar Roosendaal te komen en haar op te halen? Kon ze dat wel maken? Die auto reed ook niet op water. Nee, bedacht Bertie, ze mocht haar niet lastigvallen voor dat soort dingen, het was geen dringende noodzaak.

Het was beter om te voet te gaan. Stevig ingepakt. De kinderen konden uit de wind zitten in de dubbele wandelwagen. Ze had die kinderwagen over kunnen nemen van iemand anders. In het achterste deel van de wagen paste een reiswieg en voorin was een zitgedeelte voor een ouder kind gemaakt. Het was een groot gevaarte, maar wel zo gemakkelijk als ze ergens te voet heen ging. Zo moest het dan maar.

Eenmaal beneden belde Bertie meteen om een afspraak te maken. Het viel mee, ze kon vanmiddag om vier uur nog bij de huisarts terecht. Als dat maar uitkwam met de voeding van Beerend, piekerde ze, terwijl ze de telefoon neerlegde en begon te rekenen. Als ze hem een halfuurtje eerder voedde, moest het gaan. Als het bij de dokter dan maar niet te lang duurde. Ondanks dat ze een afspraak had, kon het spreekuur soms behoorlijk uitlopen. En alles bij elkaar moest ze toch ook nog een uur lopen.

Lijkbleek en trillend door de inspanning zat ze die middag om iets over vieren bij de huisarts in de stoel. De wandeltocht naar hier was haar bar tegengevallen.

'Hoe gaat het met onze nieuwe wereldburger? Leuk dat ik hem te zien krijg, ook al ben je hier niet voor hem,' begon dokter Bogers. Ze was een aardige vrouw van een jaar of veertig met wie Bertie over het algemeen goed kon opschieten, ook al zagen ze elkaar niet zo heel vaak.

'Met Beerend gaat het goed,' mompelde ze. 'Ik ben alleen zo moe. Nu ook, ik heb amper een halfuurtje gelopen en ik ben op, helemaal kapot.'

'Ik zie het, je bent behoorlijk bleek. Verg je niet te veel van jezelf? Je had iemand kunnen vragen om je even hierheen te brengen,' meende dokter Bogers. Ze maakte een wegwerpgebaar met haar hand. 'Maakt niet uit, je bent nu hier. Ik wil even wat bloed afnemen. Die vermoeidheid kan best door bloedarmoede worden veroorzaakt. In dat geval is het met wat staaltabletten op te lossen. Geef je borstvoeding?'

Bertie knikte.

'Ach ja, dom van mij, hier staat het.' De dokter las van het scherm. 'Je had vorige week een borstontsteking. Daar ben je weer van opgeknapt. Je hebt in ieder geval geen medicijnen voorgeschreven gekregen, zie ik. Hoe voel je je verder? Moe, vertelde je al. Kun je goed slapen? Geen last van je buik of van de hechtingen? Koorts? Duizelig, misselijk?'

'Snel duizelig. Ik slaap niet al te best, maar dat komt meer door Beerend.'

'Tja, met borstvoeding zul je het inderdaad zelf moeten doen, al kan je man daarin wel meehelpen. Laat hem de baby 's nachts uit bed halen en bij jou brengen. Dat scheelt weer een stuk.'

'Gesteld dat ik hem wakker kan krijgen.' Het klonk wrang, zo had Bertie het niet willen zeggen. Nu kreeg dokter Bogers vast de indruk dat Ron niet veel voor haar overhad.

'Dat hoor ik meer.' De vrouwelijke arts grijnsde. 'Blijven porren tot hij reageert, is mijn advies in zo'n geval. Hij mag ook best zijn steentje bijdragen. Nachtvoeding duurt over het algemeen geen maanden. Een veel gehoord excuus om manlief te laten liggen, is dat de vrouw overdag kan rusten en de man meestal moet werken. Maar hij trekt 's morgens de deur achter zich dicht terwijl jij, totdat je weer naar bed gaat, in huis bezig bent. Je kunt het jezelf natuurlijk ook knap lastig maken. Ga verstandig om met de energie die je hebt. Iedere dag je huis met bezems keren zoals de kraamhulp doet, hoeft echt niet. Het hoeft heus niet spik en span te zijn.' De huisarts somde nog wat dingen op die het leven wat gemakkelijker en rustiger konden maken, dingen die Bertie eigenlijk al wel wist. Waarom zou je moeilijk doen als het ook makkelijk kon?

De arts nam een druppeltje bloed uit de vingertop van Bertie en testte dat op het Hb-gehalte. 'Je Hb is aan de lage kant. Ik stel voor dat je in ieder geval begint met staaltabletten, en dat je bij de assistente wat meer bloed laat afnemen. Dat sturen we op naar het laboratorium voor extra controle. Die uitslag van dat onderzoek krijg je dan over een paar dagen.'

'Is dat nodig, extra onderzoek?'

'We willen toch weten of er misschien iets anders aan de hand kan zijn waardoor je zo moe bent, of dat het alleen om die bloedarmoede gaat.' Dokter Bogers keek haar glimlachend aan. 'Probeer je rust te nemen, schakel desnoods de buurvrouw of je ouders in om de kinderen een paar uurtjes per dag op te vangen, zodat jij kunt slapen.'

Bertie knikte gehoorzaam. Hun buren werkten en hun ouders waren geen optie. De komende drie dagen ging Romi de hele dag naar het kinderdagverblijf. Dan had ze alleen Beerend om voor te zorgen. Misschien zou ze dan wel wat tot rust kunnen komen.

HOOFDSTUK 4

Lotte was een wervelwind, maar verzette heel wat werk. Ze zorgde ervoor dat Bertie de rust kreeg die ze nodig had. Onaangekondigd had ze maandag op de stoep gestaan om koffie te komen drinken. Ze had meteen gezien dat Bertie geen knip voor haar neus waard was en had haar zonder vragen te stellen naar bed gestuurd.

Anders dan de kraamhulp viel Lotte niet geregeld haar slaapkamer binnen. Ze liet Bertie slapen tot het tijd was voor de voeding van Beerend en ondertussen zorgde zij ervoor dat het huishouden op rolletjes liep.

Langzaam knapte Bertie weer wat op. Zelfs Ron zag het. 'Je krijgt weer wat kleur op je gezicht. Eindelijk.' Hij stak het op de staaltabletten. Het bloedonderzoek had niets nieuws opgeleverd, anders dan de bloedarmoede.

Bertie mocht zich dan iets fitter voelen, de belangstelling voor haar baby bleef ver achter bij wat ze normaal vond. Beerend was nu bijna drie weken oud, maar nog altijd wilde ze de baby liever niet vasthouden, niet langer dan noodzakelijk was.

Het voeden kon ze inmiddels met een gerust hart aan Lotte of wie dan ook overlaten als ze het zelf niet wilde doen. De borstvoeding was teruggelopen door de voortdurende moeheid, waardoor ze een goed excuus had om deze af te bouwen en over te stappen op flesvoeding. Alleen 's nachts gaf ze nog borstvoeding, vanwege het gemak. Beerend leed er niet onder en groeide als kool. Haar affectie voor hem groeide echter niet. Het knaagde aan Bertie dat ze kennelijk niet van haar baby kon houden.

'Zie je ertegen op om over een aantal weken weer te gaan werken?' begon Lotte, toen ze beneden koffiedronken. Lotte had deze ochtend de benedenboel onder handen genomen. Nu zat ze met Beerend op schoot, die ze net de fles had gegeven.

Bertie stond op en schonk nog een keer koffie voor hen in voordat ze antwoord gaf. 'Ik weet het niet.' Ze dacht even na en schudde vervolgens haar hoofd. 'Dat is het niet. Ik heb echt wel zin om over een poos weer aan de slag te gaan.' Ook al had Lotte geen ervaring met zwangerschap, bevalling en alles wat daarbij kwam kijken, ze kon wel luisteren en haar misschien helpen met haar verwarrende gevoelens.

'Wat is het dan? Vind je het vervelend om Beerend net als Romi naar het kinderdagverblijf te brengen? Ik kan me voorstellen dat je dat tegenstaat. Je kindje achter te moeten laten bij vreemden.'

Bertie moest daar even over nadenken. Met Romi had ze daar veel moeite mee gehad. Een baby van tien weken wegbrengen en haar pas 's avonds na het werk weer terugzien, had ze heel zwaar gevonden. Het had even geduurd voordat ze aan dat nieuwe ritme gewend was geraakt en ze de leidsters voldoende had vertrouwd om met een gerust hart weg te gaan.

Zou ze Beerend missen? Bang zijn dat er iets fout ging met hem als hij daar was? Op dit moment leek haar dat niet erg waarschijnlijk. Ze keek er zelfs naar uit dat ze dan een hele dag niet voor hem hoefde te zorgen, als ze heel eerlijk moest zijn.

'Vindt Ron het soms vervelend dat ik jou help? Is dat het?' vroeg Lotte verder.

'O nee, dat is het absoluut niet. Ron vindt het prima, zolang het goed is voor mij en de kinderen. Ik hoop alleen dat ik niet al te lang misbruik van jou hoef te maken. Jij wilt of moet misschien wel op zoek gaan naar een betaalde baan. Dat moet je ook doen, hoor. Het is hartstikke lief van je dat je hier bent en mij helpt, maar je moet niet je eigenbelang uit het oog verliezen.'

'Dat doe ik heus niet, wees daar maar niet bang voor. Tot nu toe heb ik nog niks gevonden wat ik graag zou willen doen. Zolang ik thuis zit en jou kan helpen, zal ik dat blijven doen. Ik mag het alleen niet opgeven als vrijwilligerswerk of mantelzorg. Dan krijg ik problemen, omdat ik dan andere mensen mogelijk hun werk ontneem.' Lotte lachte even. 'De wereld van de uitkeringstrekker zit raar in elkaar. Je mag meer niet dan wel.'

Bertie grijnsde met haar mee, al ging het niet van harte. Ze betrapte zich er tegenwoordig op dat ze zelfs jaloers was op Lotte. Niet omdat ze zonder werk zat, maar omdat zij niet de zorg voor een gezin had. Was dat een rare gedachte voor een jonge moeder die dolblij behoorde te zijn met het nieuwe leven dat ze op de wereld had gezet? Ja, kon ze zichzelf volmondig antwoorden, dat was een heel rare gedachte. Een die ze niet zou mogen hebben.

Tranen schoten in haar ogen. Wat was ze voor moeder? Wat was er mis met haar? Hoelang was het geleden dat ze genoten had van de kinderen, of echt vrolijk was geweest en had gelachen? Zelfs naar Ron had ze niet echt gelachen sinds de geboorte van Beerend.

'Hé, wat krijgen we nou?' Lotte stond op en legde Beerend eerst in zijn Maxi-Cosi in de box, voordat ze bij Bertie neerknielde en haar handen op haar benen legde. 'Waarom huil je nou? Heb ik iets verkeerds gezegd? Of heb je ergens pijn?'

Huilend schudde Bertie haar hoofd. 'Het ligt niet aan jou,' snikte ze.

'Dat hoop ik ook niet, maar wat is er dan wel? Heb je pijn? Moet ik een dokter waarschuwen?'

'Geen pijn. Niet lichamelijk. Ik voel me gewoon zo raar. Ik weet niet wat ik heb, Lot.'

Lotte sloeg haar armen om haar heen en wiegde haar heen en weer als een baby. 'Stil nou maar, laat die tranen maar gaan, die moeten er kennelijk toch uit. Laat maar lopen dat water. Praten doen we straks wel.'

Minuten later was Bertie weer enigszins gekalmeerd. Ze snoot haar neus en droogde haar wangen. Lotte stond op en verving de inmiddels koud geworden koffie door warme. Beerend was ondertussen in slaap gevallen in zijn Maxi-Cosi.

Bertie keek om zich heen en hield zichzelf voor dat ze dankbaar moest zijn voor alles wat ze had. Haar leven liep op rolletjes, ze had een lieve man die van haar hield en twee gezonde kinderen. Dat was een hoop om dankbaar voor te zijn. Ze waren alle vier gezond, Ron en zij hadden ieder een goede baan. Ze woonden in een mooi huis en kenden nauwelijks zorgen. Waarom voelde ze zich dan toch niet gelukkig?

Die laatste vraag moest ze hardop hebben gesteld. Lotte keek haar verbaasd aan en begon vervolgens te lachen. 'Weet je wat het met jou is? Je hebt last van zwangerschapshormonen. Dat schijnt heel normaal te zijn na een bevalling. Je moet er als het ware van afkicken.'

'Dat heb je meestal in de eerste week,' wist Bertie. Na de geboorte van Romi waren er een paar dagen later flink wat zwangerschapstranen gevallen. Dit waren geen zwangerschapstranen, dat wist ze zeker.

'Toch steek ik het op hormonen. Je hele lijf is van slag door alles wat ermee is gebeurd. Ik kan me goed voorstellen dat je onzeker en in de war bent. Het is niet niks wat je hebt doorgemaakt in een korte tijd. Een bevalling, die borstontsteking, bloedarmoede, het 's nachts niet kunnen slapen. Ik zou om minder al gek worden.'

Bertie trok een grimas. Gek werd ze er inderdaad van. Van al dat gepieker en dat gemaal in haar hoofd. Als ze dat toch eens stop kon zetten, daar had ze een lief ding voor over.

'Misschien heb je wel een postnatale depressie,' ging Lotte verder. De lach had plaatsgemaakt voor een ernstige blik. 'Het schijnt dat je daar behoorlijk lang last van kunt houden. Zoek het maar eens op. Wacht, ik kijk wel op mijn telefoon.' Lotte pakte haar gsm en begon met vlugge vingers op het kleine schermpje te tikken.

Bertie had niet de moed zelf op de iPad te zoeken. Postnatale depressie klonk behoorlijk ernstig. Kon dat de reden zijn dat ze zich zo voelde? Meteen schoten verhalen van moeders die hun kinderen verwaarloosden in haar herinnering. Die hen lieten huilen en niet vast durfden te pakken, overmatig bezorgd waren of juist niet van hun baby konden houden. Ze had eens een film gezien waarin een moeder haar eigen kind naar het leven stond door zo'n depressie.

Angst greep haar bij de keel. Had zij dat ook? Met grote schrikogen keek ze naar dat kleine jochie dat heel onschuldig lag te slapen, zich van geen kwaad bewust. Voelde hij dat zijn moeder niet van hem hield? Was dat de reden dat zij hem vaker niet dan wel getroost kreeg als hij huilde, zelfs niet met een speentje?

Lotte schraapte haar keel en begon voor te lezen wat ze gevonden had: '"De symptomen van de post-partumdepressie komen sterk overeen met die van andere depressies. Veel verschijnselen van een post-partumdepressie lijken gewoon. Een jonge moeder komt vaak slaap tekort, geen wonder dus dat ze moe is. En een baby is erg kwetsbaar, dus bezorgdheid ligt voor de hand. Maar de klachten nemen bij de post-partumdepressie zulke extreme vormen aan dat de moeder haar taken niet meer normaal kan vervullen. De spreekwoordelijke roze wolk van het prille moederschap is een loodgrijs wolkendek geworden." Komt dit je bekend voor?' Bertie durfde niet te knikken. Haar wangen werden opnieuw nat.

Lotte was nog niet klaar. "'Vooral moeders die van hun eerste kindje bevallen zijn, kunnen er last van krijgen. Symptomen zijn: sombere stemming; gebrek aan interesse en initiatief; weinig plezier beleven aan de baby of zelfs heftige gevoelens van afkeer en haat hebben voor de baby. Geen moedergevoel hebben of juist overbezorgd zijn voor de baby. Extreme vermoeidheid en lusteloosheid. Huilbuien." Er zijn nog meer aanwijzingen, maar hierin herken ik in ieder geval wel een paar dingen waar jij ook last van hebt.' Lotte legde de telefoon op tafel.

'Denk je dat ik dat heb?' stamelde Bertie ontzet. Had niet iedere jonge moeder weleens last van één of meer van die dingen die Lotte net opsomde? Je was dan toch niet meteen depressief? Bovendien was Beerend niet haar eerste kind maar de tweede.

'Misschien. Wat denk je zelf?'

Bertie haalde haar schouders op. 'Ik zou het niet weten.'

'Wat voel je als je naar Beerend kijkt? Ben je dan trots, blij, loopt je hart over van liefde voor hem?'

Bertie staarde naar haar handen, die rusteloos in haar schoot aan een zakdoekje plukten. Niets van dat alles voelde ze voor de baby. Was ze dan toch depressief? Had ze een postnatale depressie? Ze kon liegen natuurlijk en zeggen dat ze dat alles wel voelde, maar wat schoot ze daarmee op?

'O, Bertie, niet huilen. Toe, stop er nou mee. Erkennen dat je iets hebt, is al de halve genezing, of iets dergelijks.' Lotte schudde geërgerd met haar hoofd. 'Je snapt wel wat ik wil zeggen. Maar je moet er echt iets aan doen.'

'Wat kan ik dan doen?'

'Hulp zoeken natuurlijk! Dit moet je niet in je eentje proberen op te lossen.'

'Moet ik dan naar een psychiater gaan, bedoel je dat?'

'Bijvoorbeeld. Of naar de GGD. Er zijn vast wel instanties die je hiermee kunnen helpen, maar de eerste stap die je moet zetten is die naar de huisarts, Bertie. Hij moet je doorverwijzen naar de juiste hulpverlener.'

'Is dat echt allemaal nodig? Ik word al moe als ik er alleen al aan denk,' mompelde Bertie. Ze voelde er niet veel voor om met iemand te gaan praten. Was een postnatale depressie niet een vorm van aandacht vragen? Zouden ze haar geen aansteller vinden? Natuurlijk kende ze de heftige verhalen wel die onder die noemer vielen, maar zo erg was het bij haar toch niet? Ze was gewoon moe, daarom waren haar gevoelens zo afgevlakt.

'Het is nodig dat je hulp zoekt en daar moet je niet te lang mee wachten. Je wilt toch van je kindje genieten? Van hem houden en voor hem kunnen zorgen?'

'Ik zorg toch ook voor hem.'

'Ber, je weet best wat ik bedoel. Ik hoef het toch niet allemaal voor je uit te spellen.'

Lotte was naar huis gegaan nadat ze Romi bij het kinderdagverblijf had opgehaald. Morgenvroeg zou ze weer terugkomen, had ze gezegd en dan zouden ze verder praten. Bertie had moeten beloven dat ze er vanavond met Ron over zou praten. Hij had er recht op te weten wat er in Berties hoofd omging, met welk probleem ze worstelde.

Bertie deed haar best iets te voelen voor de kinderen, voor Romi en Beerend, nu ze alleen was met hen. Ze moest de baby de fles geven en daarna samen met Romi eten. Drie van de vijf dagen at Ron alleen omdat hij te laat thuis was. Vanwege de kinderen wachtte ze niet op hem. Om zes uur aten ze, of hij er was of niet. Dit keer had ze wel zelf gekookt, al was het een eenvoudige maaltijd. Haar man moest maar even genoegen nemen met wat minder culinaire hoogstandjes dan die waar ze tijdens het zwangerschapsverlof mee had geëxperimenteerd.

Depressief, ze was depressief volgens Lotte. Ze had geen interesse voor de kinderen, was somber, er kwam niets uit haar handen, had nergens zin in en moe was ze ook nog altijd. De staaltabletten losten die vermoeidheid niet helemaal op, hoe graag Ron dat ook wilde zien. Veel had ze vandaag niet gedaan, toch voelde Bertie zich alsof ze een hele dag druk bezig was geweest. Het klopte dat ze lusteloos was, maar vloeide dat niet voort uit de moeheid?

Bertie kwam er niet uit wat er precies aan de hand was. Moe, dat was ze. Meer was er vast niet aan de hand. Nu Lotte er was om haar te helpen, zou het binnen korte tijd vast beter gaan. Ze probeerde geïnteresseerd te luisteren naar het verhaal dat Romi vertelde over wat ze die dag had gedaan op het kinderdagverblijf. Het kostte Bertie enige moeite te begrijpen wat ze precies vertelde, de peuter verhaspelde de woorden behoorlijk en liet steevast de R weg.

'Eet eerst je mondje leeg voordat je verder praat,' berispte Bertie haar dochtertje, dat in de kinderstoel zat.

Ron was nog niet thuis van zijn werk. Het kon best zeven uur of nog later worden, wist Bertie. Waarom kon hij niet op een normale tijd thuis zijn, zoals zoveel vaders? Dat zou al een heel stuk schelen, dan was ze tenminste niet alleen met de kinderen en kon hij haar helpen. Nu moest ze alles alleen doen. Toen Romi nog alleen was geweest, had ze dat niet erg gevonden, maar nu met twee kinderen was het toch anders. Zo meteen moest ze Beerend naar bed brengen, maar ook Romi moest gewassen worden en aangekleed voor de nacht. En morgenvroeg moest Romi weer op tijd klaar zijn, zodat Ron haar naar het kinderdagverblijf kon brengen. Vanochtend had hij nog geklaagd dat hij niet op tijd bij een klant zou zijn omdat Romi nog niet klaar was. Of ze Romi niet zelf weg kon brengen.

Begreep hij dan echt niet waarom Bertie dat niet kon doen? Ze kon Beerend toch niet alleen in zijn bedje laten liggen? Stel je voor dat er iets met hem gebeurde als zij net weg was. 'Zie je wel, ik ben wel bezorgd om mijn kind. Ik heb wel gevoelens voor hem.'

Romi keek haar moeder vragend aan. Had ze dat hardop gezegd?

'Mama, ikke happe.'

'Jaja, hier komt een nieuwe hap.' Bertie schoof wat aardappels en groenten op de vork.

Beerend koos net dit tijdstip uit om te gaan huilen. Met een zucht keek Bertie achter zich naar de box, waar de baby in de Maxi-Cosi lag. Wat was er nu weer aan de hand? Hij had net zijn fles gehad. Een boertje dat dwarszat of een vieze luier misschien?

'Mama,' klonk het dreinerig. 'Happe.'

Bertie hield de vork voor het mondje van Romi. Het gehuil achter haar werkte op haar zenuwen. De vork verdween in Romi's mond. Bertie draaide zich naar de baby toe en op hetzelfde moment hoorde ze kokhalsgeluiden, een snik en een tel later een brakend geluid. Voordat ze het zag, voelde ze de warme spetters al op haar arm neerkomen. 'Romi, wat doe je nu weer?' riep ze vol walging. Met een ruk kwam ze omhoog en bekeek de weeïge, walmende massa die deels op de tafel terecht was gekomen. Bertie voelde haar eigen maag eveneens in opstand komen en moest flink slikken om zelf niet te braken. Met haar hand tegen haar mond gedrukt draaide ze zich om, weg van de oranje met groene en bruine stukjes die zich over de tafel en op de vloer verspreidden.

Romi begon van schrik te huilen en veegde met haar smerige handjes over haar gezicht. Kennelijk had ze met haar handen geprobeerd om het braaksel tegen te houden.

Bertie bleef bij het aanrecht staan tot haar maag weer wat tot rust kwam. Poepluiers vond ze niet erg, maar bij het zien van braaksel werd ze terstond onpasselijk. Achter haar huilden Romi en Beerend nu om het hardst, toch kon ze zich er niet toe bewegen zich om te draaien en haar kinderen te helpen en te troosten. Minutenlang bleef ze zo staan, met haar handen tegen haar oren gedrukt om het gehuil maar niet te horen. Tranen liepen over haar wangen en haar schouders schokten van de ingehouden snikken. Het liefst zou ze weglopen, weg van hier, weg van die smerige brij die op tafel lag. Weg ook van die huilende kinderen die haar dit aandeden.

Hoe had ze ooit kunnen denken dat twee kinderen hun geluk alleen maar zouden vervolmaken? Het was een ramp, een regelrechte ramp! Of het lag aan haar en was ze helemaal niet geschikt voor het moederschap. Romi was een voorbeeldig kind geweest, dat was een verraderlijke instinker geweest. Ze had kunnen weten dat geen twee kinderen hetzelfde waren.

Weg van hier. Rustig worden. Even helemaal niets meer.

Bertie kwam weer tot zichzelf op het moment dat een oudere man met een hond haar aansprak.

'Gaat het wel goed met jou? Het is geen weer om zonder jas naar buiten te gaan. Je loopt nog een longontsteking op als je niet snel naar binnen gaat. Moet je ver zijn?'

Verdwaasd keek ze de man aan en liep verder. Pas toen hij hoofdschuddend uit het zicht was verdwenen, keek ze om zich heen. Waar was ze? Was dit hun straat? Het was donker. De omgeving kwam haar niet direct bekend voor. Rillend van de kou zocht ze naar een punt dat ze herkende. Met de armen om zich heen geslagen, probeerde ze zichzelf warm te wrijven.

HOOFDSTUK 5

'Bertie, waar kom jij in vredesnaam vandaan?' begon Ron zodra ze binnenkwam. Hij had Beerend op zijn ene arm en met zijn vrije hand spoelde hij een doekje uit onder de kraan.

De tafel was schoon, de viezigheid verdwenen, ook van de vloer. Romi was nergens te bekennen. Had ze het gedroomd? Was Romi dan niet ziek geworden? Verward schudde ze haar hoofd. 'Ik... ik weet het niet,' mompelde ze.

'Dat is lekker duidelijk. Ik dacht dat je misschien naar de buurvrouw was gegaan om hulp te halen, maar je bleef weg. Ik ben al zeker drie kwartier thuis. Waar ben je al die tijd geweest?' In zijn stem streden woede en bezorgdheid om voorrang, toch sprak hij op zachte toon, vast vanwege de baby. Hij liep naar de box om Beerend weg te leggen omdat Bertie geen aanstalten maakte hem van Ron over te nemen. Vervolgens bleef hij vlak voor Bertie staan. 'Weet je wel wat ik aantrof toen ik daarstraks thuiskwam?'

Ze keek naar hem op en schudde langzaam haar hoofd. Wat was er gebeurd? Was ze echt zo lang weggebleven? Voor haar gevoel waren het slechts een paar minuten geweest.

'Romi zat hysterisch huilend in de kinderstoel, Beerend lag krijsend in de box, en jij was in geen velden of wegen te bekennen. De tafel was één smerige, gore massa. Romi was ziek geworden, begreep ik van haar. Ze was helemaal over haar toeren. Het is nog een wonder dat ze niet heeft geprobeerd om uit haar kinderstoel te komen. Wat bezielde je om de kinderen alleen te laten? Besef je wel wat er had kunnen gebeuren? Hoelang ben je weggeweest?' Hij keek haar strak aan. Aan het trekken van een spiertje naast zijn mondhoek zag ze dat hij kwaad was.

'Ik weet het niet.' Zie je wel, ze hadden nooit kinderen moeten krijgen. Ze was een slechte moeder, echt slecht. Die kleintjes liepen zo ontzettend veel gevaar een hele dag. Huis-tuin-en-keukenongelukjes konden hen fataal worden. Romi had uit de kinderstoel kunnen vallen en zich flink kunnen bezeren.

'Je weet het niet? Is dat het enige wat je kunt zeggen? Dat je het niet weet? Waarom ben je weggegaan en heb je de kinderen alleen gelaten? Weet je dat misschien wel?'

Bertie schudde haar hoofd. De warmte in de woonkamer maakte haar opeens duizelig en ze wankelde. Ron greep haar vast en voorkwam daarmee dat ze viel.

'Wat is er met jou aan de hand? Ga zitten. Je bent door en door koud.' Hij liet haar op de bank plaatsnemen en pakte de plaid die op de stoel lag. Deze sloeg hij om haar heen. 'Wat heb je allemaal, lieverd? Zo ken ik je helemaal niet. Is er vandaag iets vervelends gebeurd met Lotte? Hebben jullie ruzie gehad?'

De bezorgde klank van zijn stem was er de oorzaak van dat Bertie begon te huilen. 'Ik weet het niet,' snikte ze.

'Meisje toch, niet huilen. Er is gelukkig niks gebeurd met de kinderen. Maar dit moet je nooit meer doen. Ik schrok me wezenloos.' Hij nam haar in zijn armen en wiegde haar heen en weer alsof ze een baby was.

Snikkend liet ze haar hoofd tegen zijn borst hangen. Bertie huilde tot ze helemaal leeg was en ze niets meer voelde. Al die tijd had Ron haar vastgehouden en was hij geduldig naast haar blijven zitten.

'Waarom ben je zo verdrietig? Schrok je van het braken van Romi? Waren de kinderen heel erg druk vandaag?'

'Ik weet het echt niet, Ron. Al weken heb ik het gevoel dat ik iets verkeerd doe.' Met de zakdoek die ze van hem had gekregen, droogde ze haar wangen en snoot haar neus.

Ron keek haar verbaasd en ook geschrokken aan. 'Dat hoor ik voor het eerst. Waarom heb je daar nooit met mij over gepraat?'

'Omdat ik het afschuwelijk vind dat ik niets voel.' Ze keek hem niet aan toen ze snel verder praatte. 'Lotte denkt dat ik een postnatale depressie heb. Dat het daardoor komt.'

'Lieverd, is dat niet een beetje te heftig? Je hebt bloedarmoede, daardoor ben je moe en zie je het allemaal niet in het juiste perspectief.'

Bertie beet op haar lip. Moest ze nu allerlei argumenten aandragen om hem te laten inzien dat ze wel depressief was? Lotte had het allemaal zo mooi opgesomd, ze had zo overtuigend geklonken. Het plaatje klopte, alleen wilde Bertie daar liever niet in staan. Het klonk zo beladen: postnatale depressie.

'Zegt Lotte dat je een postnatale depressie hebt? Sinds wanneer is zij een arts die diagnoses kan stellen?' Ron lachte even een vreugdeloos lachje. 'Ik vind het wat kort door de bocht om zo'n beladen term uit de lucht te grijpen alleen omdat er wat dingen zijn die overeenkomen. Je bent moe, daardoor zie je het niet zo helder meer en ga je je rare dingen in je hoofd halen. Niks geen depressie. Laat je niets aanpraten. Is het wel zo'n goed idee dat Lotte hier de hele dag is? Voel je je al sterk genoeg om het zelf te kunnen? Ik breng Romi morgenvroeg wel naar het kinderdagverblijf, en morgenavond zorg ik ervoor dat ik op tijd thuis ben. Dan kunnen we samen eten en de kinderen naar bed brengen. Afgesproken?'

Bertie kon niets anders doen dan knikken. Was ze wel sterk genoeg om alleen voor de kinderen te zorgen? Het was wel fijn dat Lotte haar hielp en ervoor zorgde dat er geen rare dingen gebeurden. Dat wat ze vanavond had gedaan, hoorde daar vast ook onder. Niet weglopen terwijl de kinderen moederziel alleen thuis waren en er van alles mis kon gaan.

'Als je voorlopig nou eens niks anders doet dan er zijn voor de kinderen,' stelde Ron voor. 'Laat de was en het huishouden maar aan mij over. Jij zorgt voor de kinderen en het eten en doet boodschappen als je kunt. Zullen we dat afspreken?'

Ron het huishouden doen? Wist hij dan wat er gedaan moest worden? Hij wist niet eens hoe de wasmachine werkte. Toch knikte ze. Wat moest ze anders doen? Zeggen dat ze er juist tegen opzag om voor de kinderen te zorgen, dat ze zich liever op het huishouden stortte? Ron wilde zijn best doen voor haar, dan moest zij daar ook iets voor in de plaats doen. Ze kon het, het moest maar.

De rest van de avond hoefde Bertie niets meer te doen van haar man. Ze ging nog wel bij Romi kijken. Dat verplichtte het moeder-zijn haar.

Waarom was het meisje ziek geworden? Ze had geen koorts en was levendig genoeg geweest aan tafel. Misschien had ze zich verslikt en was daardoor die heftige reactie ontstaan. Of had zij de vork iets te ver in haar keel geduwd? ging het opeens door Bertie heen. Ze had Romi net een hap eten gegeven en zich omgedraaid omdat Beerend begon te huilen. Had die vork op dat moment nog in haar mondje gezeten? Dat kon ze zich niet herinneren. Dat ze niet wist wat er gebeurd was, was gelogen, alleen het hoe en waarom was ze kwijt.

'Hé Romi. Gaat het wat beter met je buikje?' Bertie ging op de rand van het grote bed zitten en streek het nog vochtige haar van het voorhoofd van haar dochtertje. Ze rook lekker fris en zag er niet ziek uit.

Romi knikte zwijgend en keek haar moeder met een ernstig gezichtje aan.

'Zal mama je nog een stukje voorlezen?'

Ze schudde haar hoofdje. 'Papa daan.'

Oké, die taak had Ron ook van haar overgenomen. Dacht hij soms dat ze niets kon? Nee, niet zo onredelijk denken, berispte ze zichzelf, Ron had het beste met haar en de kinderen voor. Hij wilde haar helpen, daar moest ze dankbaar voor zijn. 'Ga maar lekker slapen dan.' Bertie boog zich over het kind heen en drukte een kus op haar voorhoofd. Ze hield van dit meisje, dat wist ze zeker, alleen kon ze op dit moment het juiste vakje waarin die gevoelens zaten niet vinden. Het was er, diep in haar. En voor Beerend vast ook.

Ron legde precies op het moment dat Bertie de trapdeur opende zijn telefoon weg. Met wie had hij gesproken? Haar moeder, Lotte? Bertie vroeg er niet naar. Als hij wilde dat zij het wist, zou hij het vast nog wel vertellen.

'Slaapt Romi?' vroeg hij.

Bertie voelde de onderzoekende blik van haar man over zich heen gaan. Waarom keek hij zo naar haar? 'Nog niet, ze was wel rustig.'

'Mooi. Ik heb thee gezet. Voor jou voorlopig maar geen koffie meer, misschien slaap je dan ook wat beter. Als Beerend vannacht wakker wordt, moet je mij net zolang tegen mijn arm stompen tot ik wakker word. Afgesproken?' Hij keek haar aan met dat scheve lachje waarvan ze zo hield.

'Ik doe mijn best.' Omdat Ron haar naar de woonkamer dirigeerde, deed ze braaf wat hij van haar verlangde. Ze sloeg de plaid weer over haar schouders omdat ze het nog altijd koud had.

'Hier heb je warme thee, daar knap je vast wel van op. Ik heb daar-net met Lotte gesproken,' begon hij zodra hij thee voor haar had neergezet. Met een kop koffie in zijn handen ging hij tegenover haar zitten. 'Ze vertelde me van vanmiddag. Dat jullie gepraat hebben over de mogelijkheid dat jij een postnatale depressie kon hebben.' Hij zweeg en staarde in zijn mok.

Bertie wist niet hoe te reageren. Wat moest ze zeggen? Dat het niet waar was, dat ze alleen maar moe was en verder niets? Het was meer dan die vermoeidheid, dat besefte ze nu zelf ook wel. Er was meer met haar aan de hand. Misschien inderdaad een depressie. Welke moeder liet haar kinderen in de steek alleen omdat haar dochtertje had overgegeven? Dat was toch geen normale reactie? Ook haar gevoelens klopten niet.

Eindelijk keek Ron weer naar haar, niet met een beschuldigende blik maar een bezorgde. 'Ik weet niet wat ik ervan moet denken, Ber-tie, van wat Lotte me vertelde. Voor mij ben je niet depressief, al vind ik wel dat je afwezig bent. Alsof je steeds met je gedachten ergens anders bent. Is dat ook zo? Denk je aan heel andere dingen als je hier bij ons bent? Zeg het alsjeblieft tegen me, dan kan ik pro-beren het te bevatten. Ik wil je graag begrijpen, lieverd, zodat ik je kan helpen.'

'Ik weet het niet,' mompelde ze. Was dit het enige wat ze kon zeg-gen? Waarom vertelde ze hem niet gewoon over het gebrek aan gevoelens voor de baby, over de onzekerheid en de angst dat ze het fout deed, dat ze een slechte moeder was?

'Bertie, kom op. Je weet het vast wel. Vertel het me maar. Wij kunnen elkaar toch alles vertellen? We houden van elkaar. Ik houd van jou. Zonder jou ben ik nergens.' Geëmotioneerd knipperde hij met zijn ogen. 'Ik heb je nodig, meisje.'

Bertie slikte een paar keer. Praten met Ron, dat was belangrijk als je van elkaar hield. Maar kon ze hem alles wel vertellen, zou hij haar begrijpen? Of dacht hij meteen dat ze stapelgek was geworden?

Aarzelend begon ze te praten. 'Ik denk dat het allemaal met die vermoeidheid te maken heeft. Het liefst zou ik een hele dag in bed blijven liggen.'

'Wil je dan niet voor de kinderen zorgen? Beerend is pas drie weken oud. Hij heeft zijn moeder nodig.'

'Ik kan het niet, Ron. Vraag me niet waarom, maar ik kan het niet opbrengen. Het is slecht en verkeerd van me, maar ik kan er niets aan veranderen.'

'Wat kun je niet? Voor hem zorgen? Van hem houden?' Met een ontzette blik keek hij haar aan. 'Houd je niet van hem? Is dat het? Had je Beerend liever niet gewild?'

'Nee, nee, dat is het niet. Natuurlijk wilde ik een tweede kind. Ik was dolgelukkig toen ik weer in verwachting was. Ik keek uit naar zijn geboorte. Echt, je moet me geloven,' riep ze smekend uit.

'Wat is het dan, Bertie? Waarom kun je niet zoals iedere moeder voor je kinderen zorgen?'

Ze moest haar thee wegzetten, zo heftig begonnen haar handen te trillen. 'Ik wil wel, maar ik kan het niet. Ik ben geen goede moeder. De kinderen verdienen een moeder die van hen houdt, op wie ze kunnen rekenen.'

Ron stond hoofdschuddend op, streek met zijn handen door zijn haren en begon heen en weer te lopen als een getergde leeuw. 'Zeg toch niet van die rare dingen. Ik weet dat je wel van hen houdt. Je houdt van Romi en Beerend. Je weet nu alleen even niet hoe.'

Dat was het precies, hij begreep haar! Ze veegde haar wangen droog en keek verwachtingsvol naar hem op.

'Ik denk dat het beter is dat we morgen naar de huisarts gaan en hier met haar over praten,' besliste Ron. 'Lotte komt hierheen om op de kinderen te passen. Ik ga met je mee naar de huisarts. Je kunt nu beter naar bed gaan en proberen wat te slapen. Als Beerend wakker wordt, maak ik wel een flesje voor hem.' Hij draaide zich om en liep naar de keuken waar hij met zijn rug naar haar toe bleef staan.

Moest ze naar bed gaan? Wilde hij niet verder met haar praten? Begreep hij zo ook wat er in haar omging? Aarzelend stond Bertie op in de hoop dat Ron zich nog omdraaide en iets liefs tegen haar zei. Hij had wel gezegd dat hij van haar hield, maar dat was voordat Lotte hem had verteld van die depressie.

Ondanks dat Ron nu wist wat er aan de hand was, gaf dat Bertie geen rust. Ze voelde geen opluchting omdat ze hem had verteld wat er mis was met haar. Hoe zou hij erover denken nu hij de rust kreeg om er langer over na te denken? Wat zou hij doen? Lotte had hem verteld van die depressie, wat had ze hem nog meer verteld? Alles wat Bertie haar had toevertrouwd? Ze trachtte zich te herinneren wat ze precies had gezegd, maar kwam niet erg ver. Haar hersens leken wel van dikke stroop te zijn gemaakt en konden maar aan één ding denken: morgen moest ze naar de huisarts.

Na dat eerste uitstapje naar de huisarts en behalve die paniekerige vlucht was Bertie niet meer naar buiten geweest, zelfs niet om boodschappen te doen, die hadden haar moeder, Ron of Lotte tot nu toe gehaald. Met Ron erbij zouden ze vast met de auto naar de huisarts gaan, dan hoefde ze niet alleen naar buiten. Dat maakte het een stukje minder eng.

De huisarts had vast vaker te maken gehad met jonge moeders die een postnatale depressie hadden. Misschien kreeg ze wel medicijnen. Een pil tegen het ontbreken van gevoelens. Dat zou mooi zijn. Als ze maar van Beerend kon houden, hem wilde knuffelen en zijn geur opsnuiven, want zelfs dat wilde ze op dit moment niet.

Het bleef maar tollen en spoken in haar hoofd waardoor het niet lukte om in slaap te vallen. Uiteindelijk was ze net in slaap toen ze wakker schrok van Ron die naar bed kwam.

Uren later lag Bertie nog wakker tot het tijd was voor de nachtvoeding van Beerend. Hij begon stipt om drie uur te huilen. Wat te doen? Ron wakker stompen? Dat had maar een paar keer gewerkt en ondertussen schreeuwde Beerend zijn zus wakker, zodat Bertie het weer had opgegeven haar man wakker proberen te krijgen.

Moe en gebroken sleepte ze zich uit bed. Omdat ze Ron niet wilde storen en omdat ze het niet langer door en door koud had, voedde ze de baby op zijn eigen kamertje in een leunstoel die er voor dat doeleinde stond. Nog altijd had ze voldoende borstvoeding voor die ene voeding per dag, zodat ze niet eerst beneden een fles klaar hoefde te maken.

Terwijl de baby dronk, dreven Berties gedachten weg. Was het niet beter als zij gewoon wegging? Dan hoefde Ron zich geen zorgen te maken over haar en de kinderen. Haar ouders woonden te ver weg om hulp te bieden, maar misschien wilde Lotte wel voor de kinderen zorgen. Zij vond het tenminste leuk om te doen. Ron kon haar best in dienst nemen. Op die manier had Lotte een baan, en de kinderen verzorging.

Hij zou vast wel weer een andere vrouw vinden, daarvan was Bertie overtuigd. Ron was immers een leuke man om te zien met zijn blonde haar en blauwe ogen. Daarnaast had hij een goede baan. Misschien was hij beter af zonder haar. En de kinderen ook.

Wat er vanavond was gebeurd, had haar ervan overtuigd dat ze niet in de wieg was gelegd voor moeder. Ze bakte er helemaal niets van. Ze hield niet eens van haar eigen kinderen en liet hen in de steek zodra het fout ging. Een slechtere moeder konden de kleintjes niet krijgen.

Morgen moest ze naar de huisarts. Die vrouw zag vast meteen dat er iets vreselijk mis was met haar. Dokter Bogers had zelf ook twee kinderen en wist als geen ander wat het betekende om een baan met een gezin te combineren. Zij was er kennelijk goed in, in tegenstelling tot Bertie. En nu werkte ze nog niet eens.

Pas op het moment dat ze het koud begon te krijgen, merkte Bertie dat Beerend in haar armen in slaap was gevallen. Helemaal verstijfd van het lange zitten, kwam ze voorzichtig omhoog en legde de baby in bed. In plaats van eveneens naar bed te gaan, ging Bertie naar beneden en pakte ze de iPad.

HOOFDSTUK 6

Zoals afgesproken kwam Lotte die ochtend om voor Beerend te zorgen en in huis te helpen. Ron bracht Romi naar het kinderdagverblijf en kwam vervolgens terug naar huis om een afspraak te maken met de huisarts. Of het door zijn overtuigingskracht kwam of omdat er een andere afspraak uit was gevallen, ze konden in ieder geval om halfelf al terecht.

Lotte liet niet merken dat ze wist wat er de vorige avond was voorgevallen. Opgewekt en levenslustig als altijd ging ze zingend door het huis, poetsend en opruimend waar dat nodig was. Bertie deed net of ze het heel druk had met het strijken van Rons overhemden en Ron trok zich terug op zijn kantoortje, annex logeerkamer. Hij kwam ook niet meer terug op wat er gisteravond was gebeurd.

Kennelijk had hij niet eens gemerkt dat ze vanochtend vroeg pas weer naar bed was gekomen, tegen de tijd dat Beerend weer wakker werd voor zijn eerste voeding van die dag. Al die tijd had Bertie beneden gezeten, zoekend en lezend op internet. Ze had willen weten of er nog meer vrouwen waren die met dezelfde problemen kampten als zij. Dat bleek het geval. Er was heel wat te vinden over een post-partumdepressie of PPD zoals het afgekort werd. Er waren forums waar je je hart kon uitstorten en waar je bijval en soms ook adviezen kreeg van lotgenoten.

Ook stonden er vreselijke verhalen op internet waarin Bertie zich absoluut niet herkende. Zij liep niet rond met de gedachten haar kinderen of zichzelf iets aan te doen. Ze was toch niet gek! Dan zou ze nog eerder weggaan.

Dat er medicijnen waren die konden helpen om een depressie eronder te krijgen, verbaasde haar niets. Mensen met een burn-out kregen immers ook medicijnen. Daar was een post-partumdepressie vast wel mee te vergelijken.

Van de medicijnen die genoemd werden, werd ze niet vrolijk. De meeste dempten de angstgevoelens, maar daarnaast ook andere gevoelens. Dat moest ze niet hebben, ze voelde al zo weinig. Bij haar moest het juist opgepept worden, was Bertie van mening.

Dan was er nog de groep vrouwen die hormonen kregen toegediend en die daar baat bij leken te hebben. Ook waren er die onder behandeling waren van een haptonoom. Iedereen merkte resultaat met iets anders leek het wel. Er was geen eenduidige behandeling, maar gepraat werd er altijd. Praten met een deskundige was belangrijk.

'Bertie, hoor je eigenlijk wel wat ik gezegd heb?' Lotte stond naast haar vriendin en keek haar verwonderd aan. 'Je strijkt steeds over hetzelfde stuk heen, dat overhemd krijg je echt niet gladder.'

Bertie keek geschrokken op. 'Sorry, wat zei je?'

Lotte begon te lachen. 'Je hebt echt niets gehoord. Ik vroeg of je zin hebt om vanmiddag mee naar de stad te gaan. Je kleren slobberen om je lichaam, zo veel ben je afgevallen in korte tijd. Iets nieuws zou niet gek zijn. Je mag jezelf best een keer verwennen.'

'Dat kan toch niet met Beerend,' hield Bertie haar vriendin voor.

'Hij kan best mee in die grote kinderwagen. Dat is nog gemakkelijk ook, dan hoeven we niet te sjouwen met onze aankopen maar leggen alles in het voorste stoeltje.'

'Ik weet niet of dat zo'n goed idee is. Hij moet om drie uur zijn fles hebben.'

'Die nemen we mee. Dat hebben we met Romi toch vaak genoeg gedaan? Bij de meeste restaurantjes hebben ze wel een magnetron om een fles in op te warmen. Kom op, Ber, we gaan vanmiddag lekker de stad in en laten hier de boel de boel. Je knapt er vast van op. Het is niet meer zo koud als een paar dagen geleden en het blijft droog vandaag.'

Bertie durfde niet te zeggen dat ze niet naar buiten wilde. Met de auto naar de huisarts was nog te doen, maar lopend door de stad, nee, dat zag ze echt niet zitten. Daar had ze absoluut geen energie voor. Deze middag moest ze echt de slaap inhalen die ze vannacht niet had gekregen. Bovendien moest ze er niet aan denken dat ze bekenden tegen kon komen. Iedereen leefde in de veronderstelling dat zij op een roze wolk zat nu ze voor de tweede keer moeder was geworden. Dat ze wel moest stralen van geluk.

'Ik weet het niet. Laten we eerst maar afwachten wat de huisarts te zeggen heeft,' hield Bertie de boot af.

'Oké, wat jij wilt.' Lotte ging aan de slag met het koffiezetapparaat. 'Heb je nog wel tijd voor een bakje koffie voordat je naar de huisarts moet?'

'Vast wel. Ik waarschuw Ron alvast dat de koffie zo klaar is.' Bertie pakte de telefoon en belde via de huislijn naar de logeerkamer op zolder.

'Weet je nog waar jij en Ron elkaar hebben ontmoet?' vroeg Lotte even later. Ze lachte meewarig. 'Dat feest van Dennis en Marjoke?'

'Hoe zou ik dat kunnen vergeten.' Bertie vertrok haar gezicht tot iets wat door moest gaan voor een grijns. 'Jij stelde ons aan elkaar voor. Volgens mij was jij verliefd op hem. Heb ik gelijk?'

'Ja, dat heb je zeker. Ik was verliefd op hem en jij ging er met Ron vandoor. Wat was ik kwaad op jou.'

'Jij had in die tijd toch verkering met Sjoerd,' herinnerde Bertie zich. 'Ik wist echt niet dat je verliefd op Ron was, anders was ik nooit iets met hem begonnen.'

'Zeg je nu. Sjoerd was een aflopende zaak. We hadden allebei in de gaten dat er eigenlijk niet veel meer was tussen ons.'

'Waarom heb je dan nooit gezegd dat je verliefd was op Ron? Ik kwam daar pas veel later achter door iets wat Ron had gezegd.'

'Wat had het voor zin? Hij had zijn keuze al gemaakt, en jij ook. Jullie waren met geen tien paarden bij elkaar vandaan te krijgen. Tussen ons was het vast niets geworden.'

'Dat weet je toch niet. Misschien wel. Ik vind het weleens jammer dat jij nog altijd geen vriend hebt gevonden met wie je net zo gelukkig kunt worden als Ron en ik zijn. Volgens mij zou jij een fantastische moeder zijn. Of wil je dat niet?'

Lotte haalde haar schouders op. 'Mijn tijd komt nog wel. Als het voor me is weggelegd, komt de ware vanzelf op mijn pad.'

'Denk je dat echt? Zoek je niet? Is een datingsite niets voor jou?'

'Precies, dat is niks voor mij.' Lotte pakte een paar kopjes uit de kast en schonk ze vol. Met de volgende vraag verbrak ze de vertrouwelijkheid die er even tussen hen was geweest. 'Moet ik Beerend straks zijn flesje geven? Om elf uur moet hij toch zijn volgende voeding hebben?'

'Doe dat maar, ik weet niet of wij op tijd terug zijn.'

Ron kwam binnen en schoof aan bij de tafel. 'Lekker, koffie. Daar was ik wel even aan toe.' Hij keek glimlachend naar Lotte die een kopje voor hem neerzette.

Bertie voelde zich erbij zitten als het spreekwoordelijke vijfde wiel. Zou hij ook zo naar haar gelachen hebben als zij hem de koffie had gegeven?

'Daar ben je weer,' begroette dokter Bogers hen. 'Hoe gaat het met je, Bertie? Nog altijd last van vermoeidheid? Ik zal je Hb-gehalte zo meteen nog eens testen. Maar daar kom je vast niet voor, samen met je man. Ga zitten en brand los.'

'We zijn hier omdat we vermoeden dat Bertie last heeft van een postnatale depressie,' begon Ron. Hij keek even opzij naar haar voor haar goedkeuring.

'PPD, dat is niet niks. Waarom denk je dat, Bertie?'

Omdat Bertie bleef zwijgen, vertelde Ron van hun vermoedens.

'Klopt dat allemaal? Ben je bang dat je niet van je kinderen houdt?' Dokter Bogers keek met een vriendelijke blik naar haar. 'Is het niet gewoon de vermoeidheid die je parten speelt?'

'Ik weet het niet,' mompelde Bertie. 'Misschien is er wel meer aan de hand dan alleen die bloedarmoede.'

'Dat kan ik met één zo'n kort gesprekje niet met zekerheid zeggen. Zal ik je een slaapmiddel geven waardoor je beter slaapt? Geef je nog altijd borstvoeding?'

'Alleen de voeding van 's nachts. De melkgift liep terug door die vermoeidheid.'

'Hm, dan heeft een slaapmiddel niet veel zin, tenzij je die laatste borstvoeding ook afbouwt of op een ander tijdstip geeft.'

'Kan zo'n slaappil geen kwaad voor de baby?' wilde Ron weten.

'Hij krijgt er ook iets van binnen, maar in een heel kleine dosis. Zeg het maar, wat wil je dat ik doe?'

Ron keek verbaasd naar de huisarts. 'Wij komen om advies en hulp van u. Als we zelf moeten bepalen wat voor behandeling er nodig is, hadden we net zo goed meteen ergens anders heen kunnen gaan.'

Dokter Bogers was niet onder de indruk van zijn uitval. 'Dat zal niet gaan. Ik moet nu eenmaal een verwijsbrief schrijven voor een vervolgtraject. Misschien kan een gesprek met een psychotherapeut meer helderheid bieden, hoewel ik niet denk dat er sprake is van een PPD. Het is je tweede kindje, Bertie. Je weet wat je te wachten staat. Ik ken je als een evenwichtige vrouw die stevig in haar schoenen staat. Daar vergis ik me toch niet in?'

'Ze is constant somber, dokter, ik heb haar zelfs niet meer zien lachen sinds de geboorte van Beerend. Ze wil niets, vindt zichzelf een slechte moeder, laat haar kinderen in de steek als er iets onverwachts gebeurt, ze is voortdurend moe en er komt niets uit haar handen,' somde Ron geagiteerd op. 'Is dat niet voldoende voor een diagnose?'

Bertie voelde dat haar wangen nat werden. Zoals Ron het deed voorkomen was ze tot niets in staat en deugde ze nergens voor. Was het werkelijk zo erg?

'Mag ik even met je vrouw alleen praten?' vroeg dokter Bogers op vriendelijke toon aan Ron. Ze schoof een doos met tissues naar Bertie zodat ze haar tranen kon drogen.

'Is dat nodig? Bent u bang dat ik overdrijf?'

'Dat niet, maar Bertie kan zich geremd voelen door jouw aanwezigheid,' legde de arts uit.

Ron keek vragend naar Bertie. Wat kon ze anders doen dan haar schouders ophalen. 'Goed, ik wacht hiernaast op je.' Hij stond met duidelijke tegenzin op en ging terug naar de wachtkamer.

'Gaat het, Bertie? Vind je het zo erg te horen wat je man over je zei?' vroeg dokter Bogers.

Bertie knikte.

'Klopt het wat hij zegt? Ben je echt zo somber dat je niet eens kunt lachen?'

Opnieuw knikte Bertie.

'Heb je de kinderen in de steek gelaten?'

'Gisteravond werd Romi plotseling ziek. Daar schrok ik zo van dat ik weg ben gelopen. Toen ik terugkwam was Ron thuis.'

'Hoelang ben je weggebleven?'

Een ongemakkelijk gevoel bekroop haar. Ze had een uur op straat rondgelopen voordat ze besefte wat ze aan het doen was. Bijna niet hoorbaar vertelde ze aan de dokter wat er gebeurd was.

De huisarts knikte ernstig. 'Dat is niet zo best. Weet je ook waarom je wegging? Kon je er niet meer tegen? Werd het gehuil je te veel?'

'Ik kon er opeens niet meer tegen. Romi is echt wel vaker ziek geweest, maar nu… het ging gewoon niet meer. Misschien kunt u me vertellen waarom ik niets voel. Ik hoor toch van mijn kinderen te houden? Waarom voel ik dan niets voor Beerend? Zelfs Romi kan ik niet meer lief vinden. Dat is toch niet normaal? Wat ben ik voor een moeder?'

Dokter Bogers gaf hierop geen antwoord maar stelde nog meer vragen. De normale gespreksduur van tien minuten werd ruimschoots overschreden, maar toen Bertie weer naar buiten ging, had ze wel het gevoel dat er echt naar haar geluisterd was. Met een verwijsbrief en een recept op zak ging ze naar Ron toe.

'Dat heeft lang geduurd. Hoe ging het?' wilde hij weten terwijl ze naar de auto liepen.

'Goed, ik heb haar alles verteld. Ze luisterde naar me en nam ook serieus wat ik zei. Post-partumdepressie kan door hormoonschommelingen na de bevalling ontstaan zijn, maar het kan ook een andere oorzaak hebben.' Dat het ontstaan van post-partumdepressie in het verleden kon liggen, wilde ze nu nog niet aan Ron kwijt. Daarover moest ze zelf eerst goed nadenken.

'Heb je medicijnen gekregen?'

'Dat ook, antidepressiva en een slaapmiddel. Ik mag alles gebruiken, ondanks dat ik borstvoeding geef. En een verwijsbrief om eens met een psychotherapeut te gaan praten. Dat moet ik absoluut doen, volgens dokter Bogers.'

'Dat is mooi. Ben je er zelf ook tevreden over? Sta je erachter?'

'Ik denk wel dat het kan helpen.' Bertie voelde zich iets beter nu ze er met de arts over had gepraat. Niet dat ze nu op slag genezen was, het kon een langdurig proces zijn, had dokter Bogers haar gewaarschuwd. Soms duurde het wel langer dan een jaar voordat alle klachten verdwenen waren, en bij een volgende zwangerschap kon het net zo hard weer terugkomen. 'Ik heb een folder van haar meegekregen voor de naaste gezinsleden zodat je weet wat er aan de hand is en wat ertegen gedaan kan worden.'

Ron startte de auto en reed weg. 'Waarom mocht ik er eigenlijk niet bij blijven? Was ze bang dat ik een vertekend beeld gaf?'

'Misschien, dat weet ik niet, daarover hebben we niet gepraat. Ze wilde van mij horen wat er aan de hand is, niet van jou.'

'Of had ze het gevoel dat je met mij erbij minder openhartig zou durven praten?' Ron blikte even opzij.

'Dat zou kunnen,' gaf Bertie toe.

'Het is belangrijk dat wij ook blijven praten met elkaar, Bertie. Je kunt me alles vertellen, dat weet je toch? Ik wil graag weten wat er in jou omgaat. Betrek me bij je problemen met wat dan ook, zodat ik het beter kan begrijpen. Mooi hoor, dat ze er een foldertje voor hebben gemaakt, maar ik hoor het liever direct van jou.'

Voor het eerst sinds een paar weken voelde Bertie zich warm worden vanbinnen. Wat had ze dat gemist. Was dit het begin van de weg terug?

Lotte was eveneens nieuwsgierig naar wat er besproken was bij de huisarts. Bertie vertelde beknopt waarover ze met de huisarts had gepraat. Net als tegen Ron liet ze ook nu bepaalde zaken weg.

'Heb je medicijnen gekregen?'

'Dat wel, maar het effect schijnt pas na een week of vier echt merkbaar te zijn,' wist Bertie inmiddels.

'Je gaat ze toch wel innemen?'

'Natuurlijk, ik wil beter worden. Ik heb van de huisarts een paar namen van psychotherapeuten gekregen die met PPD bekend zijn.' Naar wie ze uiteindelijk ging, mocht Bertie zelf bepalen.

'Ik heb Beerend zijn fles al gegeven, vind je dat niet vervelend?' wilde Lotte weten.

'Nee hoor. Dat is prima.' Bertie wilde nu het liefst alleen zijn zodat ze alles wat de arts haar had verteld nog eens rustig tot zich door kon laten dringen. Helaas leken zowel Ron als Lotte haar niet alleen te willen laten. Waren ze soms bang dat ze Beerend of zichzelf iets aandeed?

Ron ging uiteindelijk wel aan het werk. 'Ik probeer op tijd thuis te zijn voor het eten zodat we samen kunnen eten,' beloofde hij. Na haar een kus te hebben gegeven vertrok hij.

'Vond je het vervelend om alles aan de arts te vertellen?' Lotte schonk nog een keer koffie in voor hen.

'Niet echt. Ze zit daar om mij te helpen. Als ik de waarheid niet vertel, kan ze me niet helpen.'

Lotte knikte begrijpend. 'Kon ze ook vertellen waarom je PPD hebt? Meestal komt het bij een eerste bevalling voor. Jij hebt er bij Romi toch geen last van gehad?'

'Niet dat ik me er bewust van was in ieder geval. Dokter Bogers kon zo niet zeggen waarom het nu fout is gegaan. Waarschijnlijk komt het door te grote hormoonschommelingen.'

'Zijn die nu anders dan na de bevalling van Romi?'

'Dat weet ik echt niet.' Zo diep was de huisarts daar niet op ingegaan. Bertie had ook niet veel zin met Lotte over de mogelijke oorzaak te praten. Het was nu eenmaal een feit dat ze post-partumdepressie had. De psychotherapeut mocht wat haar betreft uitzoeken waardoor het kwam, als er al een aanwijsbare reden was.

HOOFDSTUK 7

Het duurde tot halfelf die vrijdagavond voordat Bertie voldoende moed had verzameld om er met Ron over te praten. Zijn reactie was zoals ze die al een beetje had verwacht.

'Het geboortefeest afzeggen?' Ron keek haar verbaasd aan. 'Dat kun je niet menen.'

'Ik ben bang dat het te veel van het goede is voor mij op dit moment. Al die mensen onder ogen komen...'

'Is het niet beter om zo veel mogelijk te doen wat we normaal ook zouden doen? Je kunt je wel verstoppen voor iedereen, maar daarmee los je het probleem echt niet op,' hield hij haar voor.

'Dat snap ik wel, maar er zijn gewoon dingen waar ik vreselijk tegen opzie. Dat geboortefeest is er een van. Het is al over drie weken.'

'Het is pás over drie weken. Tegen die tijd kun je al een heel stuk opgeknapt zijn en veel meer aankunnen dan je nu voor mogelijk houdt,' ging Ron verder.

'Maar je weet het niet zeker. Het kan best nog veel erger zijn geworden. De medicijnen beginnen pas na vier weken echt goed te werken. Bovendien moet ik het eerste gesprek met een psychotherapeut nog hebben.'

'Je hoeft het toch niet alleen te doen? Ik ben erbij en zal mijn deel van het werk doen. Als het echt niet gaat, mag je van mij best naar huis gaan.'

Bertie begreep wel dat hij het feest niet wilde afblazen. Er was al een ruimte gehuurd, afspraken waren gemaakt en een aanbetaling was gedaan. Als het niet doorging, waren ze dat geld vast en zeker kwijt. Dat zij niet lekker in haar vel zat, was immers geen geldige reden voor een annulering. Ook moest iedereen gewaarschuwd worden dat het feest afgezegd werd. Een hoop mensen zouden dan alsnog op kraamvisite komen, dat had Bertie zelf ook al bedacht. Maar die bezoeken kon ze tenminste afhouden.

Op een groot feest zou zij volop in de belangstelling staan. Op dit moment was ze bang dat ze dat niet ging trekken. Lief bedoelde en belangstellende vragen over de baby en over hoe zij zich voelde, wilde en kon ze niet beantwoorden. Niet iedereen hoefde te weten dat ze een post-partumdepressie had. Het voelde toch als een soort van falen, niet voldoen aan wat er van je verwacht werd. Ook al kon ze er helemaal niets aan doen, ze schaamde zich er wel voor.

Lotte wist het dan wel, maar Bertie had haar vriendin op het hart gedrukt het vooral tegen niemand te zeggen. Verder had niemand er iets mee te maken, als het nodig was vertelde Bertie het zelf wel. Ze had geen behoefte aan de medelijdende blikken, de ongevraagde adviezen en de ondoordachte reacties.

'We kunnen het toch uitstellen tot het echt beter met mij gaat. Je hoeft het niet helemaal af te zeggen, alleen maar op te schuiven,' hield Bertie hem voor.

'Naar wanneer wil je het verschuiven? Naar januari? Of pas over een halfjaar? Hoelang wil je dan wachten om de geboorte van onze zoon te vieren? Tot hij één jaar wordt? Ik ben er trots op dat we een gezonde zoon hebben gekregen. Dat wil ik iedereen laten weten, daarom geven we een geboortefeest. Er is nauwelijks kraamvisite geweest. Ik snap echt wel waarom, begrijp me niet verkeerd, maar nu wil ik het geboortefeest door laten gaan.' Ron leek onverzettelijk in zijn mening.

Begreep hij dan echt niet hoe zij zich voelde? Ze durfde nauwelijks naar buiten te gaan, bang om andere mensen tegen te komen. Of dat over drie weken was veranderd, wist ze nu toch nog niet. Misschien wel, maar het kon ook best dat er nauwelijks verbetering merkbaar was. Als de huisarts al waarschuwde dat het lang kon duren voordat je helemaal genezen was, zelfs tot een jaar, hoe zou het dan over drie weken met haar gaan?

Dat alles zei Bertie niet tegen haar man. Ze zweeg en hoopte dat hij het zelf zou inzien. Hij had de folder van de huisarts toch ook gelezen?

'Ik ben het er niet mee eens, Bertie, om alles af te zeggen of naar een andere datum te verplaatsen. Als het te veel is voor jou, dan blijf je maar heel even om iedereen te begroeten en ga je daarna naar huis, maar ik wil het feest gewoon door laten gaan.'

Het gehuil van Beerend, hoorbaar door de babyfoon, gaf Bertie een reden om een einde aan het gesprek te maken en naar boven te gaan. Ze wilde er geen ruzie om maken. Hij begreep het niet, of wilde het niet begrijpen. Ze durfde hem niet te vertellen dat ze bang was andere mensen te ontmoeten. Iedereen zag natuurlijk direct aan haar dat er iets mis was. Juist op zo'n feest. Liep ze daar rond met een gezicht als een oorwurm, of als een bange haas. Wilde hij dat soms?

Gisteren nog had ze gemeend dat Ron het wel begreep, nu bleek het tegendeel.

Automatisch deed Bertie de dingen die ze moest doen voordat ze de baby mee naar beneden nam. Ze praatte niet tegen hem, maakte geen troostende geluidjes, probeerde zelfs niet om oogcontact met hem te maken. En al die tijd bleef Beerend huilen en wilde zelfs zijn fopspeen niet hebben. Dat lag aan haar, dat wist Bertie zeker. Hij voelde dat zijn moeder niet van hem hield.

Die gedachte deed haar pijn, heel veel pijn. Ze beet op haar lip om iets anders te voelen. Hoe kon dit kind gelukkig worden met een moeder die niet van hem hield? Als het een jaar of nog langer ging duren voordat zij zich weer normaal kon gedragen, kreeg hij al die tijd geen liefde en affectie van haar. Wat deed dat met een baby? Hoe kon er een band tussen hen ontstaan als zij niets voor hem voelde, geen plezier aan het verzorgen en opgroeien van haar zoontje beleefde?

Van de heftige verhalen op internet was Bertie wel een beetje geschrokken. Maar al herkende ze er een hoop in, het hoefde bij haar natuurlijk niet zo heftig te zijn, niet zo diep te zitten en niet zo lang te duren als bij die vrouwen die hun verhaal op het forum deden. Als er gradaties waren, zou ze weleens willen weten waar zij ergens stond. Misschien kon die psychotherapeut haar dat vertellen na het eerste gesprek.

Maandag zou ze eerst een afspraak maken, dat had Bertie vandaag niet meer gedaan. Vergeten, of niet aan willen denken. Dat laatste ging haast niet, sinds ze wist dat ze post-partumdepressie had, dacht ze vrijwel nergens anders meer aan.

Vannacht had ze in ieder geval droomloos geslapen dankzij de slaappillen van dokter Bogers. Ze was zelfs niet wakker geworden van Beerend. Ron gelukkig wel en hij had hem zijn fles gegeven – daar ging ze tenminste van uit, omdat er vanochtend een lege fles op het aanrecht had gestaan.

Dat ze door had kunnen slapen, had haar wat meer energie gegeven vandaag. Het was een verbetering, toch vond ze het geen prettige gedachte dat ze niet wakker werd van Beerend. Stel je voor dat Ron hem ook niet hoorde. Er kon best iets anders aan de hand zijn dan een hongergevoel, bedacht ze, terwijl ze met de baby op haar arm naar beneden ging.

'Heb je enig idee hoelang Beerend vannacht al huilde voordat jij wakker van hem werd?' vroeg Bertie zodra ze de woonkamer binnenkwam.

'Niet echt. Hoe moet ik dat weten?'

'Je ziet toch wel of hij heel erg overstuur is of niet? Een baby die al langer ligt te huilen is behoorlijk rood aangelopen. Het huilen klinkt dan echt anders, harder ook. Had hij zijn handen tot vuistjes geknepen en zwaaide hij daar driftig mee?'

'Ik zou het echt niet weten, daar heb ik niet op gelet,' gaf Ron toe. 'Ben je bang dat ik hem te laat hoor?'

Bertie knikte. Vanwege de slaappil gaf ze Beerend om elf uur borstvoeding en nam die pil daarna pas in, zodat hij daar niets van binnen zou krijgen.

'Misschien moet je die pil innemen voordat je hem voedt, dan slaapt hij vast ook door,' opperde Ron.

'Hij heeft die nachtvoeding toch nodig.' Bertie legde hem aan, waardoor het gehuil van Beerend abrupt stopte. Vannacht zou ze die pil niet nemen, besloot ze. Ook al kon ze op dit moment geen liefde voor de baby voelen, ze wilde wel goed voor hem zorgen. Dat betekende ook dat ze hem 's nachts moest kunnen horen. Ron liet hem vast veel te lang door huilen, niet met opzet, maar omdat hij er niet eerder wakker door werd.

Het weekend werd een ramp. Bertie kreeg ondanks de pillen die ze nu slikte, niet voldoende rust in haar hoofd. Romi werkte haar op haar zenuwen, Beerend was haast niet stil te krijgen en Ron ging klussen bij Conrad. Lotte was er niet om haar te helpen. Dat had

Ron niet gewild, hij was immers thuis in het weekend, had hij tegen Lotte gezegd; hij zou zijn vrouw zelf helpen.

Nou, wat was hij toch thuis en wat hielp hij haar toch goed! dacht Bertie boos. Snapte hij dan niet dat ze zijn hulp ook echt nodig had? Ze wilde niet steeds hoeven vragen of hij haar wilde helpen.

Vannacht had ze er ook weer alleen voor gestaan, maar zelfs dat leek hij niet te beseffen. Ze had geen slaappil ingenomen en had bij het eerste huiltje van Beerend liggen wachten op het moment dat Ron wakker werd van het gehuil van zijn zoontje. Toen dat meer dan vijf minuten duurde, had ze het niet langer aan kunnen horen en was ze uit bed gegaan om de baby een flesje te geven.

Zelfs dat had hij niet eens gemerkt. Vanochtend was het hem opgevallen dat er een lege fles op het aanrecht stond en besefte hij wat er gebeurd moest zijn. 'Heb jij hem de fles gegeven? Ik heb Beerend vannacht niet eens gehoord.'

Bertie had zwijgend geknikt.

'Je houdt als moeder zijnde vast één oor op de baby gericht,' had hij het afgedaan. Geen vraag of ze de slaappil had genomen en of ze wel goed had geslapen. Kennelijk had hij het idee dat alles weer in orde was omdat ze nu medicijnen had.

Was het maar zo simpel.

Bertie deed haar best er te zijn voor de kinderen, Romi te helpen met het bouwen met de blokken en Beerend de aandacht te geven die hem toekwam. Alles deed ze zonder plezier, ze genoot er niet van en iedere vraag die Romi stelde was er een te veel. Dat de kleine meid tussen de middag nog een paar uurtjes naar bed ging, was een genot. Even een rustpuntje.

Zo sleepte het weekend zich voort. Zondagmiddag wilde Ron gaan wandelen met de kinderen. Het zonnetje scheen en voor eind november was het een heel aardige dag.

'Ik ga niet mee,' begon Bertie terwijl hij Romi een paar wanten aan deed.

'Waarom niet? Je komt haast nooit buiten de laatste tijd. Het is echt lekker met dat zonnetje erbij. Voor de kinderen is het ook goed als ze eens buiten komen. Beerend heeft amper frisse lucht geroken sinds zijn geboorte.'

Dat was waar. Bertie was te voet met hem naar de huisarts gegaan, maar daarna waren ze inderdaad niet meer naar buiten geweest. 'Ga jij maar alleen. Ik blijf thuis, dan kan ik wat rusten.'

'Rusten? Waar moet jij moe van zijn? Je doet nauwelijks iets in huis.'

Bertie kneep haar mond samen. Antwoord geven en zeggen dat ze vannacht opnieuw Beerend de fles had gegeven omdat Ron hem niet had gehoord, zou olie op het vuur zijn. Daar hadden ze vanochtend al woorden over gehad. Hij vond dat ze hem wakker moest maken en er niet zelf uit moest gaan.

'Oké, dan niet,' zei hij toen een antwoord uitbleef. 'Dan gaan Romi en papa samen wandelen met Beerend. Ik mag hem toch wel meenemen, of ben je het daarmee ook niet eens?' Ron keek haar uitdagend aan.

Bertie knikte en pakte het jasje van de baby om hem aan te kleden. Met lede ogen zag ze haar man en de kinderen vertrekken. Waarom kon Ron niet begrijpen wat haar ervan weerhield naar buiten te gaan? Gisteren had hij ook al een hoop problemen gemaakt omdat ze niet met hem mee wilde gaan naar de supermarkt.

'Je gaat al een paar weken naar de supermarkt. Ik hoef echt niet met je mee,' had zij gezegd.

'Ik ben anders niet van plan om iedere zaterdag de boodschappen te doen. Volgens mij is het beter voor jou als je in een normaal ritme verdergaat. Daar knap je vast veel eerder van op dan wanneer je je afsluit voor allerlei dingen. Je krijgt nog pleinvrees als je zo doorgaat.'

Maandag stond Lotte iets over achten opeens op de overloop. 'Goedemorgen. Hoe gaat het hier?' begon ze vrolijk. Ze had een sleutel van de voordeur en kon zichzelf daarmee binnenlaten.

Dat Bertie nog in haar pyjama stond en in de babykamer bezig was met Beerend, stoorde haar niet. Romi dook enthousiast in de armen van haar 'tante'.

Het kind begon opgewonden te vertellen over de kinderboerderij waar ze gisteren samen met papa naartoe was gegaan. Over de grote witte geit die nieuwsgierig zijn kop in de wandelwagen had gestopt en Beerends dekentje op wilde eten. Over de pony die zich gewillig liet aaien door de vele kinderhandjes, en de lieve konijntjes die ze had gezien.

Bertie hoorde het aan en voelde zich net als gisteren buitengesloten. Had ze dan toch mee moeten gaan met Ron? Ze had een paar uurtjes rust gehad, maar woog dat op tegen het genot samen met je man en je kinderen iets te doen? Niet dat ze het idee had daar genot aan te beleven. Ze genoot tegenwoordig niet meer van veel dingen. Of toch wel: van een stil huis, maar dat was meer omdat ze dan even tegen niemand iets hoefde te zeggen.

Vanochtend was Bertie behoorlijk duizelig uit bed gekomen. Ze was zelfs een beetje misselijk geweest. Gisteren iets verkeerds gegeten, of had ze een griepje te pakken? Tegen Ron had ze hierover niets gezegd. Hij haastte zich om zeven uur naar zijn werk in de veronderstelling dat Bertie zich wel redde. Hem nog een dag langer om zich heen hebben, was meer dan ze op dit moment kon hebben.

Romi was een handenbindertje, maar haar vader was nog een graadje erger. Hij leek nooit iets te kunnen vinden, of deed in ieder geval weinig moeite zelf te zoeken. Hij vond het makkelijker om het aan zijn vrouw te vragen, of haar te laten zoeken naar dat wat hij moest hebben. En omdat Lotte zichzelf had gebombardeerd tot gezinshulp, was zijn voornemen meer in het huishouden te helpen, plotseling verdwenen.

Bertie vond het vreselijk dat Lotte de puinhoop moest opruimen die na het weekend was ontstaan en begon, zodra Beerend had gegeten en Ron was vertrokken, de keuken op te ruimen. Duizelig en misselijk als ze was, stortte ze zich op het werk en was net klaar en naar boven gegaan toen Lotte binnenkwam. Nu stond ze dan ook te tollen op haar benen en hield zich staande aan het badje van Beerend.

De baby rustte op haar arm in het warme water. Hij vond het heerlijk in het water, dat merkte Bertie aan de ontspannen houding van zijn lijfje. Kon zij maar zo ontspannen drijven.

'Mama, ikke kijke Bee-end,' riep Romi. Kennelijk was ze uitgespeeld met Lotte en nu eiste ze de aandacht van haar moeder op.

'Dat gaat niet. Ik kan jou nu niet optillen, ik moet Beerend vasthouden,' antwoordde ze op vermoeide toon.

Romi bleef aandringen en trok aan de standaard waarop het badje rustte. Om ervoor te zorgen dat het bad niet met onderstel en al omvergetrokken werd, moest ze Beerend met één hand loslaten. Door een onverwachte beweging van de baby voelde ze dat Beerend van haar glibberige hand gleed. Het duurde niet lang, Bertie tilde hem binnen een paar tellen alweer uit het water, maar kennelijk had de baby genoeg water binnengekregen om in ademnood te komen. Beerend hapte naar adem als een vis op het droge, maar er kwam geen geluid uit zijn mondje. Zijn oogjes waren wijd opengesperd.

'Lotte, help me,' riep Bertie in paniek. Ze legde de baby op het aankleedkussen op de commode en trachtte zich te herinneren wat ze nu moest doen. Haalde hij wel adem? Op zijn zij, hij moest op zijn zij liggen om het water uit zijn longen te laten lopen. Zat er water in zijn longen? Het had maar zo kort geduurd. Ademde hij nu?

'Wat is er aan de hand?' Lotte kwam de babykamer binnen.

'Hij gleed onder water. Hij ademt toch wel?'

Ze duwde Bertie resoluut opzij en hield haar hoofd dicht bij zijn gezichtje. 'Bel een ambulance!'

Bertie deinsde geschrokken achteruit. Een ambulance? Was dat nodig? Ademde hij echt niet meer? Hoe kon dat? Hij had slechts een paar tellen onder water gelegen, zo snel verdronk een baby toch niet?

'Bel 112. Schiet op!' riep Lotte weer.

Nu kwam Bertie in actie en ging naar de slaapkamer waar de telefoon lag. Met trillende vingers drukte ze de drie cijfers in en wachtte tot iemand zich meldde.

HOOFDSTUK 8

Bertie zat naast de couveuse waarin Beerend lag. Hij kreeg extra zuurstof toegediend en werd door allerlei apparaten in de gaten gehouden. Ze kon zich nog altijd niet voorstellen dat dit alles veroorzaakt was door die paar tellen dat hij onder water had gelegen. Het was zo onwerkelijk allemaal.

De kinderarts had haar uitgelegd dat er slechts een kleine hoeveelheid water nodig was voor een baby om te verdrinken. Er kon zelfs een *secondary drowning* enkele uren na het onder water raken ontstaan. Water in de longen leidde tot irritatie aan de longblaasjes en zo kon er een ernstige ontstekingsreactie ontstaan waardoor het ademen bemoeilijkt werd. Het gevaar was nog niet geweken.

Ron kwam binnen, hijgend van het snelle lopen. 'Wat is er gebeurd? Lotte had het over verdrinken. Leeft hij nog?'

'Hij leeft en is in orde,' antwoordde Bertie met trillende stem. Vanaf het moment dat ze met de ambulance naar het ziekenhuis was gereden, was ze wonderbaarlijk rustig geweest, maar nu ze Ron zag, begonnen de tranen te vloeien. 'Waarschijnlijk komt het helemaal goed met hem. De arts denkt niet dat hij lang zuurstofgebrek heeft gehad waardoor een hersenbeschadiging op kon treden. Dat gaan ze later nog testen.' Bertie had huizenhoog tegen dit moment opgezien. Ze moest Ron vertellen dat hun zoontje bijna was verdronken terwijl zij naast hem had gestaan. Niemand had gezien hoe het precies was gebeurd, behalve zijzelf.

Ron had de eerste paar minuten alleen oog voor zijn zoontje. Nadat hij had gezien dat de baby ademde, en hij hem door een opening in de couveuse had aangeraakt, ging hij naar Bertie toe die bij de couveuse vandaan was gelopen om plaats te maken voor haar man. 'Wat is er precies gebeurd? Hoe kon hij bijna verdrinken? Was hij alleen? Is het in bad gebeurd? Vertel het me alsjeblieft.'

'In het badje. Romi trok aan de badstandaard,' begon Bertie.

'En daardoor verdronk Beerend bijna? Weet je zeker dat het zo is gegaan? Waar was jij op dat moment? Had je hem alleen gelaten in het badje?'

'Natuurlijk niet,' beet ze hem toe. 'Ik was hem aan het wassen toen Romi aan de standaard trok. Het bad dreigde te vallen en ik moest Beerend loslaten om dat te voorkomen. Daardoor kwam hij onder water terecht.'

'En verdronk hij bijna.' Ron keek haar met iets samengeknepen ogen aan. Hij opende zijn mond om iets te zeggen, sloot hem weer en streek door zijn haren. Met een verbeten trek om zijn mond draaide hij zich om, liep een paar stappen de andere kant op en keerde zich weer naar Bertie. Met een waarschuwende vinger in haar richting gestoken zei hij: 'Hier is het laatste woord nog niet over gesproken.' Hij ging opnieuw bij de couveuse staan.

Bertie keek verward naar zijn rug. Ze had van alles verwacht, maar niet dit. Wat bedoelde hij met die opmerking? Wat moest er dan nog meer gezegd worden? Het was een ongeluk geweest, Romi kon er niets aan doen. Het meisje was vreselijk geschrokken door de reactie van Lotte en haar mama. Ze begreep niet waarom Beerend naar het ziekenhuis moest en zij niet mee mocht. Lotte was bij Romi gebleven.

Opeens drong tot haar door wat Ron daarnet had gezegd. Lotte had hem verteld dat Beerend bijna was verdronken. Had zij dan naar hem gebeld? Dat zou de verpleging toch doen? Of had Ron daarna nog naar Lotte gebeld om te vragen wat er precies was gebeurd?

Wat had Lotte hem precies verteld? Hij bedoelde daar toch niet mee te zeggen dat het haar schuld was dat Beerend bijna was verdronken? De gedachte die daarop volgde, drukte Bertie snel weer weg. Daar wilde ze niet eens aan denken. Ron was geschrokken en reageerde emotioneel, begrijpelijk in zo'n situatie.

Beerend moest voorlopig in het ziekenhuis blijven waar de kinderarts hem in de gaten kon houden. Ron besliste dat hij de rest van de dag en de nacht bij de baby bleef en dat zij beter naar huis kon gaan.

De beschuldigende blik die hij haar schonk, deed Bertie in elkaar krimpen. Hij gaf haar echt de schuld van het ongeluk, misschien dacht hij zelfs dat ze haar eigen kind kwaad wilde doen! Verslagen pakte ze haar jas en tas en als verdoofd verliet ze de kamer. Haar voeten brachten haar naar de uitgang, waarna ze naar huis begon te lopen.

Die wandeling van tien minuten had ze nodig om haar gedachten op een rijtje te kunnen zetten. In de warme kamer bij Beerend, waar het gonsde en piepte van de apparatuur die er stond, had ze niet kunnen nadenken, het vele geluid om haar heen had haar denken vertroebeld.

Ron dacht dat zij niet goed had opgelet en dat zo het ongeluk had kunnen gebeuren. Hoe kon ze hem ervan overtuigen dat er iets heel anders was gebeurd? Dat het een ongelukkige samenloop van omstandigheden was geweest? Het had maar een paar tellen geduurd, maar kennelijk was dat al voldoende geweest om dit soort schade toe te brengen.

Als Lotte die ochtend niet was gekomen, was Romi lief met haar beer en haar poppenspullen blijven spelen. Lotte had Romi druk gemaakt en haar vervolgens naar de babykamer gestuurd.

Om Lotte te ontlasten had Bertie die ochtend als een waanzinnige de keuken opgeruimd, dat had niet gehoeven als haar vriendin niet zou komen. Dan was ze ook niet zo duizelig geweest dat ze nauwelijks op haar benen kon blijven staan. Dan had ze Beerend eerder in bad gedaan en had Romi misschien nog wel op bed gelegen.

Als.

Hij mocht haar hier de schuld niet van geven.

Het was een ongeluk geweest, niets meer en niets minder. Ron moest haar geloven.

Nu ze buiten was, voelde die nare gedachte die ze eerder niet toe had willen laten, minder beklemmend. Hier was ruimte om erover na te denken. Er waren moeders met post-partumdepressie die hun baby's iets aandeden, daarover had Bertie gelezen, maar zo was zij niet. Echt niet. Dat wist ze pertinent zeker.

Zou Ron denken dat zij wel zo was, dat ze het expres had gedaan? Dat ze hun zoontje iets aan had willen doen? Dat zou ze nooit doen. Haar kinderen zou ze nooit kwaad doen. Een nieuwe gedachte drong zich aan haar op. Stel je voor dat ze hem er niet van kon overtuigen dat ze Beerend niet met opzet onder water had gehouden, dat hij niet kon of wilde geloven dat het een ongeluk was, wilde ze dan nog wel bij hem blijven? Iedere dag die beschuldigende blik zien, ook al was het goed afgelopen? Zou hij dan nog wel bij háár willen blijven?

Er was een moment geweest dat ze weg had willen gaan, dat ze haar gezin had willen verlaten omdat ze het niet aankon. Wat hadden de kinderen aan een moeder die niet van hen hield? Maar nu dat werkelijkheid zou kunnen worden, voelde ze de pijn die dat zou doen. Het was haar gezin, het waren haar kinderen. Ook al ging het niet zoals zij en Ron hadden verwacht, het bleven haar kinderen. Hij mocht haar niet wegsturen bij haar kinderen. Waar moest ze heen? Wat moest ze dan doen?

Bertie schudde resoluut haar hoofd. Zo mocht ze niet denken. Ron liet haar niet in de steek. Als hij er rustig over na kon denken, zou hij inzien dat ze dit niet met opzet had gedaan. Dat het niet haar schuld was wat er was gebeurd, maar dat het echt een ongeluk was geweest.

Bij hun huis aangekomen zag Bertie door het grote raam van de woonkamer hoe Lotte met Romi speelde. Het meisje had de grootste pret. Dat had zij moeten zijn. Zij had met haar dochtertje moeten spelen en plezier maken. Dat had ze een paar weken geleden nog gekund, waarom dan nu niet meer? Wat deden die vreselijke hormonen met haar? Waarom kreeg zij een post-partumdepressie? Waar had ze dat aan verdiend? Had ze iets fout gedaan? Waarom was er niet een pil die ervoor kon zorgen dat alles weer werd zoals voorheen? Die maakte dat ze normaal kon reageren en van haar kinderen kon genieten?

Lotte zag haar staan door het grote raam. Haar gezicht werd ernstig en voor even was het spel vergeten. Bertie zag dat ze Romi optilde en naar de deur van de hal ging met het kind op haar heup. Háár dochter.

De voordeur ging open en Lotte maakte een gebaar dat ze binnen moest komen. In haar eigen huis!

'Hoe is het met Beerend? Wordt hij weer beter?'

'De kinderarts denkt van wel, maar het gevaar is nog niet helemaal geweken.' Bertie legde uit wat de arts haar had verteld.

'Waar is Ron? Is hij in het ziekenhuis?'

'Ja, hij blijft daar de rest van de dag, en vannacht ook,' mompelde Bertie. Ze liep langs Lotte door naar de woonkamer die er opgeruimd uitzag. Wat moest ze hier doen? Lotte zorgde voor Romi en voor het huis. Wat restte haar dan nog? Ze draaide zich om naar haar vriendin. 'Wat heb je tegen Ron gezegd? Heb jij hem gebeld of belde hij jou?'

'Hij belde naar mij om te vragen wat er precies was gebeurd,' gaf Lotte toe. Ze zette Romi op de grond. 'Het ziekenhuis had hem gewaarschuwd dat Beerend daar lag, maar ze hadden hem kennelijk niet verteld hoe het had kunnen gebeuren. Was dat verkeerd? Had ik hem niet mogen vertellen hoe het is gegaan?'

'Geen idee, dat ligt eraan wat je hem precies hebt verteld.'

'Dat Beerend bijna verdronken was in zijn badje. Wat had ik anders moeten zeggen?'

'Heb je hem ook verteld dat het een ongeluk was, dat ik er niets aan kon doen?'

Lotte moest hier even over nadenken. 'Geen idee, ik denk het wel. Het was toch een ongeluk, Bertie?'

De toon van haar stem gaf een andere betekenis aan die laatste vraag. Wat insinueerde Lotte nu? Dat zij het expres had gedaan? 'Dat was het inderdaad. Ik deed het niet met opzet. Romi trok aan de badstandaard en daardoor dreigde het bad om te vallen. Daarom kon Beerend uit mijn handen glippen.' Waarom moest zij zich tegenover iedereen verdedigen?

Lotte knikte. 'Zo zou het gebeurd kunnen zijn.'

'Zo ís het ook gebeurd. Beerend heeft maar een paar tellen onder water gelegen. Jij was er niet bij, jij hebt het niet gezien. Misschien is het beter dat je naar huis gaat, ik ben er immers weer om voor Romi te zorgen.'

Lotte schudde haar hoofd. 'Waren het echt maar een paar tellen? Hebben die zo veel schade veroorzaakt aan zijn longen dat hij nu in het ziekenhuis moet blijven? Weet je wel zeker dit ik niet hoef te blijven? Ben jij op dit moment in staat om voor Romi te zorgen? Er is heel wat gebeurd. Ga je niet liever op bed liggen om wat te rusten? Je staat te tollen op je benen. Neem een slaappil en ga even liggen. Dat zal je vast goeddoen.' Dit alles zei Lotte op een rustige en vriendelijke toon.

Wat ze zei klonk redelijk, zelfs zo redelijk dat Bertie aan zichzelf begon te twijfelen en ze zich opnieuw afvroeg of het inderdaad maar zo kort was geweest. Alle baby's kregen weleens water binnen als ze in bad gingen, of bij het babyzwemmen. Dat resulteerde toch ook niet direct tot zo veel schade aan de longen dat ze in het ziekenhuis moesten blijven? Had het toch langer geduurd dan zij zich herinnerde?

Berties hoofd bonsde en bemoeilijkte het denken. Misschien was het inderdaad beter dat ze ging liggen. Dat ze een slaappil innam om voor even die tollende gedachten stil te zetten.

Bertie werd door Lotte gewekt.

'Ik heb iets te eten gemaakt voor ons. Ron blijft in het ziekenhuis bij Beerend en eet daar. Kom je naar beneden?'

Ron in het ziekenhuis? Beerend ook? Het duurde even tot het door Berties versufte brein doordrong waar Lotte het over had en wat er eerder die dag was gebeurd. Het liefst zou ze nu nog een slaappil innemen en verder slapen zodat ze daar niet meer aan hoefde te denken. Waarom kon Lotte haar niet met rust laten?

Op de klok naast het bed zag Bertie dat het halfzes was. Had ze al die tijd geslapen? Het was nog maar net tien uur geweest toen ze naar bed was gegaan. Haar mond voelde droog aan, alsof ze een halve kilo zand had ingeslikt. Ze moest een paar keer slikken en wat kauwbewegingen maken voordat er iets meer beweging in haar tong te krijgen was.

'Beerend, hoe is het met hem?' Zelfs haar stem klonk Bertie vreemd in haar oren.

'Het gaat goed,' wist Lotte te vertellen. 'De kinderarts denkt dat zich nu geen complicaties meer voor zullen doen. Voor de zekerheid moet hij de nacht in het ziekenhuis doorbrengen, maar als het goed blijft gaan, mag hij morgen naar huis.'

Bertie wreef over haar ogen en drukte zich omhoog op het bed. 'Heeft Ron nog iets gezegd?'

'Wat moet hij hebben gezegd?' Lotte keek haar onderzoekend aan.

Bertie schudde haar hoofd. Ze wilde er niet met Lotte over praten. Diep vanbinnen had ze het gevoel dat haar vriendin dit keer niet zo oprecht was. Waardoor dat veroorzaakt werd, daar kon ze haar vinger niet op leggen. Het was een gevoel, een intuïtief weten.

Lotte kwam nu al bijna een week lang hierheen, op het weekend na, om te helpen. Ze verzorgde de kinderen goed en hield het huis schoon, daarover had Bertie geen klagen.

'Ik ga naar beneden, Romi zit alleen beneden. Kom je ook?' Lotte wachtte niet op antwoord en liep naar de trap.

Bertie volgde haar, nadat ze de slaap uit haar ogen had gewassen en haar haren een beetje had gefatsoeneerd. Romi zat al in de kinderstoel te wachten tot ze mocht gaan eten. Lotte had de pannen op tafel gezet en wachtte eveneens, ze zat op de plaats van Ron. Zodra Bertie was gaan zitten, schepte Lotte haar bord vol.

'Heb je nog sollicitaties lopen?' wilde Bertie weten. Ze nam wat van de aardappels en de boontjes en sneed het stukje kip in kleine stukjes. Echt honger had ze niet.

'Ik heb een paar brieven verstuurd dit weekend. Eerlijk gezegd verwacht ik er niet veel van. Het gaat om administratieve functies. Alsof ik daar iets vanaf weet als glasblazer zijnde.'

'Je kunt het altijd proberen.' Bertie stak een stukje kip in haar mond en kauwde het langzaam weg. Lotte gaf Romi eten, zelfs dat hoefde Bertie niet meer te doen en Romi leek het prima te vinden. 'Hoe laat ga je naar huis?'

'Niet. Ron vindt het beter dat ik vannacht hier blijf slapen,' antwoordde Lotte zonder Bertie aan te kijken. Ze bleef Romi voeren en at tussendoor haar eigen bord leeg.

Vond Ron dat beter? Waarom? Dacht hij dat ze niet alleen kon blijven? 'Dat is niet nodig. Ik red het echt wel hier.'

'Je bent erg in de war door het gebeuren met Beerend. Het is beter dat er iemand bij je is vannacht. Ook voor Romi.'

'Waarom voor Romi? Dat kind slaapt en wordt haast nooit wakker.'

Romi keek op toen ze haar naam hoorde. 'Omie sape?'

'Straks, lieverdje, nu nog niet,' zei Lotte op warme toon. 'Ik heb nog een paar boontjes voor je.'

Bertie zag het even met een wrange blik aan. 'Toch jammer dat jij de ware nooit hebt gevonden en geen kinderen hebt gekregen. Je zou een goede moeder zijn.'

Lotte keek op en glimlachte even. 'De ware ging aan mijn neus voorbij.'

'O ja? Wie was dat dan?'

'Moet je dat nog vragen, Bertie? Kom op, dat weet je heus wel. Ik hoef het toch niet uit te spellen?'

Bertie keek haar niet-begrijpend aan. Door die slaappil was ze nog niet helemaal helder. Miste ze iets? 'Wie is het dan?'

'Ron natuurlijk. We hadden het daar vorige week nog over. Ik was verliefd op hem en jij pikte hem voor mijn neus weg!'

Dat gesprek herinnerde Bertie zich nog wel. 'Je zei toch zelf dat het waarschijnlijk niets met hem zou zijn geworden?'

'Dat kun je niet weten. Ik kreeg niet eens de kans om het te proberen. Hoe denk je dat het voor mij is om hier in jouw gezin mee te helpen? De kinderen te verzorgen van de man van wie ik houd.'

Bertie dacht even dat ze het verkeerd had verstaan. Hield Lotte nog altijd van Ron? Met korte driftige gebaren bleef Lotte het eten van Romi prakken en hield de vork voor haar mondje tot ze de volgende hap had weggewerkt.

'Het zouden mijn kinderen moeten zijn, niet die van jou,' ging Lotte verder. 'Ik zou hun moeder kunnen zijn.'

'Maar dat ben je niet. Ik denk dat het beter is dat je naar huis gaat, Lotte. Je trekt het je veel te veel aan.'

'Huh, hoor wie het zegt! Jij trekt je níéts aan van je kinderen. Jij gaat weg wanneer het jou uitkomt en je gaat op bed liggen met een pil in je donder om er vooral niets van te horen!'

Dat was gemeen van haar. Lotte had zelf voorgesteld dat Bertie naar bed ging. Ze had haar nog net niet gedwongen om te gaan. Het stak dat haar vriendin er kennelijk zo over dacht. 'Ik heb liever dat je gaat,' hield Bertie vol.

'Je kunt het niet eens alleen. Waarom denk je dat Ron mij vraagt om vannacht te blijven? Hij is bang dat je Romi ook iets aan zult doen. Geef het maar toe, je wilde Beerend verdrinken. Ik ben niet achterlijk!' beet Lotte haar toe.

Bertie deinsde geschrokken achteruit op haar stoel. 'Doe niet zo raar. Natuurlijk wilde ik dat niet. Het was een ongeluk. Romi trok...'

'Stop er toch eens mee dat kind steeds de schuld te geven. Jij deed het en niemand anders. Nog een geluk dat ik er was om hem te beademen, anders was hij echt verdronken.'

Romi keek met een ernstig gezicht naar de ruziënde volwassenen. 'Otte boos?'

Lottes gezicht verzachtte direct. 'Nee hoor, lieverdje, ik ben niet boos. Je hoeft niet bang te zijn, mama zegt domme dingen, daar kan ik niet goed tegen. Maar mama gaat dadelijk weer naar bed en dan gaan Romi en ik een spelletje doen. Vind je dat leuk?'

HOOFDSTUK 9

Beerend was inmiddels weer thuis. Hij leek niets te hebben overgehouden aan zijn onderwateravontuur, maar Bertie kreeg geen kans alleen met hem te zijn. Steeds waren Lotte of Ron in de buurt. Ron zorgde er zelfs voor dat hij iedere avond op tijd thuis was van zijn werk, zodat hij er was voordat Lotte wegging.

Bertie zag met lede ogen aan hoe Lotte steeds meer haar gezin overnam. Ze bleef 's avonds zelfs eten omdat Ron het onzin vond dat ze thuis voor zichzelf nog iets klaar moest maken als ze dat hier al had gedaan. Als Bertie al probeerde met Ron over Lotte te praten, deed hij het af met een vaag gebaar of de dooddoener dat ze zich er niet te druk over moest maken. Ze moest niet piekeren en zich gewoon laten verwennen door Lotte. Uitrusten moest Bertie en weer beter worden. Over een poosje was ze vast weer sterk genoeg om het alleen aan te kunnen, dat moest ze maar in gedachten houden.

Niemand leek eraan te denken dat Bertie nog altijd geen afspraak had gemaakt met een psychotherapeut. Zelf voelde ze er inmiddels niets meer voor om daarheen te gaan. De pillen die ze van dokter Bogers had gekregen, nam ze dagelijks in – daar lette Ron goed op – alleen werd ze er zo slaperig van. Bijna hele dagen lag Bertie op bed. Als ze al op was, voelde ze zich te slap om wat dan ook te doen. Zelfs zich douchen en aankleden was vaak al te veel.

Drukte om zich heen vond ze ook niet prettig, dan kon ze helemaal niet goed nadenken, dus als Romi erg wild speelde of als Beerend veel huilde, vluchtte ze al snel weer naar boven. Op de dagen dat Romi naar het kinderdagverblijf ging, hield ze het iets langer vol om beneden te blijven.

Dat Lotte zo vaak hier was, stak behoorlijk, ook al zou Bertie haar gezin niet alleen hebben aangekund op dit moment.

Omdat Ron thuisbleef tot Lotte er was en Lotte pas na het avondeten weer naar huis ging, merkte Bertie dat er iets groeide tussen die twee. Het waren van die kleine dingen die ze ondanks haar verdoofde toestand oppikte: een aanraking, een langere blik of een glimlach die meer zei dan woorden. Lotte leek zich vrouwelijker dan ooit te kleden. Korte rokjes, laag uitgesneden truitjes, make-up en parfum. Had Ron echt niet in de gaten wat die vrouw aan het doen was? Het had geen zin er iets van tegen hem te zeggen, hij deed het af als onzin.

Van enige vertrouwelijkheid tussen Lotte en haar was geen sprake meer. Bertie duldde haar in huis omdat Ron het wilde, maar zodra hij weg was, ging ze Lotte het liefst uit de weg. De enige mogelijkheid daarvoor was de slaapkamer, daar liet Lotte haar met rust. Alleen als Ron thuis was, zorgde Bertie ervoor dat ze bij die twee in de buurt was.

Toch kon Bertie met haar aanwezigheid niet voorkomen dat ze Lotte erop betrapte dat ze Ron kuste bij het afscheid nemen. Had ze dat altijd al gedaan of was dat iets van de laatste tijd? Niet eens een onschuldige kus op zijn wang, maar vol op zijn mond!

Piekerend daarover liet Bertie zich op een stoel zakken. Ron kwam terug en ging meteen door naar de keuken om koffie te maken.

Pas nadat hij Romi naar bed had gebracht, durfde Bertie er iets over te zeggen. 'Vind je ook niet dat Lotte zich gedraagt alsof dit haar gezin is?'

Ron keek haar met een geërgerde blik aan. 'Begin je daar nu weer over? Ik heb je al meer gezegd dat dat zich alleen maar in jouw fantasie afspeelt. Lotte helpt ons geweldig, maar het enige wat jij doet is klagen over haar. Wat is er toch met jou aan de hand? Heb je jezelf de laatste tijd weleens in de spiegel bekeken? Je ziet eruit alsof je al dagen geen douche meer hebt gezien. Je haar is vet en hangt er in pieken bij. Je loopt in niets anders meer dan een joggingbroek en een te grote trui, die bovendien niet al te lekker meer ruiken. Vergeleken bij jou is de aanblik van Lotte verfrissend, een verademing zelfs. Heb je niet in de gaten dat jij de laatste weken niet veel meer doet dan wat rondhangen of slapen? Er is geen zinnig gesprek met jou te beginnen, binnen een paar minuten weet je al niet meer waar het over gaat of lig je te slapen. Ik herken je amper, Bertie. Waar is mijn vrouw gebleven? Wat heb je met haar gedaan?'

Bertie wilde zeggen dat ze er echt nog wel was, maar dat ze steeds zo moe was door die pillen die ze moest innemen. Het deed haar verdriet dat hij zo over haar dacht, dat hij zo naar haar keek. Ze durfde in de badkamer niet eens in de spiegel te kijken, maar als ze dacht aan douchen en haar haren wassen, dan was de fut weer verdwenen. Voor wie zou ze het ook doen? Ron keek amper meer naar haar. Zelfs het plichtmatige kusje als hij ging werken, bleef achterwege, evenals de nachtzoen.

Haar lange, vettige haar vormde nu een sluier voor haar gezicht waarachter ze haar tranen verborg. Hij hoefde niet te zien hoeveel pijn hij haar deed met zijn opmerkingen. Hij had gelijk, ze was een slons geworden die zich nergens meer voor interesseerde. Maar was dat niet de schuld van Lotte en die pillen? De middelen die haar juist hadden moeten helpen, deden haar nu de das om.

'Ik wil het zo graag anders doen, maar ik kan het niet alleen,' mompelde ze na een poosje.

Met een ongeduldige en boze blik keek hij haar aan. 'Je hóéft het ook niet alleen te doen. Lotte is hier om jou te helpen. Ik ben vaker thuis dan ooit. Er komt alleen niets uit jóúw handen. Jij bent degene die niets doet.'

'Lotte laat me niets doen', wilde ze zeggen, maar dat was vast weer tegen het verkeerde been. Lotte was tegenwoordig de held en de supervrouw, Bertie de slons en de luiwammes. Ron leek te zijn vergeten waardoor deze situatie was ontstaan. Bertie had het idee dat hij het zo wel prettig vond.

Wat deed ze eigenlijk nog hier? ging het door haar heen. Zou hij haar missen als ze verdween, als ze gewoon wegging? Lotte wilde haar kinderen en haar man overnemen, misschien moest ze dat aanbod maar aanvaarden en vertrekken. De kinderen hadden niets aan hun mama, Ron niets aan zijn vrouw.

De sombere spiraal trok haar steeds verder naar beneden, tot ze zich nog minder dan niets voelde. Wat voor zin had haar leven op deze manier?

Bertie stond langzaam op en slofte naar de keuken. Hoog boven in een keukenkastje stonden de medicijnen, normale huis-tuin-en-keukenmedicijnen, maar ook de pillen die ze van dokter Bogers had gekregen. In een opwelling pakte Bertie een aantal potjes en propte die in de zakken van haar joggingbroek.

Stemmen kwamen van ver en drongen vaag tot haar door. Het leek wel alsof ze zich onder water bevond. Bertie probeerde haar ogen te openen, maar zelfs dat lukte niet, haar oogleden waren veel te zwaar. Uiteindelijk gaf ze het maar op en voelde ze zich opnieuw wegzakken in die welkome rust.

'Bertie, hoor je me?' klonk het nu duidelijker.

Nee, ik wil slapen. Laat me met rust.

'Bertie, als je me kunt horen, beweeg dan met je vinger.'

Ik wil niet bewegen, laat me slapen.

Waarom luisterde niemand naar haar? Konden ze haar niet gewoon met rust laten?

Opeens voelde ze hoe iemand aan haar ooglid begon te trekken. Het volgende moment verblindde een fel licht haar en probeerde ze haar oog weer te sluiten. Iemand riep iets onverstaanbaars. Bertie wilde haar arm wel optillen om die mensen weg te jagen, het lukte alleen niet.

'Je bent wakker. Mooi zo. Kun je je ogen ook zelf openen?'

Het ooglid werd losgelaten en Bertie knipperde met haar ogen om dat nare gevoel weer kwijt te raken. Langzaam en voorzichtig keek ze door haar wimpers heen. Een mannengezicht hing boven haar. Kende ze die man?

'Daar ben je dan. Je stem werkt, dat hebben we net kunnen horen. Ik ben dokter De Haan.' Hij lachte breed naar haar.

Dorst. Ze had opeens een vreselijke dorst. 'Drinken,' klonk het schor uit haar mond.

'Dat mag, maar niet te veel. We willen niet dat je misselijk wordt.'

Er werd haar een beker voorgehouden en een rietje tussen haar lippen gestopt waar ze aan zoog. Het water in haar keel verraste haar en Bertie begon te hoesten. Het leek wel of ze erin stikte. Om de een of andere reden kon ze haar armen niet bewegen en niet omhoogkomen om rechtop te zitten.

'Ho, kalm aan maar. Je hebt te gulzig gedronken. Even op adem komen, dan proberen we het opnieuw. Zet het hoofdeind wat omhoog, zuster, dan gaat het vast beter.'

Er werd aan haar bed gesjord, een kussen werd opnieuw achter haar hoofd gestopt. Een volgende poging om te drinken lukte beter nu ze meer rechtop zat. Voordat haar dorst echter verzadigd was, werd het rietje weer uit haar mond gehaald.

'Straks mag je weer wat drinken. Hoe voel je je?'

Bertie werd zich bewust van de mensen die bij haar bed stonden. Lag ze in bed? Thuis? Nee, dit was niet haar eigen slaapkamer. De muren waren wit, veel licht, en er hing een vreemde geur die ze niet direct kon thuisbrengen. Er piepte ook iets achter haar en nu zag ze dat haar polsen vastgebonden waren. 'Waar ben ik?' Dat klonk al een heel stuk duidelijker.

'Je bent in het ziekenhuis. Kun je je nog iets herinneren? Weet je waarom je hier bent?'

'Waarom zit ik vast?'

'Om je te beschermen. We willen niet dat je jezelf iets aandoet. Als je denkt dat het niet meer nodig is, mogen die banden los. Weet je hoe je hier terecht bent gekomen?'

'Ik weet het niet,' mompelde ze. De man die tegen haar praatte had een witte jas aan. Hij noemde zich toch dokter? Naast hem stond een vrouw in een eveneens wit uniform. Waarom was ze hier, lag ze vastgebonden?

Ron. Beerend. Lotte! Bertie sloot haar ogen en probeerde de beelden die op haar afkwamen een plaatsje te geven. Een huilende baby. Dat moest Beerend zijn. Ron die boos naar haar keek. Lotte lachte gemeen. En Romi, waar was Romi? Die vraag stelde ze hardop.

'Je dochtertje? Wil je haar zien? Je familie is nu niet hier. Ik denk dat ze met het bezoekuur wel zullen komen nu je weer wakker bent. Ze zijn vast blij dat je er zo goed vanaf bent gekomen. Weet je ook wat er is gebeurd?'

'Ik… nee, niet echt.' Haar hoofd leek gevuld met watten, wat het nadenken bemoeilijkte. Het liefst sloot ze haar ogen weer, zo moe was ze. Waarom kon die man haar niet laten slapen?

'Je bent met de ambulance naar het ziekenhuis gebracht omdat je te veel pillen had ingenomen. Daardoor hebben we je maag moeten leegpompen. Door die pillen ben je nu zo versuft.'

Pillen? Had ze pillen ingenomen? Langzaam begon haar iets te dagen, het was meer een gevoel. Een gevoel dat er iets niet goed had gezeten. Het zat op het randje van haar geheugen, toch kon ze het niet grijpen. Vermoeid schudde ze haar hoofd. 'Ik weet het niet.'

'Dat komt wel weer. Ik zal je nu met rust laten. Je zult wel moe zijn.'

Bertie probeerde haar armen op te tillen, maar werd opnieuw tegengehouden door de banden om haar polsen.

'Ik denk wel dat die nu los mogen. Wat vind je zelf?' vroeg de dokter. Hij keek haar onderzoekend aan met een glimlach rond zijn mond, die zijn ogen echter niet bereikte.

'Los, alsjeblieft.' Vastgebonden worden op bed, het moest niet gekker worden. Alsof ze een gevaar voor zichzelf zou zijn.

De verpleegster maakte de banden los op een teken van de arts.

Bertie hief haar handen. Er stak een naald in haar rechterhand, die verbonden was met een slangetje. Dat volgde ze met haar ogen.

'Een infuus met medicatie. Dat blijft voorlopig zo tot je bloedwaarden weer normaal zijn,' verduidelijkte dokter De Haan. 'Ga maar rusten, als je vragen hebt of iets nodig hebt, kun je op de knop drukken die aan je bed hangt.'

Dokter De Haan verliet na een korte groet de kamer. De verpleegster verschikte nog iets aan het bed zodat het hoofdeinde wat verder naar beneden ging. Ze zette de beker met het rietje op het nachtkastje, net buiten het bereik van Bertie, en ging eveneens weg.

Wat was er gebeurd dat ze hier was beland? Had ze echt pillen ingenomen? Daar kon ze zich niet veel van herinneren. Wel dat ze pillen had gekregen van dokter Bogers.

Bertie probeerde opnieuw de beelden van daarstraks op te roepen. Waarom was het zo wazig in haar hoofd, alsof ze door een dichte mist moest kijken? Kwam dat door die medicijnen die ze had gebruikt?

Ze concentreerde zich nog wat meer op wat er gebeurd zou kunnen zijn. Het vage beeld werd iets duidelijker. Verwijtende woorden van Ron, al kon ze niet verstaan wat hij zei. Ze was weggegaan, naar de keuken. Haar hand ging naar het keukenkastje waarachter de medicijnen stonden. Ze keek naar zichzelf alsof er een film werd afgespeeld.

Bertie veegde het beeld met het knipperen van haar ogen weg. Ze had pillen ingenomen, veel pillen. Ze had… Afschuwelijk. Dat zij tot zoiets in staat was! Hoe wanhopig was ze geweest?

Tijdens het bezoekuur die middag kwam Ron weer. Net als gisteren was hij alleen. Dit keer had hij geen bloemen bij zich. Op de vensterbank naast haar bed stond een vaas met een mooi boeket erin, dat had hij gisteren meegebracht. Bertie was er nog niet over uit of hij die bloemen had meegenomen omdat het normaal was dat je iets meenam als je bij iemand op bezoek ging in het ziekenhuis, of omdat hij dacht dat ze daarvan op zou vrolijken. Vrolijk werd ze er niet van, al was het heldere kleurenpallet prettiger om naar te kijken dan de witte, kale muren.

Ron keek ernstig, alsof hij tegen zijn zin hier was, meende Bertie. Vond hij het erg dat haar poging niet was gelukt, of keek hij zo serieus omdat hij nu wist waartoe zijn vrouw in staat was? Gisteren was de dag als in een waas aan haar voorbijgegaan, waardoor ze van het bezoek van Ron nauwelijks iets had gemerkt, zo suffig als ze was geweest.

'Je ziet er al wat beter uit dan gisteren. Niet meer zo wazig,' begon hij. Hij kuste haar wang vluchtig. 'Hoe gaat het nu met je?'

'Vertel jij me dat maar,' mompelde Bertie. 'Je hebt vast al met een dokter gesproken.'

Ron knikte aarzelend.

'Wat zei hij, mag je me dat vertellen? Ik heb hem niet meer gezien vandaag.'

'Hij vertelde dat de post-partumdepressie de oorzaak kan zijn van wat jij hebt gedaan. Waarschijnlijk is de depressie ernstiger dan wij of dokter Bogers hadden kunnen vermoeden. Dokter De Haan wil je laten opnemen in een kliniek waar ze je kunnen behandelen voor die depressie. Hij vindt het niet verantwoord om je op dit moment naar huis te laten gaan. Daarnaast heb je medicatie nodig omdat je lever een behoorlijke klap heeft gehad door de medicijnen die je hebt ingenomen. Dat herstelt zich volgens dokter De Haan op den duur gelukkig wel weer. Daarmee heb je dus ontzettend veel geluk gehad.'

Hij vertelde het onomwonden en spaarde haar niet. Dat had ze ook niet verdiend, besefte ze. 'Het spijt me vreselijk dat ik het heb gedaan, Ron.'

'Waarom deed je het? Was het een kreet om aandacht? Die heb je nu gekregen.' Hij trok een grimas.

Daar reageerde Bertie niet op. Ze had eruit willen stappen omdat

Ron haar het gevoel had gegeven dat ze nergens goed voor was. Nee, zo was het niet. Ze mocht hem niet de schuld geven van iets wat ze zelf had gedaan. Hij had haar er niet toe aangezet, dat mocht ze hem niet aanrekenen.

Lotte. Haar vriendin, haar beste vriendin nog wel. Bertie zag nu duidelijk in dat Lotte bezig was haar gezin over te nemen, in te pikken. Zij vond dat ze daar recht op had. Lotte hield van haar man. Was Ron zich daarvan bewust? Reageerde hij op Lotte?

Hoe kon Bertie haar gezin weer terugwinnen? Het was een ongelijke strijd door die post-partumdepressie. Beerend en Romi waren daar de dupe van. Arme kinderen, zij hadden hier niet om gevraagd.

'Hoe is het met de kinderen? Heeft Romi er iets van gemerkt?' Dat zou ze vreselijk vinden.

'Gelukkig niet. Ik vond je op bed, met de lege pillendoosjes op de grond. Omdat je niet reageerde, heb ik onmiddellijk de ambulance gebeld. Daarna heb ik Lotte gebeld. De buurvrouw is beneden gebleven tot Lotte er was. Romi heeft niets gemerkt, ze sliep overal doorheen. Lotte heeft de kinderen geweldig opgevangen.'

Bertie wendde haar hoofd af. Daar was ze weer: Lotte, altijd weer Lotte. Kwam ze nooit los van die vrouw? Ze had haar nu ook nog eens een geweldig excuus gegeven om voortdurend bij Ron en de kinderen te zijn.

'Je wilt toch wel behandeld worden, Bertie?'

'Heb ik een keuze?'

'Die is er altijd, maar je hebt hulp nodig. Dit kun je niet alleen. We hebben het te veel op zijn beloop gelaten. Het is net zo goed mijn fout. Ik had ervoor moeten zorgen dat je ging praten met een therapeut, zoals dokter Bogers voorstelde. Je hebt je medicijnen toch wel ingenomen al die tijd?'

'Natuurlijk, daar lette je zelf op.'

'Dat is ook zo.' Ron ging naast haar bed zitten en wist kennelijk niet waarover hij nog meer met haar moest praten. 'Ik moest je de groeten doen van de buurvrouw. Zij weet niet dat het om een zelfmoordpoging gaat, maar denkt dat je onwel bent geworden van de medicijnen. Lotte laat je ook groeten. Ze komt vanavond misschien nog, dan blijf ik bij de kinderen.'

Lotte? Dat was wel de laatste persoon die ze nu wilde zien. 'Weten mijn ouders het?' wilde Bertie weten.

'Nog niet. Wil je dat ik het hun vertel?'

'Niet van die poging, dat doe ik zelf nog wel een keer. Op een goed tijdstip. Vertel mijn ouders maar hetzelfde als de buurvrouw. Ze moeten wel weten dat ik in het ziekenhuis lig.'

'En als ze hierheen willen komen? Of naar de kliniek waar je hierna heen gaat?'

'Dan zal ik hun vertellen wat er is gebeurd. Dat hoef jij niet te doen, dat doe ik zelf wel.' De angst die bij die gedachte leek te groeien, drukte ze weg. Dit keer zou ze zich niet laten ondersneeuwen door haar moeder.

'Fijn dat je je niet verbergt voor dat soort situaties, dat had ik eigenlijk wel verwacht.' Ron keek haar nadenkend aan. 'Je lijkt helderder dan je de laatste tijd thuis was.'

'Ik voel me ook beter,' besefte Bertie net zo verbaasd. 'Niet meer zo suffig, maar misschien komt dat door de medicijnen die ik nu krijg via het infuus.'

'Dat zal dan wel. Je hebt me in ieder geval goed laten schrikken, Bertie. Dit had ik echt nooit verwacht van jou. Wat bezielde je om zo ver te gaan?'

'Ik weet het niet precies, daar mag die therapeut naar gaan zoeken.' Ze glimlachte wrang. Ze wilde hem ook niet meteen vertellen wat ze eerder had gedacht over hem en Lotte. Dit was voor het eerst in tijden dat ze een normaal gesprek met hem had, dit moment wilde ze koesteren en zo lang mogelijk rekken.

HOOFDSTUK 10

Bertie werd na het bezoekuur naar een kamer gebracht waar nog een andere patiënt lag, een oudere vrouw die nors voor zich uit lag te staren. Ze leek niet erg spraakzaam en daar was Bertie alleen maar blij om. Veel behoefte om te praten had ze niet.

Het infuus was inmiddels weggehaald. De medicijnen die ze in moest nemen, kreeg ze nu in pilvorm. Morgen zou ze een eerste gesprek hebben met de psychiatrisch verpleegkundige. Daar maakte Bertie zich wel een beetje zorgen over. Om de tijd te doden en niet te veel na te hoeven denken, keek ze naar de televisie, naar soaps en natuurprogramma's.

Die avond werd ze verrast door de binnenkomst van Lotte. Ze had het kunnen weten, Ron had vanmiddag immers nog gezegd dat Lotte wilde komen.

Haar vriendin kwam met een vrolijke glimlach binnengelopen en knikte vriendelijk naar de andere patiënt en haar bezoek.

'Hoi Bertie, hoe gaat het met je? Je ziet er een beetje rustiger uit in ieder geval.' Lotte boog zich naar haar toe en drukte een kus op haar wang. Ook zette ze een doosje met bonbons op het nachtkastje neer. 'Hier heb je iets om te snoepen. Het eten zal vast niet veel soeps zijn, dat is het toch nooit in ziekenhuizen? Wie heeft je haar zo mooi gekamd?'

'Dat heb ik zelf gedaan,' antwoordde Bertie verbaasd.

Lotte keek haar bewonderend aan. 'Je ziet er een stuk beter uit dan toen je thuis was. Daar was de verzorging van jezelf minimaal. Het viel Ron ook al op dat je er beter uitziet en zo veel kalmer lijkt.'

'Dank je, ik voel me ook redelijk. Beter in ieder geval dan een paar dagen geleden,' gaf Bertie toe.

'Het zal de rust zijn en de wetenschap dat er goed voor de kinderen wordt gezorgd, wie zal het zeggen.' Bertie maakte zich over de kinderen inderdaad niet zo veel zorgen. Lotte zou vast goed voor hen zorgen, daar was ze van overtuigd. Toch kon ze niet zeggen dat ze hen miste, dat gevoel ontbrak, of werd onderdrukt door de medicijnen. Heftige gevoelens werden daardoor afgevlakt, wist ze.

Nog altijd vriendelijk glimlachend ging Lotte op zachte toon verder. 'Ron is zich rot geschrokken toen hij jou in jullie slaapkamer vond. Hij had echt niet verwacht dat jij zo ver zou gaan. Maar dat je het overleefd hebt, wil nog niet zeggen dat je nu een tweede kans bij hem krijgt. Hij heeft het helemaal met je gehad. Wat heeft hij ook aan een vrouw die zo labiel is? Met zo iemand kun je toch geen normaal gezin hebben? Wie weet wat je de volgende keer doet. Het huis in brand steken, of de kinderen vermoorden en daarna opnieuw de hand aan jezelf slaan? Je leest tegenwoordig in de krant wel vreemdere dingen.'

Bertie wist niet wat ze hoorde. Ze was met stomheid geslagen en keek Lotte ontzet aan. Met wat voor bedoelingen die vrouw hierheen was gekomen, was wel duidelijk.

'Wat bezielde je eigenlijk om met medicijnen zelfmoord te willen plegen?' Lotte bleef zacht praten zodat zelfs de andere mensen die in de kamer waren het niet konden horen. 'De medicijnen die jullie in huis hebben, zijn daar niet sterk genoeg voor. Wel beschadigen de organen daardoor en kun je alsnog een zeer pijnlijke dood sterven. Wat dat betreft heb jij geluk gehad, of pech. Het is maar net hoe je het bekijkt. Als je echt zelfmoord had willen plegen, had je dat veel beter kunnen doen door je polsen door te snijden, van een flat te springen of jezelf te verdrinken in een grote rivier. Keuzes genoeg, maar jij kiest voor de minst effectieve manier.'

Bertie schrok van de directe aanval van Lotte.

'Kijk maar niet zo geschokt. Je weet nu toch wel dat je een sta-in-de-weg bent voor mij? Je geeft het vast niet uit jezelf op. Of toch wel?'

'Dit kun je niet maken, Lotte,' stamelde Bertie. Fatsoenlijk nadenken lukte niet meer en een weerwoord bedenken nog veel minder. Ze kon alleen maar geschokt naar de vrouw staren die tot voor kort haar beste vriendin was geweest.

'O jawel, nu weet je tenminste hoe je ervoor staat. Het mooie is dat je het helemaal zelf hebt gedaan. Door die pillen in te nemen heb je Ron het laatste zetje gegeven. Hij beseft nu dat jullie huwelijk geen enkele kans meer heeft, herstel zit er niet meer in. Hij moet aan zijn gezin denken, aan de veiligheid van zijn kinderen. Het zal geen verrassing voor je zijn dat hij kiest voor de kinderen, en dat is het verstandigste wat hij kan doen in deze situatie. Dat ik hem daarin zal steunen, zal voor jou evenmin een verrassing zijn.' Lotte stond op, nog steeds met een glimlach rond haar mond. 'Ik ga maar weer eens. Van ziekenhuizen word ik altijd zo depressief.'

Bertie staarde haar na terwijl Lotte met wiegende heupen de kamer verliet. Ontzet keek ze naar de man van haar overbuurvrouw, maar hij leek niets te hebben gehoord van alles wat Lotte haar op bedrieglijk aardige toon had gezegd.

Na de eerste schrik, kwam de verontwaardiging. Hoe durfde Lotte zo over haar te praten? Was ze zo jaloers op het gezin dat Bertie had? Ging ze echt zo ver om te krijgen wat ze hebben wilde? Maakte Lotte haar soms zwart bij Ron? Wat kreeg hij straks van haar te horen als ze thuiskwam? Dat zij, Bertie, een huwelijk met hem niet meer zag zitten?

Bertie moest er met iemand over praten. Lotte kon hier niet zomaar mee wegkomen. Ze had nu duidelijk laten merken wat ze wilde. Paniek leek haar keel dicht te knijpen. Dit mocht niet gebeuren, ze moest voorkomen dat Lotte die leugens aan haar man vertelde. Iemand moest haar helpen, ze kon dit niet alleen.

Bertie drukte op de alarmknop om een verpleegster te waarschuwen.

'Wat is er aan de hand, vrouwke?' wilde de man van haar kamergenote weten. 'Het kan wel even duren voordat er iemand komt met het bezoekuur. Mag je uit bed?'

Verbaasd vroeg Bertie zich af hoe hij wist dat ze op de alarmknop had gedrukt, tot ze het rode licht bij de ingang van de kamer zag branden. 'Dat denk ik wel,' mompelde ze.

'Dan kun je beter zelf naar de zusterpost lopen. Dat gaat een stuk sneller,' raadde hij haar aan.

Was het echt zo simpel? Ja, ze mocht uit bed. Ze had geen verwondingen waarvoor ze moest blijven liggen. In de kamer had Bertie al wat op en neer gelopen om de bloedsomloop op gang te houden.

Bertie sloeg het dekbed terug en liet haar benen over de rand zakken. Haar sloffen stonden onder het bed. Ze schoot erin en pakte de ochtendjas die Ron had meegebracht. Op de gang drong de gezellige drukte van al het bezoek dat praatte tot haar door. Toch liet ze zich daardoor niet van de wijs brengen.

De zusterpost was halverwege de gang. Er zat op dit moment niemand achter de balie. Door de glazen ruit die de balie van het kantoortje erachter scheidde, zag Bertie een verpleegster zitten. Aarzelend liep ze naar de deur. Mocht ze haar wel storen?

De verpleegster leek haar aanwezigheid te voelen en draaide zich om. Met een vriendelijke blik keek ze naar Bertie. 'Kan ik u ergens mee helpen, mevrouw Markendaal?'

'Ik… eh… ik wil graag met iemand praten.'

'Waarover wilt u praten? Is er iets niet in orde?'

'Mijn vriendin… nee, ze is mijn vriendin niet. De vrouw die mijn man helpt… ze is iets van plan. Ik moet haar tegenhouden. Iemand moet dat doen.'

De verpleegster stond op en legde een hand op haar arm. 'Natuurlijk, dat zullen we ook doen. Maakt u zich maar geen zorgen. Zal ik met u meelopen terug naar uw kamer? Dan haal ik zo meteen iemand met wie u kunt praten.' Met een vriendelijke, doch besliste hand op haar rug, werd Bertie door de oudere verpleegster terug naar haar kamer gebracht en in bed geholpen alsof ze een hulpeloze bejaarde was.

Verward bleef ze liggen. Niet veel later was de verpleegster weer terug met een andere vrouw. Ze droeg niet het uniform van de verpleging, maar had normale kleren aan. Wel prijkte er een naamkaartje op haar borst, waarop stond dat ze psychiatrisch consulent was. Haar naam kon Bertie zo snel niet lezen.

'Wat is er aan de hand, mevrouw Markendaal?' wilde deze vrouw weten.

'Ik heb net bezoek gehad van iemand die beweert dat ze mijn gezin van me af wil pakken,' stamelde Bertie.

'Is dat zo? Dat is niet zo mooi,' klonk het alsof ze tegen een kind van acht jaar sprak. 'Wat kunnen wij daaraan doen?'

'U moet me helpen. Lotte is verliefd op mijn man. Ze wil hem en mijn kinderen voor zichzelf hebben.'

'Lotte, zegt u. Is zij een bekende van u?'

'Lotte Beijaards. Mijn vriendin. Nee, niet mijn vriendin. Niet meer. Ze was heel erg gemeen tegen me. Zei dat ik beter op een andere manier zelfmoord had kunnen plegen, een die wel resultaat gehad had.'

'Dat is niet erg aardig van haar. Maar u bent nogal verward, mevrouw Markendaal. Ik geef u iets waardoor u wat rustiger wordt. Vindt u dat goed?'

'Ik... eh, u moet me helpen!'

'Dat ga ik ook zeker doen, maar eerst moet u wat rustiger worden.' Opeens lag er een spuitje in de hand van de vrouw. De verpleegster hield Bertie vast en schoof haar mouw omhoog.

'Wat doet u nu? Dat wil ik niet!' protesteerde Bertie.

'Rustig maar, dit is voor uw bestwil.'

Het volgende moment voelde ze de scherpe prik van de naald in haar arm en niet veel later merkte ze dat ze langzaam wegzakte.

Niemand geloofde haar. Dokter De Haan kon zich niet voorstellen dat die aardige mevrouw Beijaards het gezin van Bertie probeerde te ontwrichten. Ze moest het loslaten en met een frisse blik opnieuw beginnen, daarvoor was ze hier. Mevrouw Beijaards had echt het beste met haar voor. Dat ze lief was voor de kinderen en vriendschappelijk met meneer Markendaal omging, was toch vanzelfsprekend. Zij kenden elkaar immers al verschillende jaren. Had Bertie hem dat niet zelf verteld?

Haar beeld werd vertroebeld door de post-partumdepressie, hield dokter De Haan haar voor. Dat zou na verloop van tijd vanzelf veranderen.

Inmiddels was Bertie van het ziekenhuis verhuisd naar een psychiatrische instelling waar dokter De Haan eveneens werkzaam was. Het centrum lag in een bosrijke omgeving die haar de nodige rust en ruimte moest bieden. Ze had er een eigen kamer, dat gelukkig wel, maar moest ook meedoen met groepsgesprekken en allerlei activiteiten die erop gericht waren om de problemen aan te pakken en haar terugkeer naar haar gezin te bewerkstelligen.

Dat Ron maar één keer per week op bezoek kwam, leek dokter De Haan niet eens vreemd te vinden. Haar man moest immers werken en voor zijn gezin zorgen. Hij vond het eigenlijk beter dat hij niet zo vaak kwam, zodat Bertie op zichzelf werd teruggeworpen en ze zich niet steeds kon optrekken aan haar man of haar vriendin. Ze moest op eigen kracht uit die depressieve cirkel zien te komen en er sterker van worden.

Bertie vond het vreselijk dat ze Ron en de kinderen zo weinig zag. Hoewel ze hier tot rust kwam, kon ze de gedachte dat Lotte haar gezin bestierde nauwelijks verdragen. Dat Romi zich steeds meer aan Lotte hechtte en dat Beerend zijn eigen moeder niet eens kende, daarvoor hoefde je niet veel fantasie te hebben. Hoe kon hij haar kennen als hij, amper zes weken oud, haar al die tijd niet meer zag?

Wel kreeg ze langzaam een beeld van haar situatie, dankzij de vrijwel dagelijkse gesprekken die ze met haar begeleidster, Doreth Verbocht, had. De medicijnen die ze nog altijd moest slikken, waren daar vast ook debet aan.

Doreth liet Bertie vertellen over vroeger, over haar jeugd. Specifieke dingen die ze zich daarvan herinnerde. Hoe was de verhouding met haar ouders, met name die met haar moeder? Dat soort vragen werden gesteld. Hoe wrang ze het ook vond, het kille, afwijzende gedrag van haar eigen moeder leek een oorzaak te kunnen zijn voor de depressie waar ze nu onder leed.

Ook wilde Doreth proberen te achterhalen wat haar ertoe had gedreven die pillen in te nemen en zo een einde te maken aan haar leven. Voor Bertie was daar maar één antwoord op: Lotte.

Doreth liet haar echter inzien dat ze niet Lotte of iemand anders daar de schuld van mocht geven. Zijzelf had dat besluit genomen, niet een ander. Ze moest met zichzelf schoon schip maken en trachten verder te gaan met haar leven, maar dan op een positieve manier.

Bertie vond het fijn om met de oudere vrouw te praten. Er waren momenten dat ze wenste dat haar eigen moeder meer op Doreth had geleken. Hoeveel anders had haar leven er dan uitgezien?

Het had geen zin zo te denken, dat besefte ze heus wel. Wat gebeurd was, was voorbij. Ze moest vooruitkijken naar de toekomst, niet achterom zien, behalve dan in de gesprekken met Doreth.

Haar leverfunctie herstelde zich goed. De pillen hadden geen blijvende schade aangericht. Dat was alweer een positief punt waaraan ze zich kon vasthouden.

Kerstmis naderde met rasse schreden en ook daar had Bertie het moeilijk mee. Mocht ze naar huis, of moest ze de kerstdagen in het centrum doorbrengen? Die vraag stelde ze tijdens de volgende sessie met Doreth.

'Als het aan mij ligt, mag je die dagen naar huis, maar hierover moet ik nog overleggen met dokter De Haan. Hij beslist daar uiteindelijk over,' antwoordde Doreth.

'Maar jij kunt toch ook wel beoordelen of ik vooruit ben gegaan?' Bertie verlangde wanhopig naar haar kinderen. Ze had ze al die tijd niet meer gezien omdat dokter De Haan het beter vond dat ze even afstand nam. Beter ook voor de kinderen die niet zouden begrijpen waarom hun moeder hier was.

De medicatie remde niet het gevoel af dat ze hen miste. Hoe zag Beerend eruit? Baby's veranderden zo veel en zo snel de eerste tijd na de geboorte. Zou ze haar eigen kind nog wel herkennen? Bertie trachtte zich zijn geur te herinneren, die specifieke geur die baby's zo eigen was, maar zelfs dat kon ze niet oproepen in haar herinnering.

'Denk je dat dokter De Haan me naar huis laat gaan? Al is het maar voor één nachtje, dan kom ik in de loop van tweede kerstdag weer terug,' smeekte Bertie.

'Meisje, ik mag niets beloven, probeer me dus ook geen uitspraken te ontlokken. Ik zal mijn best voor je doen. Waarom wil je graag naar huis?'

'Ik wil mijn kinderen zien. Ik heb wel een foto van hen op mijn kamer staan, maar Beerend is daarop pas een paar dagen oud.'

'Mis je hen?'

'Absoluut. Ik wil hen vasthouden, knuffelen, met ze praten en spelen.'

'Romi is bijna twee jaar, als ik het goed heb. Praat ze al?'

'Ze wordt dertien januari twee jaar. Ik weet niet of ze vlot is met praten of langzaam, maar ze kan je de oren van je hoofd kletsen. Zinnetjes van twee woorden. Ze kan de r niet goed uitspreken en slaat die over.' Bertie glimlachte triest. 'Heb jij kinderen?'

'Daar praten we niet over, Bertie, dat weet je, maar ik kan me jouw gevoelens heel goed voorstellen. Daar is denk ik veel mee gezegd.'

Ze had vast kinderen, dat verdiende ze in ieder geval wel. Zo'n lieve, begripvolle vrouw als ze was.

'Ik merk aan alles dat je van je kinderen houdt, Bertie. Anders dan wat jij denkt, heb je wel degelijk gevoelens voor hen.'

'Ze zitten alleen nog weggestopt,' mompelde Bertie.

'Als jij het zo wilt noemen, prima, maar ze komen nu wel langzaam naar boven. Heb ik gelijk?'

'Ik denk het wel,' gaf ze toe. 'Ik ben alleen bang dat het te laat is voor Ron en mij.'

'Voor je man? Waarom?'

'Vanwege Lotte. Wat ze gezegd heeft in het ziekenhuis kan ik maar niet vergeten. Ze wil mijn plaats innemen, bij de kinderen en bij Ron.'

'Denk je dat ze een kans maakt?' stelde Doreth een directe vraag.

'Moet ik daar bang voor zijn?'

'Vertel jij me dat maar. Jij kent jouw man en Lotte beter.'

'Misschien. Ron kent haar net zo lang als ik. Als ze al die tijd bij hem in huis is, kan het gevoel van vriendschap gemakkelijk omslaan in iets anders.' Bertie zweeg en beet op haar lip. Lotte reed vast niet iedere dag op en neer naar Breda, maar bleef natuurlijk slapen. Als ze aan Lotte en Ron dacht, samen in één huis, aan wat er tussen hen kon gebeuren, werd ze bang. Ze schudde haar hoofd. Niet aan denken, Ron hield van háár, hij was met haar getrouwd. Ook al waren ze nu niet samen, ze moest blijven geloven dat hij haar trouw zou zijn.

'Waar denk je aan?'

'Aan mijn man en die vrouw die bij hem is.'

'Vertrouw je hem?'

'Dat zou ik wel willen, maar Lotte is zo gehaaid wat dat betreft. Als ze haar zin op iets of iemand heeft gezet, zal ze er alles aan doen om die ook te krijgen. Ik weet niet of Ron daartegen bestand is,' gaf ze toe.

'Praat er met hem over,' stelde Doreth voor. 'Laat hem merken dat jij je zorgen maakt. En de kinderen?'

'Bij de kinderen maakt ze vast en zeker een kans. Romi was altijd al dol op tante Lotte. Beerend is nog te klein om een keus te kunnen maken, maar een baby gaat degene die hem het meest verzorgt herkennen. Dat weet ik nog wel uit de tijd dat Romi een baby was. Ze is lang eenkennig geweest. Mensen die ze niet vaak zag, als baby zijnde, daar was ze een beetje bang voor.'

'Dat klopt. Baby's herkennen met drie weken het gezicht van hun moeder al. Dat was jij in die tijd.'

'Maar ik heb hem al twee weken niet meer gezien. En in de tijd dat Lotte hielp, was zij meestal degene die hem overdag de fles gaf.'

Nu pas besefte Bertie hoe ver weg ze was geweest in die tijd. Dat ze haar baby aan een ander had overgelaten en haar dochter niet om zich heen had kunnen verdragen. Dat was erg, heel erg en daar moest ze nu de tol voor betalen, een zeer hoge tol.

HOOFDSTUK 11

Ron kwam twee dagen voor kerst op bezoek. Opnieuw zonder de kinderen.

'Je moeder heeft gebeld. Zij en je vader willen graag eerste kerstdag bij jou op bezoek komen. Dan slapen ze bij ons en tweede kerstdag gaan ze weer naar huis. Vind je dat goed?' begon Ron direct na binnenkomst.

Ze zaten in de aula van het centrum aan een tafeltje, met koffie en een appelbol. De grote, gezellige ontmoetingsruimte was versierd met een kerstboom en slingers. Alles straalde de sfeer van Kerstmis uit, alleen was die nu even niet in het hart van Bertie. Dat Ron er kennelijk niet op had gerekend dat zijn vrouw Kerstmis thuis zou vieren, viel haar tegen. Wanneer dacht hij dan dat ze naar huis zou komen?

'Ik heb liever niet dat ze komen.' De afgelopen tijd was er veelvuldig over haar moeder en het verleden gesproken. Toch was Bertie er nog niet klaar voor om nu de vrouw onder ogen te komen die haar dit alles in feite had aangedaan. Niet alles natuurlijk, dat wist ze echt wel, hormonen waren net zo goed een belangrijke oorzaak, maar de manier waarop haar moeder haar kinderen vroeger had behandeld, speelde een grote rol in het proces. Dat was nu wel duidelijk.

'Ze willen je echt graag zien, Bertie,' hield Ron aan.

'Ik hen niet. Zeg maar dat ik geen ander bezoek dan dat van jou mag hebben.' Bertie baalde ervan dat Ron net vandaag met dit bericht kwam. Ze zat zo vol van het nieuws dat ze twee dagen naar huis mocht. Daarover had ze met hem willen praten, niet over haar ouders.

'Wat een onzin,' reageerde hij gepikeerd. 'Je mag best ander bezoek hebben, je wilt het alleen niet. Het geboortefeest van Beerend hebben we al af moeten zeggen, daarom wilde ik jouw ouders met de kerst uitnodigen. Hugo en Lindsey komen dan ook, maar zij gaan 's avonds weer naar huis.'

'Nee!' riep Bertie. Er werden nieuwsgierige blikken op haar geworpen. Het gebeurde weleens dat een van de bewoners van het centrum uit zijn slof schoot. Voor dat doel waren er altijd een paar begeleiders in de zaal aanwezig.

Bertie gebaarde naar een van hen dat er niets aan de hand was. 'Niet met kerst. Ik mag naar huis om samen met jou en de kinderen Kerstmis te vieren. Daar wil ik mijn ouders en mijn broer en zijn vrouw niet bij hebben.'

'Je mag naar huis?' Ron keek haar verbaasd aan. 'Dat hoor ik nu voor het eerst. Waarom reageer je dan zo heftig? Weet je zeker dat het een goed idee is dat je nu al naar huis komt?'

'Wil je me soms niet thuis hebben?' ging Bertie in de aanval.

'Natuurlijk wel, zo bedoel ik het niet, maar waarom mogen je ouders dan niet komen?'

'Ik heb genoeg aan mijn eigen gezin, begrijp je dat niet, Ron? Het zal al heftig genoeg voor mij zijn om weer met ons vieren in één huis te zijn.'

'Als je er zo over denkt kun je beter hier blijven tot het wat beter gaat.'

'Het gaat goed met me, daarom mag ik met de feestdagen naar huis.'

'Oké, prima. Ik dacht juist dat je het gezellig zou vinden als we met ons alleen hierheen zouden komen, dan ligt de aandacht niet zo op jou. Hier wordt immers ook een kerstviering georganiseerd, maar als je naar huis komt, ligt dat anders natuurlijk,' gaf hij toe. Hij klonk niet echt blij.

'Dat doet het zeker, tenzij je mij niet thuis wilt hebben. Had je soms andere plannen?'

'Nee, nee, die heb ik niet.' Hij streek door zijn haren. 'Behalve dan dat ik je ouders wil uitnodigen.'

'Je mag hen afbellen. Zeg maar dat we andere plannen hebben. Hoe kom je erbij om hen te vragen? Zo geweldig kun je niet met mijn ouders opschieten.'

'Met je moeder niet, met je vader en je broer heb ik geen problemen.'

'Wil je die drukte wel, nu je overal alleen voor staat?'

'Lotte helpt me nog altijd. Zij vond het niet erg om extra gasten in huis te hebben.'

In huis te hebben, dat klonk alsof Lotte al helemaal ingeburgerd was, of zij bepaalde wie er wel of niet mocht blijven logeren. Hoe zou haar moeder reageren als ze wist dat Lotte het gezin van haar dochter had overgenomen? Die twee mochten elkaar niet eens.

Haar ouders wisten dat Bertie in een kliniek zat om van een depressie te herstellen, maar niet dat ze een poging had gedaan zichzelf van het leven te beroven. De moed om dat te vertellen, toe te geven aan anderen dan de mensen in haar directe omgeving, had ze nog niet gevonden. Bertie zag er de noodzaak ook niet van in om het tegen haar ouders te zeggen. Haar vader zou het vast niet begrijpen en haar moeder nog veel minder. Ze had toch alles, waar werd ze dan depressief van, en kennelijk zo erg dat ze het leven niet meer zag zitten? Ook vanuit hun geloofsovertuiging was zelfmoord een taboe, iets waar weinig begrip voor was.

De rest van de tijd dat Ron bleef, werd het onderwerp ouders zorgvuldig gemeden, net als andere dingen waarvan Ron vast meende dat ze gevoelig lagen. Hij vertelde over de kinderen, dat Beerend had gelachen naar hem en naar Romi.

Bertie durfde hun relatie of wat de aanwezigheid van Lotte met hem deed, niet eens meer aan te stippen, zoals Doreth had voorgesteld. Hij dacht nu natuurlijk dat ze er nog lang niet klaar voor was om naar huis te gaan. Ze had ook veel te fel gereageerd. Dom van haar. Als ze wilde dat haar huwelijk nog een kans van slagen had, moest ze Ron wat meer tegemoetkomen. Hij moest het fijn vinden dat ze thuiskwam, niet bang zijn dat het weer misging.

'Wat spreken we af? Kom ik je eerste kerstdag halen?' vroeg hij net voordat hij naar huis ging.

'Graag, anders moet ik met de bus komen of een taxi nemen.'

'Ik kan aan Lotte vragen of ze je wil ophalen, dan hoef ik de kinderen niet alleen te laten,' opperde Ron.

Dat absoluut niet! 'Gaat Lotte niet naar haar eigen familie met kerst?' vroeg Bertie op onschuldige toon. 'Je kunt toch wel een paar dagen zonder haar als je niet hoeft te werken?'

Ron ontweek haar blik. 'Het is wel gemakkelijk als Lotte er is om voor de kinderen te zorgen. Je weet hoe ik ben met de kinderen. Ik vergeet van alles.'

'Ik had juist verwacht dat je zo onderhand wel zou weten wat je moet doen. Lotte zal er ook niet altijd zijn. Ze moet solliciteren, misschien vindt ze snel een baan.'

'Daar heb je gelijk in,' deed Ron het af. 'Maar voor haar is het niet gezellig om weg te moeten gaan juist als jij thuiskomt. Ze is echt bezorgd om jou en vraagt altijd naar je als ik hier ben geweest.'

Dat kan wel zijn, ging het door Bertie heen, maar dan wel om een heel andere reden dan Ron denkt. 'Als ik thuis ben is het niet nodig dat Lotte blijft. Ik ben echt wel in staat om voor mijn eigen kinderen te zorgen. Ze hoeft zich niet bezwaard te voelen als ze naar haar eigen familie gaat met de kerst.'

'Ik zal het er met haar over hebben. Zal ik je dan rond tien uur komen halen?'

'Best, maar als het lastig is, neem ik wel een taxi. Ik wil niet dat je Lotte vraagt te rijden. Zij kan naar huis gaan die dagen. Het is al zo lang geleden dat we alleen met ons eigen gezin zijn geweest.' Bertie hoopte dat de boodschap zo duidelijk genoeg was voor Ron. Ze durfde hem niet te vertellen wat Lotte haar had gezegd, de laatste keer dat ze haar in het ziekenhuis had bezocht. Nog niet, maar dat zou ze beslist doen als Lotte bleef dreigen. Of had hij het inderdaad helemaal met haar gehad, zoals Lotte had beweerd? Kwam hij haar nu alleen tegemoet om ervanaf te zijn? Of wachtte hij tot ze voldoende was opgeknapt voordat het hoge woord eruit kwam en hij het op een scheiding gooide?

Met gemengde gevoelens nam ze afscheid van haar man. Ze wisselden een enkele kus, verder ging de intimiteit tussen hen tegenwoordig niet, eigenlijk al niet meer sinds de geboorte van Beerend. Dat miste Bertie, merkte ze nu. Hij sloeg niet eens zijn armen om haar heen om haar even vast te houden. Miste hij haar dan niet op die manier? Waren ze al zo ver uit elkaar gegroeid?

Ron moest dat toch ook missen, of vulde Lotte die leemte in zijn leven? Kon hij zo lang zonder genegenheid en seksueel contact zonder dat hij het bij een ander ging zoeken? Bertie vond het heel normaal dat ze haar man trouw bleef, maar Ron had een vrouw in huis, een aantrekkelijke vrouw ook nog, die er vast alles aan deed om hem in haar web te strikken.

Ze moest naar huis, nog langer hier blijven zou haar huwelijk vast helemaal om zeep helpen. Hoe meer ze erover nadacht, hoe zekerder Bertie ervan was dat Lotte haar man zowat helemaal had ingepalmd.

Bertie rekende af met de taxichauffeur en wachtte ongeduldig tot hij haar koffer uit de achterbak haalde. Nog even, dan zag ze haar kinderen weer.

Lotte zou er niet zijn, had Ron gezegd. Daar was Bertie blij om. Alleen met haar gezin. Ze verheugde zich echt op deze dagen, al maakte ze zich niet te veel illusies. Daar had Doreth ook al voor gewaarschuwd. Na twee weken weg te zijn geweest vanwege zo'n ingrijpende reden, mocht ze niet verwachten dat alles weer als vanouds zou verdergaan.

De koffer trok ze over het pad naar de voordeur. Dat was de enige deur waarvan ze de sleutel bij zich had. Voordat ze hem in het slot kon steken, werd de deur echter al geopend door Ron. Hij droeg Romi op zijn arm.

'Een gelukkig kerstfeest!' Ron deed zijn best vrolijk en blij te kijken, toch merkte Bertie aan het trekken van een spiertje bij zijn oog dat hij allesbehalve vrolijk en ontspannen was. Een kus bleef achterwege.

'Zalig kerstfeest. Hallo Romi.' Bertie keek naar haar dochtertje, dat met grote ogen terugkeek. Herkende Romi haar niet? Wist ze niet meer dat dit haar mama was? 'Hoe gaat het met je?'

Romi keek vragend naar haar vader, alsof ze om toestemming moest vragen om te mogen praten.

'Vooruit, zeg eens iets tegen mama. Je hebt haar zo lang al niet meer gezien. Mama blijft nu een paar dagen thuis, bij ons.'

'Otte kome?'

'Nee, Lotte komt vandaag niet. Mama is nu thuis, dat is toch ook leuk?'

Romi wrong zich los uit de armen van haar vader, zodat hij haar wel op de grond moest zetten. Zonder iets tegen Bertie te zeggen, liep ze op haar korte beentjes naar de deur van de woonkamer. Ze kon nog net niet bij de deurklink en moest zodoende in de gang blijven staan.

'Romi, kom mama eens een kusje geven,' drong Ron aan. 'Ze heeft je al heel lang niet meer gezien.'

Romi schudde haar hoofdje en keek met een strakke mond naar de beide volwassenen.

'Laat haar maar even, het is vreemd voor haar dat ik er nu weer ben, dat begrijp ik wel.' Toch deed het pijn, deze afwijzing van haar dochtertje. Ze moest geduld met de kleine meid hebben.

Bertie volgde haar man naar binnen, nadat ze haar jas aan de kapstok had gehangen. De woonkamer was versierd met kerstgroen, sterren en kaarsjes. Er stond een kerstboom, maar op een andere plaats dan vorig jaar. Geen cadeautjes eronder, daar deden ze nog niet aan met kerst. Er hing een slinger met kerstkaarten aan de deur, waarvan ze er een paar vluchtig las.

De box was leeg. Beerend lag vast nog op bed. Hoe waren de voedingstijden nu? Vijf of nog altijd zes keer per dag? Hij was nu bijna acht weken oud. Als het goed was, kreeg hij nog steeds alleen flesvoeding, geen vast voedsel. Sliep hij al een hele nacht door? Ze popelde om hem vast te houden en zijn geur op te snuiven.

Langzaam liep Bertie verder. Ook al was ze slechts twee weken weggeweest, haar huis zag er anders uit, het voelde ook anders en dat had niets met de kerstboom te maken. Lotte drukte al enkele weken een stempel op het huis, besefte Bertie, al vanaf het eerste moment dat ze had aangeboden te komen helpen.

'Dat is een mooie kerstboom,' begon Bertie tegen Romi. Ze wilde hoe dan ook contact maken met het meisje. 'Heb jij papa geholpen met het versieren van de boom?'

Romi schudde haar hoofdje. 'Otte daan.'

Lotte, niet Ron was verantwoordelijk voor de kerstversieringen in huis. Dat had ze kunnen weten. 'Heeft Lotte de boom zo mooi versierd?'

Romi knikte. 'Kindje Ezus,' wees ze naar de kerststal die onder de boom stond.

'Dat is het kindje Jezus, dat weet je goed. En waar is ons kindje? Beerend?'

'Be-end saapt,' wist Romi.

'Mag ik even bij hem gaan kijken?' Ze keek naar Ron.

'Ik denk het wel. Hij krijgt om elf uur zijn volgende fles.'

'Moet hij nog in bad worden gedaan?'

'Otte daan,' knikte Romi, niet beseffend dat ze hiermee verraadde dat zelfs vandaag Lotte hier was geweest.

Had ze de nacht hier doorgebracht? Bertie zou het weten als ze naar boven ging. 'En heb jij Lotte geholpen? Dat deed je bij mama ook, weet je dat nog?'

Romi schudde langzaam haar hoofdje.

'Zullen we dan eens gaan kijken of Beerend wakker is?' Bertie opende de deur naar de trap en wachtte tot Romi met haar meeging.

Ron moest nog een keer bemoedigend knikken voordat het meisje met haar meeliep.

'Zal ik je dragen?' vroeg Bertie voor de zekerheid. Hoe graag had ze het lijfje van dat kleine meisje in haar armen gevoeld. Helaas schudde de jongedame haar hoofdje. Ze kon zelf de trap op lopen, dat had ze immers moeten leren, omdat haar moeder niet met twee kinderen in haar armen de trap kon nemen. Wel liep Bertie achter haar en legde af en toe een hand op het smalle ruggetje. Romi leek het al minder vreemd te vinden dat Bertie er was, maar of ze in haar ook haar moeder herkende…

Romi's donkerblonde krullen sprongen bij iedere stap vrolijk op en neer. Had Lotte het haar van haar dochtertje vanochtend gekamd? Een pijnlijke steek ging door Bertie heen. Ze was jaloers, besefte ze, dit keer was zij jaloers op Lotte. Die vrouw had iets wat niet van haar was.

Beerend lag klaarwakker in zijn bedje wat om zich heen te kijken. Berties hart begon sneller te slaan van verlangen naar dat kleine wurm. Het zat er dus wel. Doreth had gelijk gehad. Bij de eerste blik van Romi had ze het al gevoeld, maar nu werd het helemaal duidelijk. Ze hield echt van haar kinderen.

Met tranen in haar ogen boog ze zich over het ledikant van Beerend en begon tegen hem te praten. Hij keek haar aan met zijn grote blauwe kijkers. Geen blijk van herkenning, geen lachje naar die vrouw die zijn moeder was. Voorzichtig tilde ze de baby uit zijn bedje, hield hem tegen zich aan, snoof zijn geur op en knuffelde hem tot hij begon te protesteren.

Toen ze zich omdraaide zag ze Ron in de deuropening staan. Was hij haar gevolgd omdat hij bang was dat ze de baby iets zou aandoen? Had Lotte zo op hem ingepraat dat hij de moeder van zijn kinderen niet eens meer vertrouwde? Zijn gezicht stond ernstig, ook bij hem kon er geen lachje af.

Bertie legde Beerend op het aankleedkussen om hem te verschonen. Al die tijd voelde ze de aanwezigheid van Ron. Ze moest iets overwinnen om op een normale toon tegen de baby te praten. Hem te vertellen hoe mooi hij was en wat een grote jongen hij was geworden. De strakke blik bleef op Beerends gezichtje geplakt.

Nadat ze hem weer had aangekleed, hield ze hem zorgvuldig vast. Romi liep achter haar de trap af en Ron sloot de rij.

'Ik heb zijn fles al in de magnetron staan. Die zal nu wel warm zijn. Geef jij hem zijn fles?' vroeg hij beneden.

'Graag.' Het voelde nog wat onwennig om de baby weer vast te houden, hij was groter en steviger dan ze zich herinnerde. Natuurlijk was hij gegroeid in de afgelopen weken.

'Waar is beer, Romi? Moet hij zijn flesje niet hebben?' Bertie herinnerde zich dat haar dochtertje vaak naast haar had gezeten met de beer, om hetzelfde te doen als haar moeder deed.

'Pop tinke.' Romi liep naar de box en kwam terug met een poppenwagen waaruit ze een mooie lappenpop en een flesje haalde. Met de pop klom ze op de bank en deed haar moeder na.

Die pop had Bertie nog niet eerder gezien. Een cadeautje van iemand die op kraamvisite was geweest? Dat het geboortefeest niet door was gegaan, wilde niet zeggen dat Ron geen bezoek had gekregen. Al had ze hem daarover niet gehoord.

'Wat een mooie pop, van wie heb je die gekregen?'

'Otte,' antwoordde Romi.

Het lukte Bertie te blijven glimlachen. Door zich te concentreren op de drinkende baby werd ze weer rustiger. Ze zou Lotte niet de kans geven deze dag voor haar te verpesten.

'Ik breng je koffer naar boven, dan moet je hem zo meteen zelf maar leegmaken,' zei Ron. 'Als er veel gewassen moet worden, moet je de wasmachine maar vullen en aanzetten, anders is het niet op tijd droog om morgen weer mee te nemen.'

'Dat zal ik straks wel doen.' Bertie had hem nog niet verteld dat ze voorgoed thuis wilde blijven, dat ze niet meer terug naar het centrum ging. Ze had de pillen die ze geacht werd in te nemen bij zich, evenals de spullen die daar hadden gelegen. Niemand wist van haar plannen, maar ze konden haar echt niet dwingen terug te gaan als ze dat niet wilde. Haar plaats was hier, bij haar man en haar kinderen. Ook vanuit hier kon ze naar de afspraken met dokter De Haan gaan, hij hield immers zijn spreekuur in het ziekenhuis, al zou ze Doreth wel missen.

Ron ontspande zich gedurende de dag steeds meer. Hij ontpopte zich tot een goede gastheer, al was de vertrouwelijkheid die vroeger tussen hen was geweest, zowat helemaal verdwenen. Dat zou opnieuw moeten groeien, besefte Bertie, maar die kans kregen ze nu. Als zij thuisbleef en goed voor de kinderen en haar man zorgde, kwam dat vanzelf wel weer terug.

Voorlopig ging ze niet meer werken, had ze ook besloten. Het was belangrijker dat haar gezin weer bij elkaar kwam. Ze had nog geen ontslag genomen, dat stelde ze voorlopig nog even uit. Tenslotte was ze officieel nog altijd ziek. Het zwangerschapsverlof was na de uitspraak van dokter Bogers dat ze aan post-partumdepressie leed, omgezet in ziekteverzuim.

Om één uur lagen de beide kinderen op bed en hadden Bertie en Ron even het rijk voor zich alleen.

'Wil jij gaan rusten?' vroeg hij.

'Nee hoor, dat is nergens voor nodig. Jij wel?' reageerde ze verbaasd.

'Ik ook niet. Ik dacht dat jij het misschien gewend was in het centrum.'

'Niet echt. Ik ben geen bejaarde die een middagdutje nodig heeft,' deed ze gepikeerd.

Ron ging er niet op in. 'Hoe gaat het met je? Vind je het fijn om thuis te zijn?'

'Absoluut. Het is heerlijk om weer eens voor de kinderen te mogen zorgen, ik heb hen echt gemist.'

'Ga je vooruit?'

'Zeker weten. De gesprekken die ik heb met de begeleiding werken goed. Daar heb ik echt veel baat bij. Jij hebt toch ook een paar keer een gesprek gehad?' Niet dat hij daar veel over had verteld, maar ze wist dat met de partner en eventuele andere gezinsleden eveneens werd gepraat over wat er was gebeurd. Ook zij moesten het een plaatsje geven en over hun gevoelens en over de onrust die was ontstaan kunnen praten.

Ron knikte. 'Dat klopt. Ik ben beter gaan begrijpen hoe jij je moet hebben gevoeld al die tijd. Hoelang moet je nog in dat centrum blijven? Wanneer ben je er klaar voor om definitief terug naar huis te komen?'

'Het liefst vanaf nu. Ik weet dat ik er klaar voor ben. Ik mis de kinderen enorm en jou ook. Als ik nog langer in het centrum moet blijven, vervreemden ze steeds meer van mij. Dat wil ik niet.' Bertie trachtte zijn blik te vangen, maar Ron keek van haar weg.

'Nu al? Is dat niet een beetje vroeg? Het is amper twee weken geleden dat je... Je weet wel.'

'Dat weet ik wel.'

'Heeft dokter De Haan gezegd dat je er klaar voor bent?' wilde Ron weten.

'Nog niet, maar hoe langer ik blijf, hoe meer hij verdient aan mij.'

Ron schraapte zijn keel. 'Ik denk niet dat je het zo moet zien. Het gaat om je gezondheid, je geestelijke gesteldheid, niet om zijn portemonnee. Wij zijn leken op dat gebied, daarover kunnen wij niet oordelen. Ik zou het aan die dokter overlaten om te beslissen wanneer je er sterk genoeg voor bent om terug naar huis te komen.'

'Denk je soms dat ik het niet aankan?'

'Nou,' ging hij aarzelend verder, 'toen Beerend begon te huilen en je hem niet stil kreeg, zag ik toch iets van paniek op je gezicht ontstaan.'

'Dat valt wel mee. Ik vond het inderdaad niet prettig dat ik hem niet getroost kreeg en jij wel. Hij kent me niet zo goed meer, dat is de oorzaak.' Ze was echt niet in paniek geraakt, dat wist ze zeker. Ron had haar blik verkeerd geïnterpreteerd.

'Praat er eerst eens over met dokter De Haan. Deze twee dagen zijn een proefverlof. Als het goed gaat, mag je voortaan ieder weekend naar huis komen.'

'Hoe weet jij dat? Heb jij met dokter De Haan gepraat?' Waarom was haar dat niet verteld? Wat werd er nog meer achter haar rug om bekonkeld?

'Dat is de normale gang van zaken,' gaf Ron een ontwijkend antwoord. 'Ik weet zeker dat ze dat jou ook hebben verteld.'

'Nee hoor, dit hoor ik voor het eerst.'

Ron haalde zijn schouders op. 'Hoe dan ook, zo is het in ieder geval wel. Als het goed gaat, mag je in het weekend naar huis komen.

Van zaterdag tot zondag. Blijft het goed gaan, dan komt de vrijdag erbij.'

Bertie gaf geen commentaar. Misschien had ze iets gemist, of was ze het vergeten. Dat kon best. In het begin vergat ze wel meer. Nu ze eenmaal goed gewend was aan de medicijnen was dat vergeetachtige verdwenen.

Proefverlof, dat had ze wel gehoord van patiënten die leden aan een psychische aandoening. Bij die categorie hoorde zij helemaal niet. Als het waar was wat Ron vertelde, duurde het nog weken voordat ze definitief thuis mocht blijven. Daar paste ze voor. Ze wilde nu thuisblijven, niet meer teruggaan naar het centrum.

HOOFDSTUK 12

Het kerstdiner werd een zwijgzame gebeurtenis. Romi zorgde nog een beetje voor een levendige sfeer aan tafel door haar vrolijke gebabbel, Ron en Bertie leken door hun gesprekstof heen te zijn.

Romi leek het aanvaard te hebben dat Bertie er was, al moest papa haar eten geven en haar een schone luier aandoen, haar moeder moest wat dat soort dingen betreft afstand houden. Dat stak, maar Bertie hield zich voor dat het kind tijd nodig had om weer aan de nieuwe situatie te wennen. Ze was nog te jong om te begrijpen dat haar moeder veranderd was. Dat ze niet meer de starre, in zichzelf gekeerde vrouw was die ze sinds de geboorte van Beerend was geweest.

Bertie had nog een reden om niet ongedwongen vrolijk te zijn: ze had een uurtje voor het eten, op de zolderkamer het bewijs gevonden dat Lotte hier sliep. Waarschijnlijk had ze dat de afgelopen nacht ook nog gedaan. Al was de kamer keurig opgeruimd, een zweem van haar parfum hing er nog en werd sterker op het hoofdkussen.

Niet alleen Lotte had hier geslapen. Onder het bed had ze nog meer bewijsmateriaal gevonden: een boxershort van Ron. Hij was op de zolderkamer geweest terwijl Lotte hier sliep, en vast niet om een nieuwe lamp in te draaien. Bertie beschikte over voldoende fantasie om te beseffen wat die boxershort onder dat bed deed, hoe hij daar terecht was gekomen.

Had Lotte al die tijd dat Bertie in de kliniek was hier geslapen? Ging Ron 's nachts, als de kinderen sliepen, naar haar toe, of kwam Lotte ook naar hun slaapkamer? Bedreven ze de liefde in hetzelfde bed waar Bertie haar man had liefgehad, waarin hun kinderen waren geboren? Of had Ron tenminste nog het fatsoen zijn overspel buiten hun slaapkamer te houden?

Dat hij haar bedroog, was wel duidelijk. Meer bewijs hoefde ze niet te vinden. Lotte had haar in het ziekenhuis eigenlijk al gewaarschuwd dat zij en Ron nader tot elkaar waren gekomen, dat hij inzag dat zijn huwelijk op sterven na dood was.

Het kostte Bertie de nodige moeite rustig te blijven. Ze was lang boven gebleven om tot zichzelf te komen. In de kliniek had ze geleerd hoe ze met heftige emoties moest omgaan en door ademhalingsoefeningen te doen kalm kon blijven, maar het liefst was ze naar beneden gestormd om hem in zijn gezicht te smijten wat ze had gevonden. Ze wilde gillen, met dingen gooien en misschien zelfs wel slaan.

Toch deed ze niets van dat alles. Voorlopig wilde ze deze ontdekking voor zichzelf houden. Ondanks alles wilde ze Ron de kans geven eerlijk tegen haar te zijn en haar zelf te vertellen wat er aan de hand was. Misschien begon hij er later op de avond uit zichzelf over, als de kinderen op bed lagen.

Bertie richtte haar aandacht weer op het eten dat Ron had laten komen. Hij had niet zelf gekookt, maar het diner besteld bij een cateraar. Wel zo gemakkelijk en het smaakte goed. Als hij het aan haar had gevraagd, had ze best willen koken voor hen. Dan had ze in ieder geval iets omhanden gehad en had ze boven vast niet die boxershort gevonden. Dan was er nu nog niets aan de hand geweest, bedacht ze met enige spijt.

Bertie merkte dat er iets onder de oppervlakte sluimerde. Bij Ron. Ook hij was met iets heel anders bezig dan met het eten dat op zijn bord lag. Soms zat hij wat afwezig voor zich uit te staren. Dacht hij aan Lotte, of aan hoe hij hun huwelijk moest beëindigen?

Na het eten ruimde Bertie de tafel af. Het weinige dat gebruikt was, waste ze af.

'Je hoeft toch niet af te wassen, we hebben een vaatwasser,' merkte Ron op.

'Dat kleine beetje is zo gedaan.' Bovendien wilde ze wat afstand nemen van hem, nadenken over wat ze nu moest doen, wat de volgende stap was die ze wilde zetten.

Ron haalde zijn schouders op. 'Wat jij wilt. Help je daarna mee Romi naar bed te brengen?'

'Best. Ik ben zo klaar.' Haar plan om hier te blijven, kwam met de ontdekking van Lottes verhouding met haar man op losse schroeven te staan. Wat voor zin had het hier te blijven als Ron al in handen van Lotte was? Kon Bertie hem nog voor zich winnen, of was de strijd al gestreden? Had hij zijn keuze al gemaakt?

Hoe ze ook nadacht, Bertie kwam er niet uit. Hier blijven leek haar de beste optie, maar als Ron haar niet meer wilde, waar bleef ze dan? Uiteindelijk gaf ze het gepieker op. Eerst de kinderen naar bed brengen, misschien was Ron daarna wel open en eerlijk tegen haar.

Voordat ze klaar was met de afwas, ging haar mobiel over. Bertie droogde snel haar handen af en haalde het toestel uit haar tas. Het was Lotte, zag ze op het schermpje. Dat was wel de laatste persoon die ze wilde spreken vandaag, desondanks nam Bertie op.

'Wat wil je?' begon ze op onvriendelijke toon.

'Niets, ik wilde je alleen maar een gelukkige kerst wensen. Dat mag toch wel?'

'Weet je wel zeker dat je mij een gelukkige kerst toewenst? Heb je niet veel liever dat het een ongelukkige tijd voor mij wordt?'

'Ik heb geen idee waar je het over hebt,' antwoordde Lotte op onschuldige toon.

'Weet je dat echt niet? Houd je maar niet van de domme, ik weet het van jou en Ron.'

'Wat weet je?'

'Dat jullie samen slapen op de logeerkamer.'

Een lachje klonk in Berties oor.

'Slapen? We doen wel andere dingen dan slapen alleen. Heeft hij het je verteld?'

Bertie verbeet een scherp antwoord. Haar vrije hand balde ze tot een vuist. Kalm blijven, niet boos worden, al had ze alle recht dat te zijn. Boos reageren zou een reden kunnen zijn om terug naar het centrum te worden gestuurd, dat moest ze zich voor blijven houden. 'Nog niet, ik kwam er zelf achter. Je moet voortaan wel beter opruimen en geen ondergoed laten slingeren op die kamer.'

'Hebben we niet goed opgeruimd? Arme jij. Schrok je erg?'

Wat was dat mens in- en ingemeen! Waar haalde ze het lef vandaan om zogenaamd vriendelijk en vol goede bedoelingen te bellen? Die boxershort had ze daar vast met opzet laten liggen. Bertie snoof verontwaardigd. 'Na jouw waarschuwing, een poosje geleden, sta ik er niet van te kijken. Maar denk niet dat je nu gewonnen hebt. Ik geef het zo gemakkelijk niet op. Ron heeft misschien een fout gemaakt, maar jij zult hem vast een zetje in de goede richting hebben gegeven. Het komt echt niet helemaal van hem af, daar ben ik van overtuigd.'

'Arme Bertie,' mompelde Lotte. 'Je hebt wel veel vertrouwen in je mannetje.'

'Meer dan in jou.' Bertie drukte het gesprek weg voordat Lotte nog meer kon zeggen. Meteen daarna schakelde ze het toestel helemaal uit. De stem van die vrouw wilde ze niet meer horen. Het liefst nooit meer.

Bertie kon zich ertoe zetten normaal te doen tegen Romi en ervan te genieten dat ze haar naar bed mocht brengen. Beerend lag al enige tijd op bed en sliep, hij zou later op de avond nog een voeding krijgen.

Dit keer mocht ze Romi helpen met haar kleren, maar Ron moest haar tandjes poetsen en haar haren kammen. Ook moest hij voorlezen voor zijn dochter.

Bertie keek toe vanuit de deuropening. Haar man was lief en geduldig met het meisje, ook al merkte ze aan alles dat het naar bed brengen van de kinderen geen dagelijkse bezigheid voor hem was. Lotte deed vast heel veel in het gezin.

Alweer Lotte. Nam die vrouw haar dan alles af? Waarom eigenlijk? Uit jaloezie? Jarenlang waren ze de beste vriendinnen geweest. Nooit had ze gemerkt dat Lotte jaloers op haar was, dat ze wilde hebben wat Bertie had. Kwam het doordat ze haar baan kwijt was? Dat Lotte opeens besefte dat ze niet zo heel veel had bereikt op haar tweeëndertigste? Dat zij niets had en haar vriendin alles? Was dat de reden dat Lotte nu alles wilde afpakken wat Bertie had?

'Dat was het,' beëindigde Ron het verhaal. 'Morgen lezen we verder, nu moet je lief gaan slapen. Krijg ik nog een kusje?'

Romi tuitte haar lipjes en gaf haar vader een vochtige zoen.

'Krijgt mama ook een kusje?' vroeg hij.

Romi keek nadenkend naar haar moeder. 'Otte kusje.'

'Lotte is niet hier, mama is nu hier. Krijgt ze een kusje van jou?'

Romi knikte uiteindelijk. Dat ze daar zo lang over na moest denken en dat ze de voorkeur gaf aan Lotte, deed pijn. Bertie ging naar het bed toe. Ze boog zich over haar dochtertje heen en drukte zacht een kus op haar wangetje. 'Slaap lekker, snoesje van me.'

Ron en Bertie verlieten de slaapkamer van Romi.

'Heb je je koffer nog uitgepakt?' wilde hij weten.

Bertie knikte. Waar ze sliep, daar had hij niets van gezegd. Ze ging ervan uit dat ze in hun eigen slaapkamer kon slapen. Al zou het vreemd zijn om nu weer met iemand samen in één bed te slapen. De gedachte dat Lotte misschien ook in háár bed had gelegen, maakte haar misselijk.

Niet aan denken. Lotte is niet hier. Vanavond maakt ze geen kans bij Ron.

In de badkamer had Bertie haar toiletspullen op hun vaste plaats gezet. Lotte had hier in ieder geval niets achtergelaten van haarzelf.

Bertie volgde Ron naar beneden. 'Zal ik koffie voor ons maken?'

'Lekker.' Hij bleef in de woonkamer en ruimde wat speelgoed op van Romi.

Het voelde voor Bertie al bijna alsof ze nooit was weggeweest. De kinderen lagen op bed, de vaat was opgeruimd, zij ging koffiezetten en Ron ging met een tijdschrift, een boek of zijn iPad op de bank zitten. Zo meteen kwam zij terug met een dienblad met twee geurende koppen koffie en een schoteltje met koeken erop.

Had Lotte dat ook voor hem gedaan?

Ze moest er met Ron over praten, besefte Bertie. Misschien ontkende hij alles, de mogelijkheid dat hij er verder op inging en hun huwelijk ter sprake bracht, zat er ook in. Wilde ze dat wel? Was ze er al klaar voor om hem te horen zeggen dat hij genoeg van haar had en met een andere vrouw verder wilde?

Toen ze terugkwam met de koffie zat Ron inderdaad op een stoel. De televisie stond aan op National Geographic en hij leek verdiept in de uitzending. Bertie zette het dienblad op tafel en gaf hem zijn koffie.

'Dank je wel,' was het gemompelde antwoord.

'Kunnen we even praten?' Bertie had gedurende de doorlooptijd van de koffie bedacht dat de aanval de beste manier was. Duidelijkheid scheppen, dan wist ze meteen waar ze aan toe was, ook al kreeg ze misschien een antwoord dat ze liever niet wilde horen.

Ron keek naar haar op. 'Natuurlijk. Waar wil je over praten?'

'Over jou en Lotte.' Een verbaasde reactie bleef uit. Dankzij de pillen die ze nam, lukte het haar om rustig te blijven. De Bertie zonder pillen had het vast niet zo kalm kunnen zeggen. 'Ik denk dat jullie een verhouding hebben.'

'Doe niet zo raar. We hebben helemaal niets met elkaar.' Ron keek haar met een open blik aan. Sprak hij de waarheid?

'Volgens Lotte wel, bovendien vond ik boven iets in de logeerkamer wat dat lijkt te bewijzen.'

'O ja? Wat dan? Ik ben niet in de logeerkamer geweest. Wat heb ik daar te zoeken?'

'Lotte bijvoorbeeld. Ik vond een boxershort van jou onder haar bed.'

De reactie die nu volgde had ze helemaal niet verwacht. Ron begon te lachen.

'En jij trapt daarin?'

'Hoe bedoel je?'

'Er is vast een heel logische verklaring waarom die daar lag. Ze kan de was opgevouwen hebben op haar bed.'

'Hij was niet schoon.'

'Geen idee hoe een gebruikte boxershort van mij op haar kamer terechtkomt. Ik gooi mijn ondergoed in de wasmand in de badkamer. Misschien is hij uit de wasmachine naar haar bed gewandeld. Lagen mijn sokken er toevallig ook bij?'

'Of je bent hem vergeten mee te nemen nadat je bij haar bent geweest,' hield Bertie vol.

Ron werd weer ernstig. 'Doe alsjeblieft niet zo raar, Bertie. Ik ben getrouwd. Met jou. Ook al hebben wij al sinds de geboorte van Beerend geen seks meer met elkaar gehad, dat wil nog niet zeggen dat ik dan maar met Lotte het bed in duik. Waarom denk je eigenlijk dat ik iets met Lotte heb?'

'Vanwege iets wat zij heeft gezegd. Eén van jullie beiden liegt, dat weet ik wel.' Bertie begon zich ongemakkelijk te voelen.

'Ik ben het in ieder geval niet.' Ron keek haar nu met een strak gezicht aan. 'Hoe kom je erbij dat ik jou zou bedriegen? Ik dacht toch echt dat je me beter kende, maar kennelijk heb ik me daarin vergist.'

Het was toch niet zo'n goed idee geweest om in de aanval te gaan. Stel je voor dat Ron inderdaad onschuldig was, dat Lotte dit alles uit haar duim had gezogen en die boxershort expres onder haar bed had neergelegd, ervan overtuigd dat zij hem dan zou vinden en de conclusie zou trekken dat ze een verhouding hadden. Had ze het zo gespeeld? Was ze erop uit om een wig te drijven tussen Bertie en Ron?

Ron keek haar nog altijd afwachtend aan. 'Waarom denk je dat ik iets met Lotte heb? Heeft zij soms iets tegen je gezegd?'

Bertie moest nu wel vertellen wat er was besproken, niet alleen vandaag, maar ook enkele weken geleden in het ziekenhuis. 'Lotte beweert dat zij altijd al verliefd op jou is geweest. Dat ik jou van haar heb afgepikt.'

'Wat een onzin. Ik heb nooit iets met haar gehad.'

'Maar je kende haar wel voordat wij elkaar leerden kennen,' herinnerde Bertie hem.

'Klopt, maar zij had toen iets met ene Martin als ik me niet vergis. Ik was niet verliefd op haar of zo, we hoorden bij hetzelfde vriendengroepje, meer was het niet.'

'Lotte denkt daar toch echt anders over. Misschien is het beter dat ze niet meer hier komt.'

'Dat is onzin. Ik heb totaal geen problemen met Lotte. Ze zorgt goed voor de kinderen, doet het huishouden, boodschappen, kookt. Een betere huishoudster kan ik niet krijgen.'

'En je hebt er nooit iets van gemerkt dat ze op een andere manier belangstelling heeft voor jou?'

'Heb je je pillen wel ingenomen? Je ziet echt spoken, Bertie.'

Bertie deed er het zwijgen toe en pakte haar koffie. Hij geloofde haar niet. Had Lotte dan alles verzonnen, van voor tot achter? Waarom dan? Wat bereikte ze hiermee?

Ron richtte zijn aandacht weer op het televisieprogramma. Voor hem was het onderwerp kennelijk afgedaan.

Het lukte Bertie niet om het zo gemakkelijk van zich af te zetten. Waarom loog Lotte? Of was het Ron die de waarheid niet vertelde? Wie moest ze geloven? De man met wie ze al negen jaar was getrouwd, of de vriendin die ze nog veel langer kende?

Lotte was geen gemakkelijke tante, nooit geweest, maar Bertie had altijd goed met haar kunnen opschieten. Ze had gemeend dat ze Lotte van haver tot gort kende. Alles hadden ze gedeeld met elkaar: liefdesverdriet, verliefdheden, problemen op het werk. Lotte had zelfs als eerste geweten dat Bertie zwanger was van Romi. Ze had

Lotte toevertrouwd dat ze overtijd was, zelfs nog voordat ze er met Ron over had gepraat. Ze vertelden elkaar dingen die ze niet eens met hun partners bespraken.

Dit alles, de dingen die Lotte haar had verteld, dat had Bertie niet aan zien komen. Hier had ze geen weet van gehad, niet eens beseft dat iets dergelijks speelde bij haar vriendin.

Of was het toch Ron die loog? Hoe zat het ook weer met overspel? Ging niet een kwart van de bevolking vreemd? Bekennen dat hij iets met Lotte had betekende vrijwel zeker het einde van hun huwelijk. Wilde hij dat risico niet nemen? Lotte was een perfecte huishoudster, hoorde daar andersoortige hand- en spandiensten ook bij?

HOOFDSTUK 13

Na het uitspreken van haar twijfels was Bertie bang dat ze het hele-maal had verpest met haar vragen. Of had ze zich toch vergist in hem? Dat Ron haar er niet op aankeek dat ze een walgelijke beschul-diging had geuit, liet hij merken door naast haar op de bank plaats te nemen nadat hij iets anders voor hen had ingeschonken.

'Het is lang geleden dat we hier zo hebben gezeten. Voor mijn gevoel veel langer dan die twee weken dat je nu weg bent,' begon hij. 'Je sloot je voor me af, je was ook doorlopend moe voordat je… Nou ja, ik had het gevoel dat ik mijn eigen Bertie kwijt was. En nu ben je er weer. Denk je dat we nog een kans hebben?'

Bertie voelde zich warm worden. Hij wilde een kans voor hun huwelijk. Ze had niet verwacht dat ze hem dat nog eens zou horen zeggen. 'Wat mij betreft wel.' Ze draaide haar gezicht naar hem toe. Ron was uiterlijk niet veel veranderd in die paar weken. Misschien een extra lijntje bij zijn ogen, maar dat stond hem juist goed. Hij keek haar open en helder aan met een zweem van een glimlach rond zijn mond.

'Ik heb je gemist, Bertie. We zijn er nog lang niet, maar dit is een begin, toch?'

'Ik denk het wel. Sorry van daarstraks, ik…'

Ron legde een vinger tegen haar lippen. 'Ssst, daar praten we niet meer over. Dat was een vergissing, Lotte kan niet tussen ons komen als we dat zelf niet willen.'

Vast niet, maar als ze lang genoeg hier bleef, lukte dat misschien wel een keer. Bertie was er niet zo zeker van als Ron kennelijk was. Ze kon niet meer teruggaan naar het centrum, dat was nu wel dui-delijk.

'Ik houd van je, Bertie, al heb ik dat de afgelopen tijd misschien niet zo goed laten merken. Voor mij was het niet niks om jou zo te zien, eerst in het ziekenhuis en daarna in het centrum. Maar ik heb het gevoel dat je vooruitgaat. Je maakt niet meer zo'n vermoeide indruk. Je interesseert je weer voor de kinderen. Daar kan ik alleen maar blij om zijn.'

'Ik houd ook van jou.'

Ron kwam dichterbij en raakte teder haar mond aan. Het was een vlinderlichte kus, toch was dat voldoende om bepaalde emoties bij Bertie wakker te schudden. Wat had ze dit gemist.

De volgende ochtend werd Bertie wakker van het gehuil van Beerend. Ze hoefde zich niet eens af te vragen waar ze was, ze wist meteen dat ze thuis was. Haar baby had haar nodig!

Vol energie kwam ze voorzichtig uit bed om Ron niet wakker te maken. Het was pas halfzes, Ron mocht wel wat langer slapen op deze vrije dag.

Bertie ging naar de babykamer en verschoonde Beerend, zacht tegen hem pratend. De baby keek haar met grote ogen aan, maar was gestopt met huilen. Misschien wel voor het eerst sinds zijn geboorte voelde Bertie de liefde voor de baby in haar stromen. Dit was haar kindje, haar zoon die ze negen maanden onder haar hart had gedragen. Dat ze hem bijna twee maanden lang had kunnen negeren, begreep ze nu echt niet meer. Ze moest ver heen zijn geweest door die depressie.

Met de baby op haar arm ging ze naar beneden. In de koelkast stond al een flesje klaar dat ze alleen maar even in de magnetron hoefde te zetten. Al die tijd hield ze Beerend vast en praatte ze op zachte toon tegen hem. Bertie zei de dingen die in haar opkwamen; het ging nergens over, toch moest Beerend voelen dat ze van hem hield. Hij huilde niet, maar volgde met zijn ogen haar bewegende mond. Zo zag geluk er dus uit.

Nadat hij de fles al enige tijd op had, bleef Bertie met de baby in haar armen op de bank zitten. Hoe had ze dit kleine wondertje kunnen vergeten, hieraan willen ontsnappen? Uit het leven willen stappen?

De afgelopen avond en nacht had Ron duidelijk laten voelen dat hij nog altijd van haar hield. Voor het eerst sinds Beerends geboorte hadden ze weer met elkaar gevreeën. Het had gevoeld als een warme thuiskomst. Met zijn armen om zich heen was ze in slaap gevallen. Toen ze uren later wakker was geworden, had ze lange tijd naar hem liggen kijken. Naar de rustig slapende man die naast haar lag. Haar man.

Het spookbeeld van Lotte die haar huwelijk wilde overnemen, was verjaagd door die liefdevolle nacht. Lotte zou geen kans meer krijgen om Ron naar zich toe te trekken. Die vrouw wilde Bertie niet meer in haar huis zien, bij haar kinderen en naast haar man.

Omdat Beerend in slaap was gevallen, droeg Bertie hem naar boven en legde hem weer in zijn eigen ledikant. Ze kroop voorzichtig terug in bed en schoof dichter naar haar nog altijd slapende man toe. Dicht genoeg om zijn warmte onder het dekbed te voelen, maar zonder hem aan te raken. Naar hem kijken was voldoende, voor nu.

Romi liet rond zeven uur weten dat haar slaap op was en dat ze graag van haar kamertje wilde komen. Dit keer werd Ron wel wakker en keek even verbaasd naar de vrouw die naast hem lag.

'Hé, heb je lekker geslapen?' vroeg Bertie.

'Ik denk het wel. Jij ook?'

'Ik heb heerlijk geslapen. Jammer dat Romi nu al wakker is.'

Ron kuste haar voordat hij het dekbed terugsloeg. 'Ik zal haar eens gaan halen.'

'Mag ik dat doen?'

'Van mij wel. Graag zelfs, ik wil nog even onder dat warme dekbed blijven liggen.'

Bertie ging naar de slaapkamer van hun dochtertje. 'Goedemorgen, snoes. Heb je lekker geslapen?'

Romi trok haast hetzelfde gezicht als haar vader. 'Otte?'

'Mama. Lotte is er niet. Ik denk dat ze nooit meer komt, maar dat begrijp jij vast niet,' mompelde Bertie op zachte toon. 'Wil je bij papa en mama in het grote bed komen liggen?'

'Otte saape.'

Het ging vast nog enige tijd duren voordat Romi besefte dat Lotte geen rol meer zou spelen in dit gezin. Had ze ook zo gereageerd toen haar moeder opeens niet meer thuiskwam? 'Niet bij Lotte, bij papa en mama.' Bertie pakte een luier uit de kast. 'Eerst een schone luier aandoen?'

'Papa toen.'

'Papa slaapt nog. Mama doet het wel, dan gaan we daarna naar papa toe. Ga maar liggen.'

Romi keek haar moeder wat afwachtend aan, maar toen ze kennelijk besefte dat er geen andere optie was, ging ze liggen om zich te laten verschonen. Zodra ze echter een schone luier aanhad, liet ze zich van het bed glijden en liep ze naar de slaapkamer van haar ouders.

Bertie ruimde de vuile luier op voordat ze haar dochtertje volgde. Romi had zich tegen haar vader aan genesteld en lag met haar duimpje in haar mond te kijken hoe haar moeder aan de andere kant ging liggen.

'Gezellig hè,' begon Bertie. Zo hadden ze in het verleden heel wat vroege ochtenden met hun drietjes in bed doorgebracht, of met hun tweeën, als Ron al naar zijn werk was. Na de geboorte van Beerend had zich dat beperkt tot de ochtenden dat Ron thuis was.

Romi zei niets, Ron grijnsde over haar hoofd naar Bertie. 'Ik vind het heel erg gezellig.'

De ochtend strekte zich voor hen uit. Bertie zorgde een halfuurtje later voor het ontbijt omdat Romi vond dat ze lang genoeg in bed had gelegen, en gedrieën waren ze in hun pyjama aan tafel gegaan. Romi leek het wel gezellig te vinden en begon wat los te komen. Ze babbelde over van alles en nog wat, waarbij ook de naam van Lotte geregeld viel. Bertie reageerde er maar niet op. Het meisje kon er niets aan doen.

'Zullen we na oud en nieuw naar jouw ouders gaan?' stelde Ron voor. 'We hebben ze al een poos niet meer gezien.'

'Hoe reageerde mijn moeder toen je vertelde dat ze niet konden komen met de kerst?' Bertie dacht daar nu pas weer aan.

'Je vader vond het niet leuk. Je moeder reageerde nogal onverschillig. Het scheelde weer een paar dagen op en neer rijden, zei ze.'

Zo was haar moeder, altijd praktisch. Bertie miste haar vader wel. Het was al een hele poos geleden dat ze hem voor het laatst had gezien. Maar of ze er al aan toe was om hen te bezoeken, wist Bertie niet. Als ze elkaar zagen, zouden er vragen gesteld worden over haar verblijf in het centrum en de reden daarvan. Ze was er nog niet klaar voor alles open en eerlijk te vertellen.

'Kunnen we dat niet nog een poosje uitstellen? Ik zal hen straks wel bellen en anders kunnen we via Skype met elkaar praten. Dat doe ik liever,' gaf Bertie toe.

Ron keek haar met opgetrokken wenkbrauwen aan, maar zei er verder niets over.

Later die dag hadden ze inderdaad via de computer contact met haar familie aan de andere kant van het land. Hugo en Lindsey waren ook thuis en gevieren zaten ze om de computer heen. Vanaf deze kant had Romi het hoogste woord en vertelde onbevangen dat haar mama thuis was.

Het werd een leuk gesprek zonder dat er dieper op bepaalde onderwerpen werd ingegaan, wat Bertie wel zo fijn vond.

'Binnenkort komen we weer eens jullie richting uit,' beloofde ze tegen het einde.

'Wacht daar niet te lang mee, alsjeblieft, het lijkt maanden geleden dat ik jullie voor het laatst zag,' zei haar vader. 'Romi is alweer gegroeid en Beerend kennen we vast niet meer terug.'

Ze namen afscheid en Bertie sloot de computer af. Omdat het tijd was voor Romi's middagdutje bracht ze hun dochtertje naar boven. Dit keer liet ze gewillig toe dat haar moeder haar hielp.

Het ging steeds beter, vond Bertie.

Ron had voor thee met een lekkere kerstkrans erbij gezorgd. 'Zo, even een paar uurtjes rust. Hoe laat ga je terug naar het centrum? Ik heb erop gerekend dat je hier nog blijft eten vanavond.'

'Dat was ik al van plan, maar terug naar het centrum ga ik niet.' Het hoge woord was eruit.

Ron keek haar verbaasd aan. 'Hoe bedoel je dat? Je bent toch nog niet definitief ontslagen?'

'Ik ontsla mezelf.' Bertie lachte vrolijk.

'Even serieus, alsjeblieft. Ik vind dit niet grappig. Je kunt niet zomaar zonder toestemming wegblijven.'

'Toch doe ik dat. Ik ga niet terug. Al mijn spullen liggen hier. Ik blijf hier.'

'Dat kan echt niet, Bertie. Ik weet zeker dat dokter De Haan dat nog te vroeg vindt.'

'Wat heb ik met die man te maken? Het gaat erom wat jij en ik ervan vinden. Het gaat toch goed? Ik voel me goed, beter dan ooit. De kinderen zijn me niet te veel en wij hebben het toch ook weer gezellig samen? Waarom zou ik dan teruggaan? Wat moet ik daar nog?'

'Je moet de therapie afmaken,' hield Ron haar voor.

'Doe niet zo raar, het is geen antibioticakuur. Het zijn maar gesprekken, hoor, die ik bovendien ook vanuit huis kan volgen. Dokter De Haan houdt praktijk in het ziekenhuis. Dat is hier vlakbij. Daarvoor hoef ik echt niet in het centrum te zijn. Ik heb hier alles wat ik nodig heb: jou, de kinderen, mijn medicijnen. Ik hoef niet meer terug.'

Ron stond op en liep naar het raam. Daar draaide hij zich om alsof hij een afstand tussen hen moest creëren. 'Ik kan het daar niet mee eens zijn. Er is nogal wat gebeurd. Moet ik je daaraan herinneren? Die post-partumdepressie, je poging tot zelfdoding. Dat zijn geen dingen die je zomaar even van je afschudt, Bertie. Daar heb je hulp bij nodig. Nu voel je je misschien goed en heb je het idee dat je de hele wereld aankunt, maar wat gebeurt er als ik weer aan het werk ga en jij er alleen voor staat? Als er iets gebeurt waardoor je in paniek raakt? Heb je daar ook aan gedacht? Wat is dan je plan B? Of heb je dat niet?'

'Waarom zou het opnieuw fout moeten gaan? Ik ben rustiger nu, ik voel me goed. In het centrum heb ik geleerd hoe ik met heftige emoties die me dreigen te overvallen moet omgaan. Dat werkt allemaal prima. Reageerde ik paniekerig of overdreven toen ik jouw boxershort onder het bed van Lotte ontdekte? Niet toch?'

'Dat klopt, maar dat wil niet zeggen dat je nu alles weer aankunt. Ik vind dat je terug naar het centrum moet gaan en het thuis-zijn rustig moet opbouwen. Je bent nu twee dagen hier geweest. Volgende week is het oudjaar, dan mag je opnieuw een paar dagen naar huis. En als dat goed gaat het weekend dat daarop volgt ook weer. Daar zitten dan maar twee dagen tussen. Zullen we het stap voor stap doen?'

Dat wilde Bertie nu net niet. Als zij vanavond wegging, zou Lotte weer komen, daar was ze zeker van. Dat wilde ze voorkomen. Het was lief en aardig van Lotte dat ze hen al die tijd had geholpen, maar zoals het ernaar uitzag, was dat puur eigenbelang met geen ander doel dan Ron te verleiden en Berties gezin over te nemen.

'Ik wil niet weggaan, Ron.'

'Waarom niet? Is het zo slecht in het centrum? Ik dacht dat je het daar best naar je zin had en dat je goed werd behandeld.'

'Dat is ook zo, daar gaat het ook niet om.'

'Waarom dan wel, Bertie? Het is voor je eigen bestwil, zie je dat dan niet in? Je bent niet na twee weken genezen en in staat het gezin weer op een normale manier te draaien. Dat kan niet.'

'Ik ben bang voor wat Lotte doet,' gaf ze toe.

'Lotte? Waarom dat dan? Zij doet echt niets, hoor. Ze is hartstikke lief voor de kinderen. Romi en Beerend zijn dol op haar.'

Dat was het nu juist. De kinderen, háár kinderen waren dol op Lotte en vergaten daardoor dat ze ook nog een mama hadden die van hen hield. Bovendien had Lotte haar zinnen gezet op Ron. Gisteren nog had ze dat duidelijk gezegd. 'Ik vertrouw haar niet.'

Ron liep naar haar toe, zakte door zijn knieën zodat hij haar recht aan kon kijken. Hij legde zijn handen op haar schouders. 'Lieverd, daar hebben we het gisteren al over gehad. Je ziet spoken. Ik voel niets voor Lotte en zij niet voor mij. Er is niets tussen ons, nooit geweest ook, en het zál nooit iets worden tussen haar en mij. Dat kun je van me aannemen. Wat wij met elkaar hebben, daar komt geen Lotte Beijaards tussen, dat beloof ik je.'

Bertie probeerde zijn blik te peilen, ze vond er echter geen leugen in. Hij was open en eerlijk zodat ze niet anders kon dan toegeven dat hij de waarheid sprak. Hem wilde ze wel geloven en vertrouwen, Lotte Beijaards niet. Dat kon ze eenvoudig niet.

'Je moet terug naar het centrum, Bertie,' ging hij verder. 'Ook om te voorkomen dat ze je komen halen. Je kunt niet zomaar wegblijven, dat besef je toch wel? Wat denk je dat er gebeurt als ze je moeten halen? Dan mag je voorlopig niet meer naar huis omdat ze je niet vertrouwen. Je moet juist laten zien dat je wel te vertrouwen en stabiel bent.'

Er zat logica in hetgeen Ron zei, dat besefte Bertie zelfs, maar de gedachte dat ze hem en de kinderen dan weer een hele week niet zou zien, en vooral dat Lotte hier zou zijn, kon ze bijna niet verdragen. 'Kun je niet op maandag en dinsdag thuis werken? Romi en Beerend mogen op woensdag, donderdag en vrijdag naar het kinderdagverblijf. Is dat niet te regelen met je baas? Dan hoeft Lotte niet meer op te komen passen.'

'Lieverd, dat gaat toch niet? Hoe kan ik mijn werk doen als ik tegelijk voor twee kleine kinderen moet zorgen? Ik heb een groot deel van de tijd klanten aan de telefoon. Zie je het al voor je dat Romi of Beerend daar doorheen beginnen te schreeuwen? Dat kan ik echt niet maken. Ik laat de situatie liever zoals hij nu is, dat is het gemakkelijkste. Ik denk er trouwens sterk over om het kinderdagverblijf stop te zetten. Het zit er vast niet in dat jij binnen korte tijd weer gaat werken. Denk er maar eens over na. Wil je dat doen?'

Bertie knikte weinig enthousiast. Lotte zou dus blijven. 'Kom je dit weekend dan met de kinderen op bezoek? Ik vind het zo rot dat je maar één keer in de week komt. Je hebt geen idee hoelang een week dan duurt.'

'Ik kom dit weekend op bezoek, met Romi en Beerend. Dan blijf ik langer dan een uurtje en gaan we met de kinderen naar buiten als het droog is. Er is toch een dierenweide? Romi vindt het vast prachtig om die beesten te zien.'

Nu ze de zekerheid had dat ze Ron overmorgen of zondag weer zou zien, gaf ze toe. De onrust over Lotte bleef, die kon ze niet zomaar uitvlakken, maar dat ze haar man en kinderen over een paar dagen weer zou zien, maakte dat een beetje goed. 'Als de kinderen vanavond op bed liggen ga ik terug,' beloofde ze.

'Mooi, goed zo. Je neemt de juiste beslissing. Met oudjaar kom ik je halen, dan gaan we samen oliebollen bakken en spelletjes doen tot het twaalf uur is.'

Bertie ging met gemengde gevoelens terug naar het centrum. Dit was een heel andere afsluiting van een paar heerlijke dagen dan ze in gedachten had gehad. Toch kon ze niet anders dan doen wat Ron haar adviseerde. Hij zou het wel bij het rechte eind hebben.

Omdat er niemand was om op de kinderen te passen, kon Ron haar niet met de auto brengen en ging Bertie met de taxi terug naar het centrum. Na een innige omhelzing van Ron stapte ze in.

Over een paar dagen zou ze hem weer zien en over een week was ze weer thuis. In die tijd zou ze aan Doreth vragen of het traject niet versneld kon worden. Als ze haar vertelde van de intriges van Lotte had haar begeleidster daar vast wel begrip voor. Bertie kon eenvoudig niet te lang meer hier blijven.

Hoe dichter ze bij het centrum kwam, hoe onrustiger ze werd. Het liefst bleef ze in de taxi zitten en gaf ze hem de opdracht haar weer terug te brengen.

Ben je veilig aangekomen? stuurde Ron haar een berichtje op het moment dat de taxi bij de ingang van het hoofdgebouw stopte.

Wat een lieverd was hij toch. Had hij de tijd bijgehouden of was het een wilde gok van hem dat ze er nu ongeveer moest zijn?

Nog even de chauffeur betalen, stuurde ze terug.

Mooi, mis je nu al. Zaterdag komen we langs.

Zijn volgende bericht was een foto van Romi die met Beerend op schoot op de bank zat, met als onderschrift: *We denken aan je, sterk zijn.*

Berties ogen schoten vol tranen. Dat was haar lieve tweetal, voor die twee schatten deed ze het allemaal. Voor hen en voor Ron zou ze het volhouden.

HOOFDSTUK 14

Die vrijdag had Bertie een lang gesprek met Doreth. Ze vertelde haar alles wat er gedurende de kerstdagen was gebeurd, ook over de insinuaties die Lotte door de telefoon had geuit.

'Begrijp je dat ik zo snel mogelijk naar huis wil? Die vrouw is uit op mijn man en mijn kindjes.'

'Is ze er nu ook?' wilde Doreth weten.

'Ik vermoed van wel. Hoewel Ron nu vrij is van zijn werk en hij het best alleen af zou kunnen. Ik weet het eerlijk gezegd niet, dat durfde ik niet te vragen.'

'Als Ron zegt dat hij je trouw zal blijven, moet je daarop vertrouwen. Hebben jullie nog over jouw zelfmoordpoging gepraat?' ging Doreth op een ander onderwerp over. 'Jullie zijn nu langer bij elkaar geweest dan normaal in het centrum.'

'Dat ook. Ron wilde weten waarom ik het nu precies had gedaan.'

'Kon je hem dat vertellen?'

Bertie knikte. 'We hebben een goed gesprek gehad daarover. Ik begrijp nu ook beter waarom hij zo koeltjes naar mij toe reageerde, de eerste tijd na die poging. Hij wist gewoon niet hoe hij zich moest gedragen en vroeg zich af of het zijn schuld was dat ik die pillen had geslikt. Dat was best heftig om te horen. Het was niet zijn schuld, het was alles bij elkaar, wat mij ertoe dreef.'

'Bij pubers en jongvolwassenen gaat het vaak om een impulsieve daad, bij oudere mensen is het meestal een doordachte beslissing die genomen wordt. Dat was bij jou niet het geval, heb ik het idee. Jij nam vrij plotseling en zonder er echt over na te denken het besluit een einde aan je leven te maken.' Doreth keek haar met een ernstige blik op haar gezicht aan. 'We hebben het er al vaker over gehad, toch wil ik het nog eens met je doornemen. Ik begrijp het namelijk niet helemaal. Je hebt twee schatten van kinderen en een lieve man. Een post-partumdepressie kan vreemde dingen met je doen, toch gebeurt het niet vaak dat een vrouw daardoor uit het leven wil stappen en dat ook daadwerkelijk uitvoert.'

'Ik weet het niet. Ik zag geen uitweg, denk ik. Bovendien voelde ik me zo waardeloos, zo moe. Ik was tot niets in staat en sliep een groot deel van de dag als ik de kans kreeg. Nadat ik bij de huisarts was geweest, ging het eigenlijk alleen maar slechter.'

'Nam je dan zo veel slaappillen in?'

'Die nam ik juist niet. De eerste nacht heb ik er wel een ingenomen om beter te kunnen slapen, maar Ron wordt niet zo snel wakker als Beerend huilt. Het kan best een poos duren voordat hij hem hoort, vandaar dat ik geen slaappillen meer innam na die ene keer. Ik vond het belangrijker dat ik Beerend hoorde als er iets aan de hand was en dat hij Romi niet wakker huilde.'

'Dan was je door die slapeloze nachten vast ontzettend moe.'

'Ik weet het niet zo goed meer,' moest Bertie bekennen, 'volgens mij lukte het daarna wel om te slapen tot Beerend kwam voor zijn voeding.'

'Dan waren het vast behoorlijk wat slaaptabletten die je hebt ingenomen bij je poging.'

'Nou, nee, eigenlijk niet. Er zaten nog maar een paar pillen in het doosje. Ik had ook niet meer dan een strip met veertien tabletten gekregen van de huisarts. Voor twee weken, niet langer.'

Doreth knikte begrijpend. 'Dat is inderdaad gebruikelijk. Langer slikken heeft niet veel zin, er treedt gewenning op na enkele weken en je lichaam heeft steeds meer nodig om in te kunnen slapen. Daarnaast is er altijd het risico op verslaving aan de tabletten. Nam Ron jouw pillen in? Je zei net dat het doosje bijna leeg was.'

Bertie moest haar het antwoord schuldig blijven. 'Ron had geen problemen met slapen. Ik heb geen idee waar die pillen zijn gebleven, misschien nam Lotte er mee naar huis.'

Doreth maakte een aantekening en knikte. 'Kijk je ernaar uit om dit weekend je man en de kinderen weer te zien?'

'Absoluut. Als Ron niet had gezegd dat ik de behandeling moet afmaken, was ik niet eens teruggekomen.'

'Dat zou niet verstandig zijn geweest. Een paar goede dagen wil nog niet zeggen dat je er helemaal klaar voor bent om terug te gaan. Je vroeg of we het traject kunnen versnellen. Dat de kinderen nu meekomen is goed. Ze moeten jouw aanwezigheid weer als normaal gaan zien, vooral Romi. Met oudjaar mag je naar huis. Als het goed gaat, mag je het weekend daarna weer naar huis, dat is slechts een paar dagen later. Zie je dat zitten?'

'Helemaal. Ik ben er echt aan toe om naar huis te gaan.'

'Dat kan ik begrijpen, maar we gaan niet te snel. We bouwen het langzaam op. Gaat het goed, dan komt er steeds een dag bij, tot je een hele week thuis mag blijven.'

Daar baalde Bertie van. Ze had gehoopt na het eerste weekend in januari definitief naar huis te mogen. Dat ging dus niet door. Op deze manier zou het nog zeker zes weken duren voordat ze echt naar huis mocht. Ze had meer verwacht van het gesprek met Doreth.

'Ik kan toch ook therapie vanuit huis volgen?' probeerde ze nog een keer.

'Dat kan en dat gaat vast ook gebeuren als je eenmaal weer thuis bent, maar niet nu al. Het is echt beter zo, Bertie. Het is nogal wat om de draad van je leven weer op te pakken. Je wilt toch niet dat je binnen de kortste keren weer hier terug bent?'

Nee, dat wilde ze natuurlijk niet. Met een onbevredigd gevoel ging Bertie na afloop van het gesprek terug naar haar kamer. Lotte zou nog zes weken de kans krijgen om Ron in te pikken. Hield hij het zo lang vol? Ook al zou ze steeds een dag langer blijven, dan nog bleef er voor Lotte genoeg tijd over om hem te verleiden.

Nu Bertie al wat langer in het centrum verbleef, leerde ze de andere bewoners wat beter kennen. Het was niet alleen maar kommer en kwel, er waren zeker ook leuke momenten en er mocht gelachen worden. Dat gebeurde regelmatig, om en met elkaar.

Niet alle uren van de dag waren gevuld met gesprekken en therapie. Er was voldoende tijd voor ontspanning. Al hoorde sport en creatief bezig zijn wel bij die therapie, zo voelde het niet voor Bertie. Net als veel bewoners vond ze het heerlijk om haar gevoelens aan papier toe te vertrouwen in de vorm van schilderen. Dat leverde soms verrassende resultaten op die gezien mochten worden. Zo kwam het dat een paar van Berties schilderijen aan de muur werden gehangen in de hal, waar min of meer een doorlopende expositie was van werken van bewoners.

Ook had Bertie zich aangesloten bij een wandelgroepje dat de bossen in de directe omgeving van het centrum doorkruiste. Heerlijk wandelen als het weer het toeliet, de frisse lucht in en ondertussen ongedwongen praten met elkaar, of zwijgend genieten van de prachtige natuur en je laten verrassen door de dieren die in het bos leefden.

Zo leerde ze Guido Verbeek kennen, een veertiger die na een stevige burn-out in het centrum terecht was gekomen.

Guido had iets waardoor Bertie vertrouwelijk met hem omging. En hij met haar. Zo vertelde hij dat zijn vrouw er zo genoeg van had steeds al die ellende over zich heen te krijgen van wat haar man vertelde, dat ze ervandoor was gegaan. Ze kon er niet meer tegen, volgens eigen zeggen. 'Misschien was ik wel te openhartig over mijn gevoelens. Ze zeggen toch altijd dat je een depressie van je af moet praten. Dat heeft bij mij een averechts effect gehad. Ik verloor er mijn vrouw door.'

Bertie vertelde hem tijdens een van hun wandelingen over haar verdenkingen dat Lotte op haar man uit was.

'Jaloerse vrouwen zijn de ergste die je kunt treffen,' meende Guido. 'Die gaan over lijken om te krijgen wat ze hebben willen.'

'Zou je denken?' vroeg Bertie geschrokken.

'Zeker weten. Laat je niet gek maken door dat mens. Jij houdt van je man, hij van jou, dat moet je vasthouden. En nu hebben we over genoeg ellende gepraat, ik wil je iets bijzonders laten zien.' Guido bleef staan voor een smal bospaadje. Op zijn rug hing de rugzak die altijd meeging als hij naar buiten ging. 'Je moet wel heel erg stil zijn en absoluut geen geluid maken. Ook mag je niet vertellen wat je hebt gezien. Beloof je dat?'

Bertie knikte, benieuwd naar wat Guido haar wilde laten zien. Het moest wel iets bijzonders zijn wat hij had gevonden en geheim wilde houden.

Guido liep gebukt tussen de struiken door, een spoor volgend dat niet breder was dan een halve meter. Omdat de bomen en de meeste struiken in de winter geen bladeren droegen, was het niet moeilijk om hem te volgen.

Bij een kleine open plek tussen de struiken bleef hij staan en deed uiterst omzichtig zijn rugzak af. Daaruit haalde hij hooi, handenvol beukennootjes en eikels en legde dat op de grond.

Verbaasd keek Bertie het aan. Ze had Guido al vaker betrapt op het oprapen van eikels die onder de bomen vlak bij het centrum lagen. Nu begreep ze waarom, maar niet wat de bedoeling ervan was.

De rugzak was leeg en langzaam liep Guido achteruit, aangevend dat Bertie dat eveneens moest doen. Op een paar meter afstand, achter een grote blad dragende rododendron, liet hij zich door zijn knieën zakken en gebaarde dat Bertie eveneens op haar hurken moest gaan zitten.

Naast elkaar bleven ze zo enige tijd zitten. Guido staarde naar de open plek en Bertie keek afwachtend mee, al had ze geen idee waarop ze eigenlijk wachtten. Lang werd haar geduld niet op de proef gesteld.

Er klonk na een poos wat zacht gekraak uit de struiken een eindje verderop en niet veel later zag Bertie de slanke snuit van een ree tussen de struiken tevoorschijn komen. Grote bruine ogen keken waakzaam om zich heen. Het dier bleef lange tijd doodstil staan, wachtend op iets wat haar kwaad kon doen. Toen dat uitbleef, deed de ree een paar stappen in de richting van het voedsel dat Guido had neergelegd. Opnieuw wachtte ze, tot ze het voldoende vertrouwde en voorzichtig een eerste hap van het hooi nam.

Het duurde niet lang of een tweede ree kwam uit het struikgewas tevoorschijn, duidelijk kleiner dan de eerste. Was dit haar jong van het afgelopen jaar? Beide hadden een mooie goudbruine, dikke wintervacht met een witte keelvlek.

Het kostte Bertie geen enkele moeite om doodstil naar dit bijzondere schouwspel te blijven kijken. Schitterende dieren en zo dichtbij.

Pas toen de beide dieren voldoende gegeten hadden en zich weer terugtrokken in het struikgewas, kwam Guido omhoog. Hij hielp Bertie, die stijf was geworden van het lange stilzitten, omhoog en bleef even haar handen vasthouden. 'Was dat mooi of was dat mooi?' vroeg hij op zachte toon.

'Het was geweldig, magnifiek om dit mee te maken.'

'Begrijp je dat je dit stil moet houden? Je wilt toch niet dat iedereen hierheen gaat en naar die reeën gaat zoeken? Dan is het met hun rust snel gedaan.'

'Dat snap ik wel. Van mij hoort niemand hiervan. Dank je wel dat je dit met mij wilde delen.'

Guido keek haar warm aan. 'Met jou alleen. Jij bent een bijzondere vrouw, Bertie, een die het verdient om gelukkig te zijn. Als het zien van die reetjes dat teweegbrengt, heb ik mijn plicht gedaan.'

Bertie voelde dat er een rode kleur op haar wangen kroop en maakte haar handen los uit die van Guido. Tot nu toe had hij niet laten merken dat hij amoureuze gevoelens voor haar had.

'Breng ik je in verlegenheid?' vroeg Guido. 'Dat was niet de bedoeling. Je bent getrouwd, van mij heb je niets te vrezen. Ik wilde je alleen maar een plezier doen.'

'Dat heb je ook gedaan, dank je wel daarvoor.'

'Mooi, zullen we dan nu eens teruggaan, voordat onze cipiers denken dat we de benen hebben genomen?' Guido grijnsde breed naar haar.

Met oud en nieuw was het goed gegaan en het weekend erna ook. Lotte had geen verrassingen voor haar achtergelaten en ze had Bertie ook niet meer gebeld met treiterige boodschappen.

Woensdagavond was Ron er weer, zonder de kinderen. Voor Romi was het te vermoeiend omdat ze die dag ook al naar het kinderdagverblijf was geweest. Lotte paste op hen, vertelde Ron.

'Heb je nog nagedacht over mijn vraag om Romi van het kinderdagverblijf te halen en haar plaats en die van Beerend op te zeggen? Het kost een hoop geld en voorlopig denk ik dat het niet verstandig is dat jij de zorg voor het gezin en een drukke baan weer gaat combineren,' begon Ron.

Dat was niet wat Bertie het meest bezig had gehouden de laatste tijd, al was het weleens in haar opgekomen dat ze daarover een besluit moest nemen. 'Maar als ik na een poos toch weer ga werken, wat doen we dan met de kinderen? Ze kunnen vast niet zomaar komen als we hun plaatsen nu opgeven.' Niet dat ze stond te springen om over een tijdje weer aan het werk te gaan.

'Ik denk niet dat dat zo'n probleem zal zijn. Kinderdagverblijven mogen tegenwoordig blij zijn dat ze genoeg kinderen kunnen krijgen om open te blijven.' Ron legde zijn hand op de hare. 'Blijf thuis zolang de kinderen nog niet naar school gaan. Zo lang duurt die periode niet. Wat is nu vier jaar? Het is vast druk genoeg met twee kleintjes in huis. Daarna zien we wel weer verder. Met alleen mijn salaris redden we het echt wel. Maak jij je over die baan bij het hotel maar geen zorgen. Als de kinderen eenmaal naar school gaan en jij voelt je er sterk genoeg voor, is het vroeg genoeg om weer op zoek te gaan naar werk. Je hebt een goede opleiding en vindt vast zo werk.'

Bertie was blij dat Ron er zo over dacht en dat hij er geen probleem van maakte. Ze zag het net als hij niet zitten om haar huidige baan te combineren met een jong gezin. Dat leek haar op dit moment meer dan ze aankon. Temeer omdat er ook avond- en weekenddiensten bij hoorden. 'Moet ik dan nu al ontslag nemen?'

'Je bent officieel nog ziek. Het is vroeg genoeg om ontslag te nemen als je weer helemaal beter bent.'

Dat begreep Bertie wel. 'Heb je nog met Lotte gepraat?' kaartte ze een heikel onderwerp aan dat haar meer bezighield dan iets anders.

'Waarover?'

'Over haar uitlatingen tegenover mij. Ik heb je toch verteld wat ze zei toen ze me eerste kerstdag belde. Heb je daar nog met haar over gepraat?'

'Nee, dat is niet meer ter sprake gekomen. Heus, Bertie, er is niets aan de hand. Lotte gedraagt zich heel normaal. Ze zorgt voor de kinderen en het huishouden. Het gebeurt vaak genoeg dat ze 's avonds weggaat als ik thuis ben.'

'Slaapt ze dan niet bij ons?' vroeg Bertie verbaasd.

'Niet altijd. Beerend komt 's nachts al een poosje niet meer voor een voeding. Als er verder niemand is, word ik echt wel op tijd wakker als hij begint te huilen, maak je daar maar geen zorgen om.'

Het was niet zozeer Beerend om wie ze zich zorgen maakte, maar als Ron zei dat Lotte lang niet altijd bleef slapen, was ze ook wat geruster. Misschien zag Lotte eindelijk in dat Ron haar echt niet wilde en had ze het opgegeven. De afgelopen tijd had ze immers niets meer van zich laten horen.

HOOFDSTUK 15

Bertie mocht deze week op vrijdag al naar huis en tot zondagavond blijven. Ze verheugde zich erop de kinderen drie dagen lang voor zichzelf te hebben.

Ron was er niet meer op teruggekomen dat hij haar ouders wilde bezoeken. Voorlopig had Bertie daar ook geen zin in. Via Skype hadden ze iedere week wel een keer contact met elkaar. Dat was voor nu voldoende voor haar.

Die vrijdagochtend begon Ron iets later met werken om Bertie thuis op te vangen. 'Ik moet nu echt naar mijn werk, het is me niet meer gelukt om die afspraak te verzetten. De buurvrouw weet dat jij er bent. Als er iets is, kun je haar altijd waarschuwen, dan komt ze meteen. Vind je het niet vervelend dat ik wegga?'

'Nee hoor, ga maar.' Romi was ook thuis en ging voorlopig niet meer naar het kinderdagverblijf. Om haar toch contact te laten hebben met andere kinderen van haar leeftijd, had Ron haar opgegeven bij de peuterspeelzaal hier in de buurt. Daar mocht ze vanaf volgende week op dinsdag- en donderdagochtend heen. Maar voor nu had Bertie haar kleintjes gezellig thuis.

Nadat Ron weg was gereden, maakte Bertie eerst een rondje door het huis met Romi. Ze begon op de zolderkamer.

'Komme Otte?' wilde ze weten.

'Vandaag niet, mama is nu toch thuis. Vind je dat niet fijn dan?'

Daar reageerde het meisje niet echt op.

'Blijft Lotte weleens slapen?' Het was niet helemaal eerlijk om dat soort vragen aan Romi te stellen.

Romi knikte heftig. 'Otte hie saape.'

Het was gokken wat het meisje bedoelde. Had Lotte vannacht

hier geslapen of sliep ze weleens hier? Het had geen zin iets derge-lijks aan een tweejarige te vragen. Volgende week was ze jarig. Dat vierden ze dit weekend met hun eigen gezinnetje, zonder familie of vrienden erbij. Dat kwam later nog wel een keer. Ron begreep nu dat een feestje nog te veel voor Bertie was.

Bertie controleerde de logeerkamer op geurtjes, maar ook of er nergens ondergoed was blijven liggen, of verstopt was. Niets van dat alles. Deze keer had Lotte geen verrassingen achtergelaten voor haar. Het bed was koud, de geur van Lottes parfum heel erg vaag. Vannacht had ze vast in haar eigen flat geslapen. Ron had toch ge-zegd dat ze geregeld naar huis ging.

Er zat nog een was in de wasmachine. Bertie haalde die uit het apparaat. Kleren van Ron, Romi en babykleertjes van Beerend kwa-men eruit, maar ook onbekende kleding. Een rood kanten slipje dat beslist niet van Bertie was. Een paar damesshirts en sokken die ze niet herkende als van haarzelf, en een wel heel sexy rode bh met veel kant. Geen twijfel mogelijk, dit moest van Lotte zijn.

Bertie kon begrijpen dat ze haar kleding bij hen waste als ze een groot deel van de week hier bivakkeerde, maar moest het dan per se dit soort pikante lingerie zijn? Dit was vast bedoeld om haar op de kast te jagen. Lotte deed nog altijd haar best het vertrouwen in Ron te ondermijnen. Het zou haar niet lukken, besloot Bertie. Ze legde de spulletjes van Lotte apart. Dat kanten setje mocht vast niet in de droger. Lotte zorgde er zelf maar voor dat het droog en opgevou-wen werd.

Van beneden klonk het geluid van een buitendeur die dicht werd gedaan. Had ze de achterdeur niet op slot gedaan? Nee, dat kon het niet zijn, Bertie had die deur niet eens gebruikt, en voor zover ze wist Ron ook niet. Het moest de voordeur zijn die ze had gehoord. De deur naar de trap werd geopend. Was Ron teruggekomen? Was hij iets vergeten?

'Hallo? Wie is daar? Ben jij het, Ron?' riep Bertie door het open trapgat naar beneden.

'Ik ben het,' klonk een al te bekende stem.

'Otte!' riep Romi. Ze liet het speelgoed waarmee ze had gespeeld in de steek en zou zo de trap zijn af gelopen als Bertie haar niet had tegengehouden.

'Even wachten, Romi. Mama gaat voor jou de trap af.'

'Romi, waar ben je?' klonk de stem van Lotte weer. Tegelijk hoorde Bertie voetstappen op de houten trap. Ze kwam kennelijk naar boven.

'Omi is hie,' riep Romi terug.

Op de overloop van de eerste verdieping bleef Lotte staan en keek met een stralende glimlach naar het meisje dat achter Bertie aan de trap af kwam. 'Daar ben je. Ik heb vanochtend per ongeluk je kroel meegenomen. Dom van Lotte, hè?' Ze haalde een doek uit haar jaszak, die Bertie herkende als het favoriete doekje waarmee Romi naar bed ging en zichzelf in slaap wreef.

'Koelie!'

Vanochtend. Dan had ze wel hier geslapen. In de logeerkamer of… Nee, Ron bedroog haar niet, dat moest ze blijven geloven. Bertie tilde Romi van de laatste paar treden en zette haar op de overloop. Het meisje pakte meteen de kroel van Lotte aan en begon ermee over haar neusje te wrijven, duim in de mond en wrijven maar.

Lotte keek triomfantelijk naar Bertie. 'Hoi, leuk je weer eens te zien. Hoe gaat het met je? Hebben ze je laten gaan voor het weekend? Zo helemaal zonder toezicht?'

'Dat weet je best,' mompelde Bertie. Wanneer was Lotte veranderd van een goede vriendin in een berekend kreng? Ze voelde zich opeens klein en onbeduidend naast de langere vrouw die er ook nog eens fantastisch uitzag.

Hoge laarzen tot over haar knie met een enorme hak; een korte rok en daaronder een donkere panty. Haar jas was net zo lang als het rokje en hing open, zodat Bertie kon zien wat ze eronder droeg. Een strak truitje met een behoorlijk diep decolleté waarboven nog net een randje zwart kant tevoorschijn kwam, het leek een zelfde soort bh als die Bertie boven had gevonden. Lottes lange blonde haar viel dik en glanzend over haar schouders. Subtiele make-up gaf haar een frisse uitstraling.

Hier stond een vrouw die wist dat ze er geweldig uitzag en die in de gaten had wat voor effect haar verschijning op mannen én vrouwen had.

'Wat kom je doen?'

'Romi's kroeldoekje brengen natuurlijk. Anders kan die kleine lieverd vanavond niet slapen, hè, schatje van me.'

Het meisje was blijven staan met de kroel in de hand en haar duim in haar mondje. Ze keek naar de beide volwassenen die met elkaar praatten. Niet dat ze er veel van zou begrijpen, maar het kind kon wel aanvoelen dat er geen sprake was van enige vriendelijkheid tussen de vrouwen die belangrijk voor haar waren. Dat mocht niet, besefte Bertie. Romi moest zich veilig kunnen voelen, zowel bij Lotte als bij haar moeder. Tenslotte zorgden ze beiden voor haar.

'Zullen we naar beneden gaan? Ik ben wel toe aan koffie,' stelde Bertie voor. 'Beerend zal zo wel wakker worden voor zijn voeding.'

Lotte reageerde rustig, knikte en ging als eerste naar beneden. Romi volgde en Bertie sloot de rij op de trap. De was moest maar even wachten.

In de keuken begon Bertie te modderen met het koffiezetapparaat. Lotte had ondertussen haar jas uitgedaan en speelde wat met Romi. Na een poosje kwam ze ook naar de keuken.

'Hoe gaat het met je? Kom je een beetje tot rust in die kliniek? Van Ron hoor ik alleen maar goede dingen. Hij is er heel erg over te spreken en vindt dat jij met sprongen vooruitgaat.'

Oké, dat klonk onschuldig en belangstellend genoeg. 'Het gaat ook goed met me. Het liefst zou ik nu al definitief thuisblijven, maar mijn begeleidster vindt dat ik het kalm aan moet doen en het rustig moet opbouwen. Deze week drie dagen, volgende week vier, tot ik uiteindelijk een hele week thuis mag blijven.'

'Lijkt me moeilijk, hoor, te moeten toezien hoe een ander jouw gezin draaiende houdt. Te weten dat een ander de kinderen 's morgens uit bed haalt, ze eten geeft, met ze speelt en ze 's avonds weer naar bed brengt. Hoe ze een ander in feite zien als hun moeder.'

Bertie bedwong zich een scherp antwoord te geven. 'Dat is het ook, maar ik heb er het volste vertrouwen in dat jij het beste met hen voorhebt.'

'Is dat zo, Bertie, vertrouw je mij? Helemaal en op alle gebied?'

'Heb ik een keus?'

'Ik denk het niet. Als je door het lint gaat, houden ze je daar natuurlijk nog langer vast. Je moet wel rustig blijven en alles accepteren wat er om je heen gebeurt. De wetenschap dat ik met jouw man 's avonds de dag doorneem, dat we samen op de bank naar de televisie kijken of spelletjes doen. O ja, hij vindt spelletjes helemaal geweldig, vooral poker heeft zijn voorkeur. Wist je dat niet? Ron kan enorm goed pokeren, maar de inzet is er ook naar, heel spannend.' Ze giechelde en tikte met een lange nagel tegen haar lippen.

Bertie had wel een idee waar Lotte heen wilde met die opmerking. Ze speelde vast niet om centen en stuivers, dat wilde ze Bertie laten geloven. Een zure smaak kwam omhoog vanuit haar maag en ze moest heftig slikken om niet te braken.

'Gaat het? Je ziet zo bleek opeens, je bent toch niet ziek? Dat zou jammer zijn, dan moet ik naar de kliniek bellen dat ze je beter kunnen komen halen. Je wilt toch niet dat de kindertjes ziek worden door jouw toedoen?'

'Ik ben niet ziek,' lukte het Bertie te zeggen. Ze slikte opnieuw, draaide zich om, zodat ze het treiterige gezicht van Lotte niet langer hoefde te zien en pakte twee kopjes uit de kast. Lotte deed dit om haar onzeker te maken, nergens anders om. Ron liet zich niet verleiden door die... die...

'Weet je dat die moedervlek die hij op zijn buik heeft – je weet wel, een stukje onder zijn navel – dat die aan het veranderen is? Daarmee moet hij echt naar de dokter.' Lottes stem klonk ernstig. 'We willen toch zeker niet dat er iets ergs met Ron gebeurt? Kun jij vanavond nog eens tegen hem zeggen dat hij naar een dokter moet? Ik heb hem al een keer gewaarschuwd, maar ik weet niet in hoeverre hij iets van mij aanneemt. Het is kennelijk niet tot hem doorgedrongen dat een veranderende moedervlek meestal geen goed teken is.'

Bertie hapte naar adem en dwong zich met haar rug naar Lotte te blijven staan. Niet op reageren, ze deed het erom. Die moedervlek had ze vast een keer op het strand gezien. Ze kenden elkaar tenslotte al heel wat jaren.

'Ber, begrijp je wat ik zeg?'

Langzaam draaide ze zich om naar Lotte. 'Ik hoor wat je zegt, Lotte, en ik zal erop letten. Ik denk dat je nu beter weg kunt gaan.'

'Ik heb nog geen koffie gehad,' protesteerde Lotte.

'Je kunt beter gaan,' herhaalde Bertie.

Lotte haalde laconiek haar schouders op. 'Doe Ron de groeten. Zeg hem maar dat ik maandag weer terugkom, als jij weg bent.' Ze ging naar de stoel waarop haar jas hing en zwaaide die sierlijk over haar schouders. Met wiegende heupen liep ze naar de voordeur.

Pas op het moment dat Bertie de voordeur in het slot hoorde

klikken, kon ze zich ontspannen en weer vrij ademen.

'Otte weg?' vroeg Romi.

'Lotte heeft het druk. Over een paar dagen komt ze weer,' mompelde Bertie. Al die tijd dat het rustig was gebleven van Lottes kant, was blijkbaar alleen maar een korte pauze geweest.

Bertie schonk iets te drinken in voor Romi en koffie voor zichzelf en ging daarmee aan de tafel in de woonkamer zitten. Romi wees op een houten blokpuzzel die op tafel stond en schoof die naar haar moeder toe. Een poosje vermaakte Bertie zich met haar dochtertje, tot Romi er genoeg van had en op de vloer met haar duplo ging spelen.

Bertie deed de puzzelstukjes terug in de doos en het deksel erop. Onder het deksel bleek een telefoon te liggen. Was Ron zijn mobiel vergeten? Dat zou een ramp voor hem zijn. Bertie pakte het toestel, maar zag al snel dat het niet de telefoon van haar man was. Ook niet die van haarzelf.

Nieuwsgierig van wie dit toestel kon zijn, zocht ze naar de knop om hem aan te zetten. Ieder model werkte weer anders en ze probeerde een paar knoppen tot het beeldscherm tot leven kwam. Geen inlogcode, mooi. Ze hoefde alleen maar met een vinger over het scherm te vegen om hem verder te openen.

Kennelijk had de eigenaar van het toestel als laatste naar een filmpje gekeken, dat kwam nu in ieder geval in beeld en begon te spelen. Er werden mensen zichtbaar, in bed. Deze persoon had zichzelf blijkbaar gefilmd. Dit was echt bizar.

Bertie drukte snel op de pauzeknop. Dit hoefde ze echt niet te zien. Bovendien was het heel erg brutaal om zomaar op het toestel van iemand anders naar eigengemaakte filmpjes te kijken. Ze schakelde de telefoon weer uit.

Van wie kon deze mobiel zijn? Had Ron gisteravond bezoek gehad dat hem had laten liggen? Het kon ook best de mobiel van Lotte zijn, bedacht ze. Was zij hem vanochtend vergeten mee te nemen? Het nummer van Lotte had Bertie in haar eigen telefoon staan. Ze kon eenvoudig even bellen om erachter te komen of dit toestel van Lotte was.

Op haar eigen gsm koos ze het nummer van Lotte en klikte aan dat het gebeld moest worden. Met haar duim bij de knop luisterde ze. Het was niet de bedoeling dat ze Lotte aan de lijn kreeg. Als dat het geval was, wilde ze het gesprek snel wegdrukken. Een paar tellen later begon het apparaatje op tafel te trillen en een deuntje te spelen. Bertie verbrak ze de verbinding. Het was kennelijk Lottes telefoon.

Het gehuil van Beerend drong tot haar door. De kleine jongen was wakker en moest een fles hebben. Dat was belangrijker dan die telefoon. Als Lotte hem miste, kwam ze hem vast wel weer halen.

Bertie ging naar boven en het eerstvolgende halfuur was ze met de baby bezig. Daarna liep ze de kasten na of er boodschappen gedaan moesten worden. Nu Beerend wakker was, kon ze dat beter meteen doen. De vrees om naar buiten te gaan en aangesproken te worden door mensen die haar kenden, was grotendeels verdwenen. Bertie vond het nu niet eng meer om gezien te worden met de kinderen, al besefte ze wel dat er nog altijd nieuwsgierige vragen konden worden gesteld over waarom ze door de week niet thuis was.

In het centrum had ze geleerd dat de waarheid het beste werkte en dat ze te veel vragen gewoon kon afkappen. Al wilde ze nog altijd niet aan iedere willekeurige kennis vertellen dat ze een zelfmoordpoging had gedaan. Daar had niemand iets mee te maken. Het was een post-partumdepressie die er de oorzaak van was dat ze niet altijd thuis was.

'Gaan we boodschappen doen?' vroeg Bertie aan Romi.

'Mette oto?' wilde haar dochtertje weten.

'Mama heeft toch geen auto, we gaan lopen. Het is lekker weer, het zonnetje schijnt zelfs. We kleden jou en je broertje warm aan en gaan dan met de kinderwagen boodschappen doen. Jij mag in de voorste stoel zitten.'

Romi was snel omgepraat en liet zich aankleden. Op straat ging het wel en had Bertie niet veel moeite om tegen deze en gene goedendag te zeggen, in de supermarkt was de afstand kleiner en voelde ze zich meer bekeken. In de winkel werd ze aangesproken door een vrouw die ze kende van het kinderdagverblijf als de moeder van Ashley, een meisje van Romi's leeftijd.

'Hé, dat is lang geleden dat ik jou heb gezien. Je man brengt tegenwoordig die kleine meid. Hoe gaat het met je? Hoe oud is de baby nu? Toch alweer een paar maanden zeker?'

'Hij is nu precies tien weken.'

Er werd een blik in de kinderwagen geworpen. 'Wat een mooi

knulletje. Je zult wel blij zijn met zo'n lief broertje, Romi?' De vrouw wendde zich weer tot Bertie. 'Gisteren was ze er niet. Ze is toch niet ziek?'

'Nee hoor. We hebben besloten dat ze een poosje thuisblijft. Ik moet weer verder. Tot kijk.' Voordat de vrouw de kans kreeg door te vragen, liep Bertie naar de volgende gang. Daar liet ze langzaam haar adem ontsnappen. Misschien vergde ze toch te veel van zichzelf door boodschappen te gaan doen met de kinderen, maar ze had het gesprek op het juiste moment af kunnen kappen, daar was Bertie ook wel trots op. Nu ze de vuurproef had doorstaan, lukte het haar zich wat meer te ontspannen.

Een kleine drie kwartier later waren ze weer thuis. Bertie bracht eerst Beerend naar zijn kamertje omdat hij tijdens de wandeling in slaap was gevallen. Daarna moesten de boodschappen worden opgeruimd en was het tijd om een boterham voor Romi en zichzelf te maken. Al die tijd lag de telefoon van Lotte op tafel te lonken.

Als Lotte hem niet had opgehaald voordat Romi naar bed ging voor haar middagslaapje, zou ze naar het filmpje kijken. Bertie was toch wel nieuwsgierig wie Lotte had gefilmd. Een vage onrust maakte zich van haar meester.

Halverwege de lunch schrok ze op van een telefoon die begon te rinkelen. Het was die van Lotte, die nog altijd op tafel lag. Benieuwd naar wie haar belde, trok Bertie het toestel naar zich toe. Ron, stond er boven in het schermpje te lezen. Ron belde naar Lotte. Het nummer dat erbij stond meende ze te herkennen als dat van de zakelijke telefoon van haar man.

De telefoon ging enkele keren over, wat haar behoorlijk op haar zenuwen werkte. Waarom belde Ron naar Lotte? Wat moest hij van haar? Een onschuldige vraag omdat hij iets kwijt was wat zij mogelijk had opgeborgen, of ging het om heel iets anders? Zagen ze elkaar ergens nu Bertie hier was en Lotte vrij om te gaan en te staan waar ze wilde?

'Te-foon, mama,' zei Romi.

'Ik weet het, schatje, maar dat is niet mama's telefoon.'

Na zes keer stopte het gerinkel. Ron gaf het op of het gesprek werd overgenomen door de voicemail. Bertie glimlachte naar Romi. 'Hij is al gestopt. Drink je bekertje maar eens leeg, het is tijd voor jouw slaapje.'

Terwijl Bertie met Romi naar boven ging, hoorde ze opnieuw het geluid van Lottes telefoon. Zo snel ze kon werkte ze het ritueel van naar bed gaan af en haastte zich daarna naar beneden. Inmiddels was het gebel gestopt, toch keek Bertie wie er die tweede keer naar Lotte gebeld had.

Twee gemiste oproepen van Ron, las ze boven in het schermpje, nadat ze het toestel activeerde.

Opeens klonk het deuntje van haar eigen mobiel. Van schrik liet Bertie bijna het toestel van Lotte vallen.

Ron, stond ook hier in het scherm te lezen. Zonder nadenken nam ze het gesprek aan. 'Met Bertie.'

'Hé, lieverd, hoe gaat het daar? Is Romi een beetje lief voor je?' klonk de stem van haar man in haar oor.

Belde hij nu naar haar omdat hij Lotte niet aan de lijn kreeg? 'Het gaat prima,' mompelde ze afwezig.

'Wat heb je allemaal gedaan vanochtend?' vroeg Ron verder. Zijn stem klonk heel normaal, helemaal niet alsof hij zich ergens druk over maakte.

'Eh, de was opgehangen, wat gespeeld met Romi. We hebben nog boodschappen gedaan,' somde Bertie op. Ze wreef over haar voorhoofd. Moest ze hem vragen waarom hij naar Lotte had gebeld?

'Bertie, ben je er nog?'

'Ja.'

'Heb je gehoord wat ik zei?'

'Sorry, het toestel zat niet goed tegen mijn oor,' maakte Bertie ervan.

'Je klinkt nogal afwezig. Weet je zeker dat het goed met je gaat? Zal ik anders naar Lotte bellen om te vragen of ze je kan komen helpen? Dan kun jij misschien een uurtje op bed gaan liggen.'

'Dat is nergens voor nodig,' reageerde ze scherper dan nodig was. 'Het gaat echt wel. Ik stond alleen een beetje te suffen. Volgens mij ben ik vruchtensap voor Romi vergeten mee te brengen.'

'In de trapkast staat nog een hele voorraad. Heb je dat niet gezien?'

'Dom van mij, daar heb ik niet gekeken. Hoe laat ben je vanavond thuis?' sprak ze snel verder.

'Tegen zes uur. Weet je zeker dat je geen hulp nodig hebt?' probeerde Ron nog een keer.

'Nee hoor, tot vanavond.'

'Tot straks, lieverd.' Ron verbrak de verbinding.

Bertie liet zich vermoeid op een stoel zakken.

HOOFDSTUK 16

Bertie had de was in de droger gedaan, wat strijkgoed opgeruimd, de vaat met de hand gewassen en was met een swiffer door de kamer gegaan. Nog altijd had ze niet naar het filmpje op de telefoon van Lotte gekeken. Het toestel trok haar aan als honing een bij. Alleen had zij het vage vermoeden dat deze honing niet zoet was.

Na gekeken te hebben of Lotte niet om het hoekje van het huis stond te wachten of er net aankwam, nam Bertie de telefoon mee naar de keuken. Ze activeerde het toestel en ook nu begon het filmpje te spelen. Een man en een vrouw. De vrouw was niet goed te zien omdat zij waarschijnlijk degene was die het toestel in haar hand hield, toch herkende Bertie het lange blonde haar van Lotte en haar stem. Wat er gezegd werd, kon ze niet goed verstaan. 'Lieverd', 'stoere knaap' en 'Ron', meende ze te horen. Ron? Haar Ron?

Bertie draaide het toestel. Er moest toch ergens iets zitten om het geluid harder te kunnen zetten. Ze drukte op een knop aan de zijkant van het toestel waardoor het geluid beter werd. Hè, nu had ze weer een deel van het filmpje gemist. Kon ze dat terugspoelen? Het werkte waarschijnlijk hetzelfde als bij iedere andere recorder. Eerst stopzetten. Na nog wat proberen, vond ze de functie om de film vanaf het begin te bekijken.

Lotte moest het toestel in haar hand hebben gehad terwijl de filmopname aanstond. Zo zag het er ongeveer uit. De camera was gericht op de vloer, een bekende vloer. Háár vloer in hún slaapkamer, zag Bertie tot haar grote schrik. Ze herkende nu ook het bed dat in beeld kwam. Hún bed! Van schrik liet ze het toestel op de tafel vallen.

Die film was hier gemaakt. Lotte was boven geweest met een man.

Had Lotte een vriend die Ron heette uitgenodigd in hun slaapkamer? Bertie raakte de telefoon niet meer aan, maar liet hem op tafel liggen zodat ze vanaf boven moest kijken. Het filmpje draaide nog altijd door.

Van wat zij ervan kon maken, leek het alsof de telefoon op het nachtkastje werd gelegd met de camera naar het bed toe. Het lichaam van een vrouw kwam in beeld, schaars gekleed. Lotte. Lachende stemmen, niet erg duidelijk te horen wat er werd gezegd. Een man, gekleed in een overhemd en een boxershort, boog zich over Lotte heen. Even kwam zijn hoofd in beeld voordat hij Lotte kuste.

Bertie rende met een hand tegen haar mond gedrukt naar het toilet en gaf over. In heftige golven kwam haar lunch naar buiten. Braaksel vermengde zich met snot en tranen terwijl ze huilend op de grond bleef zitten, hangend boven de toiletpot. Het beeld van Ron en Lotte bleef ze voor zich zien.

Hij was met haar in de slaapkamer geweest, met Lotte. Ron en Lotte. Al die tijd had Lotte de waarheid gesproken en had Ron gelogen.

Hoe kon hij? Liegen, ontkennen dat er iets speelde tussen hen en ondertussen met zijn eigen vrouw… Opnieuw gaf Bertie over, maar meer dan gal kwam er niet uit. Haar maag was leeg, net als haar hoofd op dit moment. Het lukte haar eenvoudig niet om te bedenken wat ze nu moest doen.

Ze moest langer dan een halfuur op de koude vloer van de wc hebben gezeten, voordat ze besefte dat ze iets moest doen. In ieder geval opstaan en zich wat opfrissen.

Bertie sleepte zich naar de keuken, waar ze haar gezicht onder de kraan waste. Met de handdoek tegen haar mond gedrukt ging ze aan tafel zitten. De telefoon van Lotte had zichzelf uitgeschakeld. Gelukkig, dan hoefde ze dat misselijkmakende filmpje niet meer te zien.

Wat een leuk en gezellig feestweekend had moeten worden, was nu voorgoed bedorven door Lotte. Ron en Lotte. Wat moesten ze gelachen hebben om Berties naïviteit. Alles wat Ron haar had verteld, slikte ze als zoete koek. Ze had niet willen geloven dat hij haar bedroog. Nu wist ze ook meteen waarom hij er niet van wilde weten dat Lotte niet meer hier kwam. Ze had het moeten doorzien. Ergens had ze het wel geweten, besefte Bertie nu, diep vanbinnen, maar had ze het niet willen zien.

Hoelang was dit al aan de gang? Vanaf het begin dat zij het ziekenhuis was in gegaan? Of speelde het al veel eerder? Lotte was immers voor die noodlottige poging al weken bij hen in huis om te helpen. Was het toen al begonnen? Was ze al die tijd zo blind geweest? Ziende blind.

Wanneer waren ze van plan het haar vertellen? Of was Lotte erop uit dat Bertie zelf de volgende stap nam? Had ze die telefoon met opzet laten liggen in de volle overtuiging dat zij hem zou vinden en het filmpje zou bekijken?

Opnieuw voelde ze haar maag in opstand komen. Ze had hulp nodig, dit kon ze niet alleen. Alle therapie ten spijt, rust en kalmte was nu ver te zoeken. Weggaan was haar eerste gedachte, ver weggaan en nooit meer terugkomen, maar de kinderen lagen boven in alle onschuld te slapen. Ze mocht hen niet in de steek laten, niet opnieuw.

'Denk na. Wat moet je nu doen?' mompelde Bertie voor zich uit. 'Wie kan je advies geven of helpen?' Niet Lotte, haar zou ze beslist niet bellen. Doreth? Nee, beter van niet, dan moest ze natuurlijk direct terug naar het centrum.

Guido! Hij wist vast raad. Bertie pakte haar mobiel en zocht zijn nummer op.

'Met Guido,' klonk even later die vertrouwde stem in haar oor.

Bertie begon weer te huilen nog voordat ze haar naam had genoemd.

'Hallo? Ben jij het, Bertie? Bertie, stop eens met huilen, zo versta ik niets van wat je zegt.'

De stem van Guido zorgde ervoor dat ze weer wat tot zichzelf kwam. 'Hij heeft het wel gedaan, Guido,' snikte ze.

'Wie heeft wat gedaan?'

'Ron. Hij en Lotte hebben iets. Ik heb het zelf gezien. Ze heeft het gefilmd.' Opnieuw werd het haar te veel en begon ze harder te snikken.

'Gefilmd? Wat een zieke geest heeft die persoon. Wie heeft het gefilmd? Jouw man of zij?'

'Zij. Lotte. Het is haar mobiel die hier ligt.'

'Wacht even. Begin eens vanaf het begin. Haar mobiel ligt waar?'

'Bij mij thuis, op de tafel. Ik vond hem en zette hem aan.'

'Waarom deed je dat? Het is het toestel van een ander, daar blijf je af met je handen.'

'Guido, nu even geen opvoedkundige praat,' riep Bertie uit. 'Ik vond dat ding en zette hem aan.'

'Oké. Wat heeft ze precies gefilmd? Vertel me dat eerst eens.'

'Dat ze met elkaar naar bed gaan.'

'Weet je het zeker? Is het niet een in elkaar gedraaid stukje waardoor jij denkt dat het die vrouw met jouw man is?'

'Ik herken mijn eigen man nog wel,' protesteerde Bertie. 'Zelfs met weinig kleren aan.'

'Dat geloof ik direct. Maar is er ook te zien dat ze het... je weet wel... doen?'

'Zover heb ik niet gekeken. Ik werd ziek,' gaf Bertie toe.

'Kijk dan het filmpje helemaal af en let erop of je rare dingen ziet die niet kloppen.'

'Dat zij met mijn man in onze slaapkamer is, met heel weinig kleren aan, dat klopt niet,' riep Bertie verbolgen uit.

'Je bent kwaad, terecht, zou ik ook zijn, maar raap nu even jezelf bij elkaar en kijk nog een keer naar dat filmpje. Lukt dat?'

'Ik weet het niet.'

'Je moet, Bertie. Het is geen vraag. Ik blijf wel aan de lijn en zeg me wat je ziet.'

'Kan ik het filmpje niet beter naar jou doorsturen?' bedacht Bertie.

'Alsjeblieft zeg, zo ziekelijk ben ik niet. Als ik een pornofilm wil bekijken, huur ik er gewoon een! Een film van jouw man en je vriendin hoef ik echt niet te zien.'

'Sorry, ik zal het proberen.' Bertie trok het toestel van Lotte naar zich toe en schakelde hem weer in. Het filmpje had verder gespeeld terwijl zij op het toilet had gezeten en stond nu weer aan het begin. 'Ik zet je even op de luidspreker, dan heb ik mijn handen vrij.'

'Doe maar.'

Met een diepe zucht startte Bertie het filmpje. Ze wist nu wat er komen ging en schrok er daarom minder van. Toch bleef het walgelijk. Het was Ron, zonder twijfel. Hij boog zich over Lotte heen en kuste haar. Ook al was zijn gezicht niet echt duidelijk zichtbaar, het blonde haar, de bouw van zijn lichaam... Het moest Ron wel zijn.

Doordat Lotte met haar rug naar de camera lag en zo een deel van het beeld afschermde, kreeg Bertie gelukkig niet de volle laag wat bloot betreft. Nog niet.

Vol afschuw keek ze verder. 'Het lijkt er niet op dat ze hem heeft gedwongen,' becommentarieerde Bertie het voor Guido. Allesbehalve, haar man genoot er zichtbaar van wat Lotte met hem deed. Bij enkele scènes sloot ze even haar ogen. Dat was te heftig, ze was nooit een liefhebber van pornofilms geweest, laat staan als er bekenden in meespeelden.

Eindelijk was het walgelijke filmpje afgelopen. Het had niet langer dan acht minuten geduurd, toch was het voldoende duidelijk geweest.

'Het spijt me, Bertie,' begon Guido.

'Jij hoeft nergens spijt van te hebben,' mompelde Bertie. 'Wat voel ik me stom, ontzettend stom, dat ik dit al die tijd niet heb gezien.'

'Je wilde het niet zien,' vertaalde Guido het voor haar.

'Wat moet ik nu doen? Weggaan?'

'En de kinderen dan?'

'Je hebt gelijk, voor hen moet ik blijven. Wat dan? Ron, als hij thuiskomt, confronteren met wat ik heb ontdekt?'

'Dat lijkt me een eerste vereiste. Houd je van je man?'

'Natuurlijk houd ik van hem,' riep Bertie verontwaardigd uit. 'Wat is dat nu voor een vraag?'

'Zo vanzelfsprekend is dat anders niet. Er zijn talloze mensen die niet van hun partner houden maar voor het gemak of de kinderen bij elkaar blijven.'

Bertie knikte woordeloos. 'Ik ga ophangen, Guido. Ik moet nadenken.'

'Doe je geen domme dingen? Dingen waarvan je later spijt krijgt, of geen spijt meer van kunt krijgen?' vroeg hij dringend.

'Zo dom ben ik niet,' verzuchtte Bertie. 'Bovendien heb ik niet zo veel pillen meer in huis.'

'Bel me als je hulp nodig hebt.'

'Doe ik. Bedankt dat je me aan wilde horen.'

'Graag gedaan. We houden contact, hè?'

'Absoluut.' Bertie drukte de verbinding weg. Steunend met haar hoofd in haar handen bleef ze aan tafel zitten. Haar hele wereld was zojuist ingestort. Alles waar ze in geloofde was in een klap verdwenen. Ron bleek een leugenachtige, overspelige kerel te zijn die van twee walletjes wilde eten. Daaraan weigerde zij mee te doen.

Hem vertellen wat ze had ontdekt, dat zou ze in ieder geval doen. Het was nu pas twee uur. Hoelang moest ze nog wachten tot Ron thuiskwam? Tot vijf uur of werd het zes uur? Met hem wist ze dat nooit zeker. Ze kon hem ook bellen en zeggen dat hij naar huis moest komen. Dan kon ze hem meteen voor zijn voeten gooien wat ze nu wist.

Nee, niet te overhaast handelen. Ze deed er beter aan rustig te overdenken wat ze tegen hem wilde zeggen. En wat ze moest doen. De kinderen mochten hiervan niet de dupe worden.

Een scheiding zou volgen, dat was zeker. Bertie wilde echt niet verder met een man die haar zo had voorgelogen. Haar gedachten gingen nog een stap verder. Wat voor kans maakte ze als moeder om de kinderen toegewezen te krijgen? Die zelfmoordpoging, het verblijf in het centrum. Dat leverde vast geen extra punten op bij een rechter. Ze zou de kinderen kwijtraken bij een scheiding.

Beerend en Romi. Wat moest ze zonder haar kinderen? Wie was ze, als ze naast haar man ook haar twee kleintjes kwijtraakte? Geen vrouw, geen moeder. Niets. Bittere tranen drupten op de tafel.

De deurbel ging en verdwaasd keek Bertie op. Wie moest dat zijn? Een buurvrouw die iets kwam vragen? Daar had ze geen zin in. Zo stil mogelijk stond ze op en ging achter het muurtje bij de keuken staan. Zo kon iemand die door het grote woonkamerraam keek niet zien dat ze thuis was.

De bel ging opnieuw. Het was een volhouder. Zo meteen werd Romi nog wakker. Toch maar opendoen? In de weerspiegeling van de ovenruit zag ze haar gezicht. Uitgelopen mascara en opgezette ogen. Met een keukenpapiertje veegde ze de zwarte strepen onder haar ogen weg.

Drrringgg drrringgg, klonk het opnieuw.

'Ja ja, ik kom al,' mompelde Bertie. Ze streek nog een keer door haar haren en haastte zich vervolgens naar de voordeur. 'Jij?'

'Het leek me beter om even langs te komen. Of stoor ik in een goed gesprek?' wilde Guido weten. Op zijn gezicht de bekende grijs. Zijn donkere haar zat warrig, maar zijn ogen waren helder. Hoe was hij zo snel hier gekomen? Mocht hij het centrum zomaar verlaten?

'Nee, helemaal niet. Ron is niet thuis. Hoe weet jij dat ik hier woon?' Had ze hem dat een keer verteld?

'Dat is niet zo moeilijk. Zo veel mensen met jouw achternaam wonen er niet in deze stad. Een wilde gok dat je in de gids stond, en het blijkt te kloppen.' Hij grijnsde. 'Mag ik binnenkomen?'

Met Guido in het centrum wandelen of praten, was toch nog iets anders dan hem in haar huis binnenvragen. Dat was voor haar een grens. Guido hoorde bij het centrum, niet in haar huis.

'Ik kan je misschien wel helpen, Bertie,' ging hij verder. 'Advies geven wat je het beste kunt doen.'

'Heb jij er dan ervaring mee? Jij bent toch nog niet gescheiden van je vrouw?'

'Dat klopt. Ondanks dat ik voor mijn werk echtparen daarin begeleidde en adviseerde, heb ik zelf die stap nog niet gezet. Hé, ik heb jou al mijn geheimen verteld en ik weet het een en ander van wat jij nu meemaakt. Laat me je helpen. Er komt nogal wat op je af op dit moment. Je kunt nu beter niet alleen zijn.'

Zijn blik was open en eerlijk, maar was die van Ron niet precies hetzelfde geweest? Vertrouwde zij mensen te snel? Waarom loog iedereen tegen haar? Nee, niet iedereen, Lotte had vanaf het begin de waarheid gesproken. Zij had verteld wat ze wilde en had er geen geheim van gemaakt dat ze Ron in haar web had gelokt.

Bertie deed een stap terug. 'Kom maar binnen.'

Ze wees hem op een stoel en bood hem koffie aan. 'Mag je wel naar buiten?'

'Het centrum verlaten? Ja hoor, geen zorgen. Ik ben loslopend wild en mag gaan en staan waar ik wil.'

Bertie wist niet of hij de waarheid sprak, controleren kon ze het niet. Ook dit keer moest ze iemand op zijn woord geloven. Ook nu had ze geen andere keus.

Ron vond die avond bij zijn thuiskomst geen totaal ontredderde vrouw. Bertie zat met Romi aan tafel een spelletje te doen. Ze had zich tegen de tijd dat Ron thuis moest komen wat opgefrist en haar make-up hersteld. De telefoon van Lotte lag nog altijd op tafel. Later, als de kinderen naar bed waren, zou ze hem laten zien wat ze had ontdekt.

'Hé, liefje.' Hij kuste Bertie, die haar hoofd net draaide zodat die kus op haar wang terechtkwam. 'Dag moppie van me,' begroette hij

Romi. 'Onze grote jongen ligt nog op bed?'

Bertie knikte. 'Hij was vanmiddag vroeg wakker en was moe na zijn fles. We hebben hem daarnet naar bed gebracht.' Ze streek over de haren van Romi en glimlachte naar Ron. Dat kostte behoorlijk wat moeite, toch wilde ze de schijn ophouden tot ook Romi op bed lag. Ze moest zich beheersen en zich onder geen voorwaarde laten gaan, zodat Ron geen reden had om haar direct terug naar het centrum te sturen. Dat had Guido haar op het hart gedrukt. Kalm en redelijk blijven, ook al voelde ze zich inwendig niet zo. Laten zien dat ze niet doordraaide en dat ze een moeilijke situatie het hoofd kon bieden. Ze kon hem altijd bellen, dan zou hij binnen vijf minuten bij haar zijn, had hij beloofd.

Het lukte om de schijn op te houden tot Romi naar bed was. Bertie zette het eten op tafel, praatte schijnbaar ongedwongen met Ron over zijn werk en over haar dag. En al die tijd kolkte een grote poel van woede binnen in haar. Of ze hem moest confronteren met wat ze had ontdekt, was geen vraag, maar een gegeven. Dat zou ze zeker doen.

Maar toen Ron terugkwam van het naar bed brengen van Romi, was hij zo lief en attent voor haar dat Bertie begon te twijfelen. Was het wel echt Ron die ze op dat filmpje had gezien? Manipuleerde Lotte de boel niet door net te doen of hij het was en had ze gewoon iemand anders zijn plaats laten innemen? Iemand die heel veel op Ron leek? Ze had zijn stem niet duidelijk gehoord, geen enkele keer een volle, echt duidelijke blik op zijn gezicht gehad, daarvoor was de camera van de telefoon vast te slecht en de bewegingen te snel.

Lotte zou alles doen om Bertie te laten geloven dat Ron haar niet trouw was. Hoorde daar ook het maken van een dergelijk filmpje met iemand anders bij? Ze had tijd en kans genoeg gehad om het te maken in hun slaapkamer. Overdag als Ron naar zijn werk was, had ze alle vrijheid om wat dan ook te doen in huis. Het was ook gefilmd bij daglicht. Was dat niet al een aanwijzing dat het Ron niet was geweest? Of draafde ze nu te ver door in haar hoop dat het haar eigen man niet kon zijn?

'Wat kijk je zorgelijk, liefje? Is het te druk voor je geweest, een hele dag alleen met de kinderen?'

Bertie keek hem even verdwaasd aan. 'Nee hoor, helemaal niet. Ik vond het heerlijk om weer eens een dagje alleen met de kinderen te zijn. Dat is zo lang geleden.'

Ron schoof naast haar op de bank en legde zijn arm om haar schouders. Hij drukte een kus op haar slaap. 'Ik hoop dat het de eerste van vele is. Volgende week ben je vier dagen thuis. Ik kan niet wachten tot je definitief naar huis mag.'

'Ik ook niet,' verzuchtte ze. Dit was toch niet wat een man zou zeggen die zijn vrouw niet meer terug wilde? Als Ron verder met Lotte wilde, had hij vast gezegd dat ze er nog niet aan toe was om een hele week weer thuis te zijn. Dan zou hij toch de negatieve dingen opzoeken, om haar te ontmoedigen thuis te willen zijn?

HOOFDSTUK 17

Bertie schrok wakker van een geluid dat haar uit haar slaap had gehaald. Op de wekker zag ze dat het pas drie uur was. Was het een geluid in huis, of iets in de tuin dat haar gewekt had? Scherp luisterend bleef ze liggen. Het geluid herhaalde zich niet. In huis bleef het doodstil, op het zachte gesnurk van Ron na. Waarschijnlijk was het de wind geweest of een kat die ergens in een tuin iets omver liep.

Naast haar lag Ron diep in slaap. Hij lag met zijn gezicht naar haar toe. Ze had hem niet meer verteld van het filmpje op Lottes telefoon, noch van haar eerdere verdenkingen van zijn overspel. Dat had ze niet kunnen opbrengen. Hij was zo lief voor haar geweest. Die avond hadden ze met elkaar gevreeën. Een man die zo heerlijk en intens met haar de liefde bedreef, kon toch niet slecht zijn en er een tweede geliefde op na houden?

Vrijdagmiddag nog had ze gemeend dat ze op slag onpasselijk zou worden als Ron haar nog maar aanraakte. Dat gevoel was inmiddels helemaal verdwenen. Ze hield van haar man, dat ging niet zomaar over omdat een ander dat wilde. Bertie raakte er steeds meer van overtuigd dat Lotte een vuil spel speelde en dat ze haar wilde laten geloven dat het Ron was geweest met wie ze seks had gehad.

Guido had haar dan wel het advies gegeven om Ron te vertellen wat ze wist, of meende te weten, hij kon haar niet dwingen dat te doen. Het was nog altijd haar eigen beslissing. Als ze Ron nu beschuldigde van het hebben van een verhouding met Lotte, zette dat hun relatie vast op een hellend vlak. Dat had ze een poos geleden ook al een keer gedaan. Op dat moment had hij het goed opgepakt, maar een tweede keer zo'n beschuldiging uiten, pikte hij vast niet. Het ging juist zo goed tussen hen, dat wilde ze koesteren, zo lang mogelijk zo houden. Voordat ze een volgende stap zette, wilde ze zekerheid hebben. En dat kon alleen maar als ze Lotte sprak.

Bertie maakte zich er geen illusie over of Lotte de waarheid zou spreken. Zij zou vast beweren dat het Ron was geweest met wie ze het bed – hún bed – had gedeeld. Haar belang was immers dat Bertie vertrok en nooit meer terugkwam. Toch hoopte Bertie dat er bij Lotte nog enig gevoel voor hun vriendschap zat, diep vanbinnen, zodat ze op haar gevoel kon spelen.

Zondag had Ron een nieuwjaarsreceptie van de voetbalclub. Bertie zou niet meegaan met de kinderen en had er zelfs op aangedrongen dat hij alleen ging. Zijn leven moest zo normaal mogelijk doorgaan, ondanks haar verblijf in het centrum. Dat zou meteen een uitgelezen tijdstip voor haar zijn om Lotte te vragen om te komen praten.

Het was alleen lastig dat ze geen idee had hoe ze Lotte kon bereiken, aangezien haar telefoon nog altijd hier lag. Bertie had hem weggestopt in een lade, zodat Ron hem niet per ongeluk zou vinden. Naar Lotte gaan was ook geen optie. Er zat niets anders op dan te wachten tot Lotte haar telefoon miste en erachter kwam dat ze hem in huize Markendaal had laten liggen.

Dat ze vandaag nog niet geweest was, verbaasde Bertie. Kon Lotte zo lang zonder haar telefoon? Ze kon het morgen aan Ron vragen, al deed ze dat liever niet om geen argwaan bij hem te wekken.

De zaterdag verliep in een kalme sfeer. Bertie deed de dingen die ze gewend was te doen op zaterdag: boodschappen, wat poetsen, spelen met Romi en het verzorgen van de baby.

Beerend was, nu hij wat ouder was, een voorbeeldig kind dat wakker werd voor het eten, even wakker bleef en daarna weer in slaap viel. Zo moeilijk ze hem had kunnen troosten in de eerste weken na zijn geboorte, zo gemakkelijk ging dat nu. Was het dan toch de reactie op de spanning in haar geweest dat hij bij haar zo veel had gehuild? Nu ging het in ieder geval steeds beter.

Ze wist dat ze van hem hield en had er nu ook minder moeite mee om dat te laten merken aan de mensen om haar heen. De pillen die ze nog altijd innam, deden hun werk goed. In combinatie met de vele gesprekken en de therapie in het centrum, merkte Bertie zelf ook dat ze vooruitging. Beerend lachte vandaag zelfs naar haar, iets wat haar enorm veel plezier deed.

Het was ook een feest het verraste gezicht van Romi te zien toen ze de slingers, de verjaardagstaart en een grote doos met daarin haar cadeau – een houten loopfietsje – te zien.

Ook vandaag liet Lotte zich niet zien en bijna vergat Bertie zelfs wat er in een lade onder in de kast lag. Het was Ron die haar er onbewust op attendeerde.

'Ik probeer Lotte te bereiken, maar krijg haar niet te pakken,' begon hij.

'Waarom moet je haar spreken?' vroeg Bertie zonder hem aan te kijken, bang zichzelf te verraden. Een afspraakje dat hij vergeten was? Wilde hij Lotte meevragen naar die nieuwjaarsreceptie bij voetbal? Meteen kwam die achterdocht weer boven.

'Ik wil haar vragen of ze onze printer bij de Media Markt kan op-halen. Een paar weken geleden kreeg dat ding opeens kuren. Omdat het een vrij prijzig apparaat was en het nog altijd in de garantie zit, heb ik hem terug naar de winkel gebracht om hem te laten repare-ren. Gisteren kreeg ik bericht dat hij gemaakt is en dat ik hem bij de servicebalie kan ophalen. Lotte kan hem vandaag halen als ze tijd heeft en hem dan maandag meebrengen.'

'Vervelend dat ze haar telefoon niet opneemt. Spreek een bood-schap in, ze luistert hem vast wel af als ze tijd heeft.'

'Dat is het vreemde. Ik krijg steeds de melding dat het toestel niet te bereiken is. Dat zou betekenen dat hij niet aanstaat.'

Bertie haalde heel onschuldig haar schouders op. Zij had hem inderdaad uitgeschakeld om te voorkomen dat Ron het geluid zou horen als er iemand naar Lotte belde. 'Dat kan toch. Misschien wil ze niet gestoord worden.'

'Lotte en haar telefoon uitzetten?' Hij maakte een snuivend geluid. 'Zelfs op het toilet neemt ze dat ding mee. Hij zit nog net niet aan haar hand vastgeplakt, maar veel scheelt het niet.'

Als dat zo was, vroeg Bertie zich af waarom Lotte dan nog altijd niet hier was geweest voor die telefoon. Ze moest nu toch wel gemerkt hebben dat ze hem niet meer bij zich had? 'Jammer dat je haar niet kunt bereiken, maar je gaat nu toch niet naar Breda, hè? Die printer kan nog wel een paar dagen wachten. Zo dringend heb je hem vast niet nodig. We vieren Romi's verjaardag vandaag.'

'Daar heb je gelijk in. Dan haal ik hem volgende week wel een keer op als ik in de buurt ben. Wat gaan we vanmiddag doen? Naar de kinderboerderij?'

'Dat zal Romi wel leuk vinden. Dan kunnen we na afloop iets bij de frietkar halen die daar vlakbij staat. Dat vindt ze vast leuk. Ik kan een voeding voor Beerend meenemen in dat speciale thermosflesje voor baby's.' Bertie ging liever weg dan het risico te lopen dat Lotte langskwam. Morgen mocht dat, als Ron niet thuis was, vandaag nog niet.

'Ik maak het niet te laat,' beloofde Ron die zondag. 'Het is voor jou ook niet leuk om alleen te zitten, die paar dagen dat je thuis bent. Zal ik toch maar gewoon thuisblijven?'

'Welnee, ga nu maar naar die receptie. Dat had je normaal ook gedaan. Ik vermaak me heus wel met de kinderen,' verzekerde Bertie hem.

'Oké, als jij het niet erg vindt. Tot straks dan.' Na een laatste kus ging hij naar de garage om zijn fiets te pakken.

Bertie keek hem na en zwaaide door het woonkamerraam toen hij voorbijkwam. De kinderen lagen allebei op bed. Om drie uur was het tijd voor de volgende voeding van Beerend, tegen die tijd zou Romi ook vast wakker zijn, dat betekende dat ze nu even het rijk voor zich alleen had. Als Lotte nu kwam, hadden ze alle tijd om met elkaar te praten, gesteld dat ze Lotte had kunnen bereiken.

Ron had geen idee hoe hij haar kon bereiken als haar telefoon uitstond. Hij had zich gisteren nog wel een poosje zorgen gemaakt omdat het de hele dag niet gelukt was om haar te bereiken.

'Joh, laat haar toch. Misschien heeft ze een leuke man ontmoet en vergeet ze daardoor alles om haar heen,' had Bertie geopperd, de reactie van haar man in de gaten houdend. Hij had niet echt geschokt gereageerd of gezegd dat ze niet zo raar moest doen. Nog altijd had ze die prangende vraag – was hij met Lotte naar bed geweest? – niet aan hem durven stellen. Het ging zo goed dit weekend, bijna weer als vanouds, voor de geboorte van Beerend, maar dan met z'n vieren. De baby hoorde er helemaal bij, ook bij haarzelf. Deze gelukkige momenten wilde ze koesteren. Dat had ze nodig als ze vanavond weer naar het centrum moest.

Bertie pakte een boek uit de kast en installeerde zich op de bank met een kop thee onder handbereik. Misschien kwam Lotte nog langs voor haar telefoon, misschien ook niet. Ze ging in ieder geval niet op haar zitten wachten.

Nog geen kwartier later ging de bel van de voordeur. Bertie legde haar boek neer en stond op. Voordat ze de deur opendeed wist ze al wie er zou staan. Ze had door het raam het autootje van Lotte al opgemerkt dat voor het huis stond. Bertie rechtte haar rug en hief haar kin iets hoger. Ze zette zich schrap voor de confrontatie. 'Kom binnen. Jij komt je telefoon zeker halen?'

'Inderdaad, heb je hem gevonden?' Lotte keek haar met een minzaam glimlachje aan.

'Dat was toch de bedoeling?'

'Niet per se. Denk je soms dat ik hem expres heb laten liggen?'

'Wat denk je zelf? Je hebt hem vrijdag op tafel gelegd onder het deksel van de puzzel. Je wist dat ik hem zou vinden. Daarvoor kwam je terug en niet speciaal voor het kroeldoekje van Romi.'

'Je dicht me nogal wat negatieve kwaliteiten toe.'

'Ik ken jou daar lang genoeg voor.' Bertie ging naar de woonkamer, het aan Lotte overlatend de deur achter zich te sluiten. Ze pakte de telefoon uit de kast en legde hem op de salontafel. 'Dat je zo lang zonder je telefoon kunt. Je zult heel wat gesprekken gemist hebben.'

'Er staan vast leuke boodschappen in mijn voicemail.'

'Ik help het je hopen. Ron heeft je zelfs een paar keer gebeld. Hij begreep er niets van dat je niet opnam.'

'Ach, de lieverd. Maakte hij zich zorgen om mij?'

'Niet echt, nadat ik hem ervan verzekerd had dat jij vast een leuke kerel had ontmoet met wie je de tijd van je leven had.'

'Was dat maar zo.' Lotte pakte het toestel van de tafel en zette hem aan. 'Ach, dat filmpje. Je hebt toch niet gekeken, hè?' vroeg ze op gemaakt geschokte toon.

'Het was toch de bedoeling dat ik het zag? Waarom anders zou je hem speciaal daarop hebben laten staan?'

'Heb je gekeken? Je schrok zeker wel?'

'Niet echt. Knap dat je iemand hebt weten te vinden die zo veel op Ron lijkt. Ik was er bijna in getrapt.' Bertie keek de ander triomfantelijk aan.

'Herken jij je eigen man niet? Ach nee, dat was ik vergeten. Jullie hebben al zo lang geen seks meer gehad.'

Bertie voelde de woede in zich groeien. Niet aan toegeven. Ze doet het om te provoceren. 'Dat valt wel mee. We zijn de schade echt aan het inhalen,' kon ze niet laten te zeggen.

Lotte lachte zacht. 'Ron wil de schijn van een gelukkig huwelijk nog even ophouden. Hoe bevallen de fijne kneepjes die ik hem heb geleerd? Vast een hele verbetering, vergeleken met het normale recht-op-en-neerstandje van jullie.'

Het bloed schoot naar haar wangen. Lotte schoot raak. Was het dan toch…? Nee, dat kon niet.

'Niet zo verlegen, Ber. Vroeger bespraken we alles met elkaar, zelfs dat soort dingen.'

'Vroeger waren we vriendinnen en wist ik wie jij was,' mompelde Bertie. 'Ik herken je nu nauwelijks meer. Je bent veranderd in een compleet vreemde voor mij. Ga weg, Lotte, en laat ons met rust. Laat Ron met rust. Je bereikt niets met je gestook.'

'Ik kan niet zomaar wegblijven. Ron zou het vreselijk vinden als hij me niet meer mocht zien. Waarom begrijp jij niet wat ik je nu al die weken al duidelijk probeer te maken? Ron en ik horen bij elkaar. Jij bent maar bijzaak. Het is je eigen schuld, hoor, ik heb er niets mee te maken. Je denkt toch niet echt dat Ron bij zo'n gek wijf wil blijven? Eerst die post-partumdepressie, weglopen, zelfmoord willen plegen. Wat verzin je straks weer? Nu lijkt alles goed te gaan, maar voordat we een paar weken verder zijn, draai jij vast weer helemaal door. Als je er alleen voor staat en geen hulp meer krijgt. Geef het maar toe, Bertie, je bent er nog lang niet. Zonder die pillen die je nu krijgt, ben je nergens.'

'Dat ben ik wel.' Berties stem schoot uit. 'Ik kan mijn gezin prima aan. Daar heb ik jou niet voor nodig, en Ron heeft jou ook niet nodig. Ga weg en blijf weg!' Haar stem klonk schril en helemaal niet zo vast als ze had gewild. Lotte maakte haar gek met haar gemene opmerkingen. Alsof ze haar gezin niet aan zou kunnen. Dat deed ze nu toch ook? Het ging prima, zolang zij maar niet steeds kwam met haar misselijkmakende opmerkingen en insinuaties!

Een glimlach die haar ogen niet bereikte, was het antwoord van Lotte.

'Ik wil dat je weggaat. Neem je telefoon mee en kom nooit meer terug. Je neemt geen contact meer op met Ron, op geen enkele manier. Wat mij betreft zien we je nooit meer.' Berties stem trilde van de ingehouden emoties.

Nu begon Lotte hard te lachen. 'Wie denk je dat je bent? Jij hebt helemaal niets te willen of te eisen. En hoe ga je controleren of ik en Ron ons daar wel aan houden? Waarom zou ik überhaupt doen wat jij wilt? Ik leid mijn eigen leven. Jij hebt Ron een aantal jaar gehad, nu is het mijn beurt. Ik meen het ook, Bertie van Langen: ga weg en laat ons met rust. Laat ons het leven leiden dat we willen, zonder jou!'

Bertie keek haar geschokt aan. Ze voelde hoe het bloed uit haar hoofd wegtrok. Haar oren begonnen te suizen. Duizelig opeens zocht ze houvast aan de leuning van de bank.

'Wat jij vindt of wilt interesseert me totaal niet,' ging Lotte verder. 'Het wordt tijd dat jij de waarheid onder ogen ziet. Die man op het filmpje is echt jouw man. En hij heeft genoten, dat mag je van me aannemen. Het was overigens niet de eerste keer dat wij het bed deelden. Nog een geluk dat Romi niet zomaar van haar kamertje kan komen en mij in het bed van haar vader betrapt.' Opnieuw lachte ze besmuikt.

Bertie balde haar handen tot vuisten. Ze stond te trillen op haar benen van woede. Haar zicht werd vertroebeld. Huilde ze?

Opeens viel daar een eerste klap. Een kreet van schrik en woede.

'Hoe durf je me te slaan! Dat zet ik je betaald. Denk maar niet dat je hiermee wegkomt,' krijste Lotte woedend.

Bertie staarde verward naar de vrouw voor haar bij wie een rode vlek op haar wang zichtbaar werd. Ze had Lotte echt geslagen!

'Die pillen die ik je gaf waren veel te zwak, dat zie ik nu pas in. Ik had er meer moeten geven, sterkere, zodat die zelfmoord wel gelukt zou zijn. Daar heb ik spijt van, maar jij gaat nog veel meer spijt krijgen van wat je zojuist hebt gedaan,' beet Lotte haar toe. 'Denk maar niet dat je van me af bent.' Met een ruk draaide ze zich om en verliet het huis.

De klap van de dichtvallende voordeur dreunde nog lang na in Berties oren. Wat had ze gedaan? Lotte geslagen, dat besefte ze inmiddels. Het was haar verdiende loon. Ze had erop aangedreven dat er iets dergelijks zou gebeuren. Bertie drukte een hand tegen haar trillende mond.

Het was afschuwelijk wat er was gebeurd. Hoe Lotte en zij tegen elkaar tekeer waren gegaan. Als kemphanen hadden ze tegenover elkaar gestaan. Nu ook voelde ze de pijn in haar hand, in de vingers waarmee ze Lotte had geslagen. Nog nooit eerder had ze zichzelf zo laten gaan.

Wat als Lotte dit alles aan Ron doorbriefde? Zou ze hem vertellen wat er was gebeurd? Had Lotte de waarheid gesproken en was Ron toch de man die met haar in bed lag in het filmpje? Bertie wist het niet meer. Ze kreeg haar gedachten niet meer op een rijtje. Alles leek rond te draaien in haar hoofd, een draaimolen die niet te stoppen was.

Duizelig en moe liet ze zich op de bank zakken. Alle energie leek opeens uit haar verdwenen te zijn. Had Lotte dan toch gelijk en kon ze het gezinsleven niet meer aan? Nam ze te veel hooi op haar vork? Als Ron haar zo vond, was hij vast van mening dat ze beter naar het centrum terug kon gaan. Was dat haar lot? Een bestaan langs de zijlijn van het leven met af en toe een bezoekje aan haar kinderen? Inmiddels was ze weer een vertrouwde persoon voor Romi geworden, maar of ze haar als de moeder zag die ze was, betwijfelde Bertie.

Haar hoofd bonkte, haar blik was nog altijd onscherp. Dat wat Lotte had geroepen in haar woede na die klap nam grotere proporties aan. Pillen. Ze had pillen geslikt om uit het leven te stappen. Wat had Lotte daarmee te maken gehad? Had ze pillen van Lotte gekregen? Sterkere pillen?

HOOFDSTUK 18

'Wat is hier gebeurd?' Opeens stond Ron in de woonkamer en keek haar woedend aan.

Waar kwam hij zo plotseling vandaan? Bertie keek hem verdwaasd aan en schudde verward haar hoofd.

'Ga je nu ook ontkennen dat je Lotte hebt aangevallen? Je moet het niet gekker maken. Ik heb Lotte gezien. Haar wang is dik, haar neus bloedde en haar oog wordt al behoorlijk blauw. Het is toch niet normaal dat je iemand zonder enige reden aanvalt? Volgens mij ben je toch verder heen dan iedereen in de gaten heeft. Ga je spullen pakken! Ik wil dat je nu terug naar het centrum gaat. Een vrouw die andere mensen zonder enige reden slaat, wil ik niet in huis hebben bij mijn kinderen.'

'Ik heb… Lotte heeft…' begon Bertie, maar Ron kapte haar af door zijn hand op te steken.

'Ik wil er niets meer over horen. Lotte was totaal overstuur. Pak je spullen, ik bel een taxi.' Hij beende weg naar de keuken waar ze hem inderdaad iemand hoorde bellen. Langzaam stond Bertie op. Waarom was hij nu zo boos op haar? Hoe wist hij van die klap? Lotte moest hem gebeld hebben. Nee, ze was naar hem toe gegaan, hoe anders kon hij weten dat haar oog blauw werd, drong het tot haar door. Was dat haar manier van wraak nemen? Met stramme benen ging ze de trap op naar hun slaapkamer.

Haar spullen pakken. Hij wilde zijn eigen vrouw niet langer in huis hebben omdat ze Lotte had geslagen, zijn vriendin. Zijn geliefde? Met trage bewegingen zocht ze haar kleren bij elkaar. Helder nadenken lukte nog altijd niet. Lukraak gooide ze wat in de weekendtas, deed deodorant, crème en make-up in een toilettasje en bleef vertwijfeld in de badkamer staan.

Een vaag geluid drong tot haar door. Een meisjesstem. Romi was wakker. Had ze het gehoord, Lotte en haar moeder, schreeuwend tegen elkaar? Nee, alleen Lotte had geschreeuwd, zij toch niet?

Aarzelend liep Bertie naar de deur van de slaapkamer. Haar hand lag al op de klink toen Ron naar boven kwam.

'Laat dat. Ik wil niet dat mijn dochter je nu ziet,' zei hij met lage stem.

Mijn dochter? Was Romi niet evengoed háár dochter? Ze wilde in opstand komen, maar opnieuw hield Ron dat met een handbeweging tegen.

'De taxi is er. Waar is je tas? Heb je alles? Mooi. Ik denk niet dat het verstandig is dat je volgend weekend komt. We hebben allebei even de tijd nodig om het een en ander op een rijtje te zetten.'

Voordat ze had kunnen protesteren of nog iets had kunnen zeggen, zat Bertie al in de taxi. Ron had het adres van het centrum genoemd en de chauffeur geld gegeven.

Wat gebeurde er toch allemaal? Hoe kon hij van een lieve, zachte man – de man die hij gisteravond en vanochtend was geweest – zo plotseling veranderen in de man die ze daarnet had gezien? Had Lotte dat teweeggebracht? Wat had ze hem in vredesnaam verteld? Bloedde haar neus toen ze hier wegging? Een blauw oog? Dat had ze niet gezien.

Bertie wreef met beide handen over haar gezicht. Wat gebeurde er toch allemaal? Ze had het gevoel dat ze alle controle verloren was, dat er dingen buiten haar om gebeurden. Dat anderen haar leven in een zekere richting duwden.

'Gaat het wel, mevrouwtje?' wilde de chauffeur weten. Hij keek haar via de binnenspiegel aan.

Bertie keek op, wist niet wat te zeggen en trok een grimas.

'Met ruzie uit elkaar gaan is niet goed, als ik het zo mag zeggen. Waar twee vechten, hebben twee schuld, ben ik van mening.'

Bertie knikte maar wat.

'Mijn vrouw zegt vaak genoeg tegen me: Karel, bemoei je er niet altijd mee. Je kan niet alle problemen van de wereld oplossen. Daar heb ze natuurlijk wel gelijk in, maar toch kan ik het niet laten, zeker niet als ik zo'n klein, tenger vrouwtje als u bent, in de auto heb. Begrijpt u?'

'Aardig van u, maar er is niets aan de hand,' mompelde Bertie. Wat moest ze anders zeggen?

'Daar zal ik dan maar van uitgaan.' Karel hield zijn mond, al wierp hij wel van tijd tot tijd een bezorgde blik op haar via de spiegel.

Al was ze liever niet terug naar het centrum gegaan, Bertie was blij dat de taxi voor het hoofdgebouw stopte.

'Uw man heeft al betaald, mevrouw. Tot ziens.'

Bertie nam haar weekendtas en liep naar de ingang. Vandaar ging ze rechtstreeks naar haar kamer. Ze zou later wel melden dat ze weer terug was. Ze ging met kleren en al in bed liggen en trok het dekbed ver over haar hoofd. Voorlopig wilde ze alleen maar slapen en vooral niemand zien.

Guido was de eerste die ze de volgende dag opzocht. Hij hoefde haar alleen maar aan te kijken om te weten dat het helemaal mis was. Ze vroeg of hij mee naar buiten ging zodat ze rustig en zonder gestoord te worden konden praten.

'Wat is er gebeurd, Bertie? Je ziet eruit alsof je zo uit bed bent gekomen.'

Dat had hij goed gezien. Ze had niet de moeite genomen andere kleren aan te trekken of zich te douchen. Bertie zuchtte vermoeid en vertelde hem wat zich in haar huis had afgespeeld. 'Het ging zo goed, tot Lotte weer op het toneel verscheen.'

Als ze had verwacht dat Guido met haar mee zou treuren en zou zeggen hoe erg het voor haar was, had ze het mis. 'Je had haar toch verwacht? Je wist toch dat ze zou komen?' was zijn repliek.

'Dat wel,' gaf Bertie toe, 'maar niet dat ze zo gemeen tegen me zou doen.'

'Kalm en rustig ben je ook niet gebleven. Je hebt haar zelfs geslagen.'

'Hoe had ik rustig kunnen blijven? Je had haar moeten horen!' stoof ze op. 'Ze daagde me uit.'

'Kalm maar. Ik snap best dat ze jou uit de tent wilde lokken. Die vrouw zat precies op een dergelijke reactie van jou te wachten,' hield hij haar voor.

Bertie keek mokkend voor zich uit. Hij had gelijk, dat wist ze best. Lotte had het uitgelokt met geen ander doel dan dat Ron zijn vrouw weg zou sturen als ze door het lint ging. Dat was haar gelukt.

'Wat denk je dat je man nu zal doen?'

'Geen idee. Volgend weekend wil hij me niet thuis hebben, dat heeft hij al gezegd.'

Guido streek door zijn haren en schudde zijn hoofd. 'Je hebt er wel een puinhoop van gemaakt.'

Bertie begon zacht te huilen en probeerde dat voor Guido te verbergen door haar hand voor haar gezicht te houden. 'Dat heeft Lotte gedaan. Ik had normaal met haar willen praten, maar zij begon meteen van die nare dingen te roepen. Ik kon het niet helpen. Het was niet mijn bedoeling haar te slaan.'

'Kan wel zijn, het is gebeurd en dat kun je niet meer terugdraaien. Dit zal je man tegen je gebruiken als hij van je af wil, besef je dat?'

Ze knikte huilend en keek bijna smekend om hulp naar hem. 'Wat moet ik nu doen?'

'Daarover kan ik je geen advies geven, Bertie. Je kunt niet aantonen dat die vrouw je met opzet heeft geprovoceerd, daar zijn geen getuigen van. Het is haar woord tegen het jouwe. Wie denk je dat eerder wordt geloofd? Je zult af moeten wachten wat de volgende stap van je man is. De bal ligt nu bij hem.'

Daar had hij al die tijd al gelegen, wist Bertie. Guido had gelijk. De hele nacht had ze gepiekerd over wat ze kon doen, moest doen, om het hele gebeuren een andere draai te geven. Ron geloofde Lotte op haar woord, of ze nu minnaars waren of niet, van haar nam hij alles aan. Zijn eigen vrouw kon of wilde hij niet geloven.

Als Ron wilde dat ze geen contact meer met de kinderen had, gebeurde dat ook. Geen rechter in het land die hem ongelijk zou geven of anders zou beslissen als ze het aanvocht. Een scheiding was haar ergste schrikbeeld, Ron en haar kinderen te verliezen. Zonder hem was ze toch nergens? Waar moest ze heen, wat moest ze zonder haar gezin beginnen?

Bertie hield van Ron, ongeacht of hij iets met Lotte had. Zoals zij het zag, was het Lottes schuld dat het zo was gelopen. Zij had Ron verleid en in haar web gelokt. Als Ron haar nog wilde hebben, zou zij hem alles vergeven. Zo ver was ze bereid te gaan om haar huwelijk te redden.

'Bertie?' drong de stem van Guido tot haar door. 'Heb je eigenlijk wel gehoord wat ik zei?'

Ze knipperde met haar ogen en keek naar hem op.

'Niet dus. Ik zei dat je dit alles aan Doreth moet vertellen. Zij kan je misschien verder helpen.'

'En als hij van me wil scheiden?'

'Dan zal ik je helpen waar ik kan. Als je mijn hulp wilt.'

'Ik denk het wel, maar ik hoop dat het niet nodig zal zijn.' Bertie diepte een zakdoek op uit haar broekzak en snoot haar neus.

'Ik hoop het ook niet, neem in ieder geval geen overhaaste beslissingen, wacht eerst de reactie van je man af.'

Had ze een andere keus?

Doreth had geen andere oplossing dan die van Guido: afwachten wat de volgende stap van Ron zou zijn.

'Het was niet slim om die vrouw te slaan. Wat voelde je voordat je haar sloeg? Kun je je dat nog herinneren?' wilde Doreth weten.

'Geen idee. Ik was duizelig en zag het niet zo goed meer, alsof er een waas voor mijn ogen kwam.'

'Huilde je op dat moment?' gokte Doreth.

'Misschien wel. Mijn oren begonnen te suizen en ik moest me vasthouden aan de bank om niet te vallen.' Bertie zag het weer helemaal voor zich. Iedere seconde van dat afschuwelijke gesprek had ze al talloze malen in haar hoofd herhaald.

'En die opmerking over de pillen die Lotte maakte, kun je die plaatsen?'

'Niet echt. Ik heb van haar geen pillen gekregen, dat weet ik zeker. Dokter Verbocht had me die voorgeschreven.'

Doreth knikte. 'Dat staat ook in je dossier, maar herinner je je nog dat ik je een poosje geleden iets heb gevraagd over die slaaptabletten? Dat doosje was bijna leeg, vertelde je toen. Kan het zijn dat Lotte jou zonder dat je het wist medicijnen gaf?'

'Geen idee. Zou ik dat niet geproefd moeten hebben? De meeste smaken niet echt lekker. Ron lette er altijd op dat ik mijn antidepressivapillen innam die ik van dokter Verbocht had gekregen. Lotte deed daar eigenlijk niets mee.'

'Het is niet zo moeilijk om een pil fijn te maken en te vermengen met bijvoorbeeld koffie of limonade. Misschien proef je dat niet eens.' Doreth leek meer in zichzelf te praten dan tegen Bertie. Ze keek over het hoofd van haar cliënte naar een punt op de muur.

Bertie keek haar verbaasd aan. 'Denk je dat ze mij pillen gaf?'

Meteen richtte Doreth haar blik weer op haar. 'Het is een mogelijkheid. Iets dergelijks heeft ze toch tegen je gezegd in haar woede?'

'Dat wel, maar waarom zou ze dat doen?'

'Om ervoor te zorgen dat je overdag moe en suffig was en niet in staat was om voor je gezin te zorgen. Als ik het zo hoor, klopt dat wel met die periode. Veel mensen met een depressie slapen vaak gedurende de dag omdat ze moe zijn, maar ook om even hun gedachten stop te kunnen zetten. Jij sliep misschien wel veel vanwege de medicijnen die je onbewust kreeg toegediend. Het is maar een gedachte, geen beschuldiging.'

'Bedoel je dat ze me met opzet slaappillen heeft gegeven en dat ik daardoor zo raar begon te doen? Dat ik niet goed meer kon nadenken?'

'Misschien wel. In combinatie met de medicijnen die je innam, kan dat zo'n effect hebben gegeven. Normaal gesproken ga je naar bed als je een slaappil hebt ingenomen en merk je weinig van de wisselwerking met andere medicijnen, maar jij moest wakker blijven en voor je gezin zorgen.'

'Ik lag meer op bed dan wat anders in die tijd. Zeker toen Lotte kwam helpen,' herinnerde Bertie zich.

'Wat precies in haar straatje paste.'

'Daar heb je wel gelijk in.' Lotte was ertoe in staat. Na alles wat ze Bertie voor de voeten had gegooid, zondag maar ook eerder, zou het haar niets verbazen als ze inderdaad iets dergelijks had gedaan.

Later die week kwam Ron op bezoek. Bertie had hem eigenlijk niet meer verwacht en reageerde verbaasd toen ze een belletje van hem kreeg dat hij in de aula zat.

'Ik kom eraan.' Haar hart maakte een sprongetje van blijdschap. Dat hij zo snel al hierheen kwam, was vast een goed teken. Hij zag zelf natuurlijk ook wel in dat ze allemaal wat overspannen hadden gereageerd. Lotte, zijzelf en hij ook.

Gehaast haalde ze een kam door haar haren en werkte ze haar make-up wat bij. Met een blij gevoel en lichte tred liep Bertie naar de aula.

Ron zat met zijn rug naar haar toe zodat ze zijn gezicht niet kon zien. Hij zat iets gebogen alsof hij een zware last te dragen had. Bertie bleef even staan en keek naar de man die haar zo lief was. Zijn haar was keurig geknipt. Hij droeg een colbertje. Logisch, het was voor hem immers een normale werkdag. Speciaal voor haar was hij hierheen gekomen. Hij had ook vanavond pas kunnen komen, zoals hij meestal deed. Had hij niet langer kunnen wachten om haar te spreken?

Doreth had niet gezegd dat ze komende vrijdag niet naar huis mocht als ze dat wilde. Ze mocht dan zelfs vier dagen blijven tot maandagavond. Als Ron het ermee eens was, dat was een eerste vereiste.

'Ron.' Bertie zei zacht zijn naam en aarzelde voordat ze aan het tafeltje ging zitten.

'Bertie. Hoe gaat het?' Zijn gezicht stond ernstig. Hij kwam ook niet omhoog om haar met een kus te begroeten.

Ze verborg haar teleurstelling. 'Het gaat.' Bertie ging zitten en legde haar handen voor zich op tafel neer. 'En met jou en de kinderen?'

'Prima. Het gaat goed met ons.'

De vraag of Romi haar miste en weleens naar haar vroeg, lag op haar lippen, toch stelde Bertie hem niet. Romi had Lotte, naar háár vroeg Romi wel, zelfs als haar moeder er was.

'Ik heb nagedacht over wat er zondag gebeurd is,' ging Ron verder.

Bertie dwong zich de volgende vraag te stellen. 'Hoe is het met Lotte?'

'Redelijk, naar omstandigheden. Ze is heel erg geschrokken door jouw uitval. Ik begrijp nog altijd niet wat je bezielde om haar zo aan te vallen.'

Het blije gevoel was inmiddels helemaal verdwenen. Naar omstandigheden? Met wat voor omstandigheden moest Lotte omgaan dat hij daar zo zwaarwichtig over deed? Waren die van zijn eigen vrouw niet veel ernstiger? Besefte hij weleens wat zíj doormaakte? Moest ze zichzelf nu weer verdedigen? 'Ik weet niet wat ze jou heeft verteld, maar we hadden woorden. Ze zei vreselijke dingen tegen mij, over ons. Ik was ontzettend kwaad en verloor mijn zelfbeheersing waardoor ik haar een klap in haar gezicht gaf.'

'Het was wel meer dan een klap, dat weet je zelf ook wel.' Ron keek haar strak aan. Zijn gezicht stond niet erg meegaand.

Bertie haalde haar schouders op. 'Een klap is een klap. Ik heb haar niet aangevallen zoals zij suggereert.'

'Dat zou je niet zeggen als je haar zou zien. Ik heb een foto genomen als bewijs van wat je hebt gedaan.' Zonder haar reactie af te wachten, pakte hij zijn telefoon en zocht iets op. Hij liet haar een foto van Lotte zien. Haar wang en neus waren rood en leken opgezet, er tekenden zich duidelijk blauwe plekken af rondom haar ene oog.

Verwarring maakte zich van haar meester. Had zij dat gedaan? Ze had Lotte toch maar één keer geslagen? Niet erop geramd, daar leken die verwondingen meer op. Bertie kon zich niet herinneren dat ze meer dan één klap had uitgedeeld. Had ze een black-out gehad? Was er iets dergelijks gebeurd net als die keer dat ze het huis uit was gelopen nadat Romi zo ziek werd?

Ron stak zijn hand afwerend op. 'Zeg maar niets, alles wat je nu nog zegt, maakt het alleen maar erger. Voor mij is de grens bereikt. Ik wil niet langer verder met jou.'

Het voelde alsof er een emmer ijskoud water over haar heen werd gegooid. Bertie hapte naar adem. Dat kon Ron niet menen. Hoe kon hij dat zeggen, na alles wat er dat weekend was gebeurd? Ze hadden het toch goed samen, hadden gevreeën, gepraat, gelachen? Hoe kon hij dan nu opeens zeggen dat hij niet langer verder wilde met haar?

Knipperend met haar ogen probeerde ze die hinderlijke waas weg te krijgen. Haar oren begonnen te suizen, als ze niet al had gezeten, was ze vast gevallen. Haar vingers klauwden in het tafelblad waardoor haar nagels scheurden. Een zacht gejammer drong tot haar door, maar het duurde even voordat ze besefte dat zij degene was die dat geluid maakte.

Ron stond op. 'Mijn advocaat zal contact met je opnemen. In de tussentijd wil ik je niet meer thuis zien. Alles wat je nodig hebt, zal ik inpakken en hier laten afgeven.' Hij keek haar nog een keer aan met een blik waarin zo veel minachting lag dat Bertie begon te trillen van ellende. Vervolgens draaide hij zich om en liep weg.

'Bertie, gaat het wel goed met je?' Een van de medewerksters kwam naar haar toe gelopen en keek met een bezorgde blik op haar neer.

Bertie was niet in staat iets te zeggen. Ze schudde haar hoofd, opende haar mond een paar keer en sloot hem weer.

'Wat is er met je nagels gebeurd? Meisje toch, dat moet pijn doen.' De medewerkster pakte haar handen en keek met een geschokte blik naar Berties vingers.

Nu pas zag ze dat haar nagels diep waren ingescheurd, tot bloedens toe.

'Kom maar met mij mee. We gaan even langs de dokter. Hier moet naar gekeken worden.' Met zachte drang hielp de vrouw Bertie omhoog.

HOOFDSTUK 19

De boodschap van Ron, dat hij wilde scheiden, kwam hard aan. Bertie ging naar bed en kwam er alleen maar uit als ze naar het toilet moest. Eten deed ze mondjesmaat of als Doreth dreigde dat ze dwangvoeding ging toepassen. Ze liet niemand toe, wilde niet praten, zelfs niet met Guido.

De deur van haar kamer ging open. Bertie had niet de kracht te protesteren dat ze niemand wilde zien. Guido kwam voor haar bed staan en keek haar indringend aan. 'Je ligt al een week in bed. Zo gaat het niet langer. Je komt er nu uit en gaat je douchen en aankleden. Daarna ga je met mij mee naar buiten.'

'Ik wil niet, ga weg, jij mag hier niet eens komen,' mompelde Bertie slaapdronken. Ze trok het dekbed verder over haar hoofd.

'Niks mee te maken. Je komt eruit en gaat mee. Het moet nu maar eens afgelopen zijn met dat zelfmedelijden. Daar schiet je geen steek mee op.' Met een ruk trok hij het dekbed van haar af, pakte haar op en droeg haar naar de badkamer. Hij zette haar op de vloer van de douche op haar benen en draaide de kraan open.

Gillend en protesterend probeerde Bertie onder die koude waterstraal vandaan te komen, maar Guido bleef haar stevig vasthouden. Dat hij zelf drijfnat werd, leek hem niet te deren. Langzaam werd het water aangenamer van temperatuur. Met Guido's armen om haar heen, ebde de paniek en boosheid weg en werd ze wat rustiger. Ze begon te huilen en kon er niet meer mee ophouden, zelfs niet nadat hij de kraan had dichtgedraaid en een grote handdoek om haar heen had geslagen.

'Ik wil dat je je nu gaat aankleden. Trek dat natte shirt uit en pak een broek en een trui.' Guido hield haar bij haar schouders vast en keek haar strak aan. 'Ik ga droge kleren aantrekken en als ik terugkom ben jij ook aangekleed. Afgesproken? Waag het niet om terug in bed te gaan liggen, anders zet ik je weer onder de douche.'

Nog nasnikkend knikte ze en wachtte tot hij haar kamer had verlaten. Met trage bewegingen trok ze haar natte shirt en ondergoed uit, droogde zich af en pakte lukraak een broek en een trui uit de kast. Toen ze in de spiegel van de badkamer keek om haar haren te kammen, schrok ze van wat ze zag. Het bleke, ingevallen gezicht, de donkere kringen onder haar ogen, de natte haren maakten het er niet beter op. Was zij die oude vrouw die haar aanstaarde in de spiegel? Hoe had ze het zo ver kunnen laten komen? Geen wonder dat Ron haar niet meer wilde, ging het somber door haar heen.

Dat korte moment van activiteit had haar doodmoe gemaakt en het liefst zou ze weer in bed zijn gekropen. Het dreigement van Guido hield haar echter tegen, dus ging ze op een stoel zitten en wachtte tot hij terugkwam.

Nu pas zag ze dat er een dienblad met eten op het bureautje stond. Een bord met een paar crackers erop, een kannetje thee, suiker en een kopje. Haar maag begon te rommelen bij het zien van het eten. Ze schoof haar stoel naar het bureau toe en begon langzaam te eten.

'Mooi zo,' klonk Guido's stem opeens achter haar. 'Het wordt tijd dat je weer wat voedsel binnenkrijgt. Je bent zeker een kilo of tien kwijtgeraakt.'

Zonder op te kijken, at Bertie verder. Tien kilo was zwaar overdreven, maar afgevallen was ze beslist.

Guido schonk thee voor haar in en deed er een paar flinke scheppen suiker in. Bertie wilde protesteren, maar hij liet haar niet uitpraten. 'Niet zeuren, je hebt het nodig. Drink het op nu het nog warm is. En je neemt vanaf nu je pillen weer in. Het slaat nergens op dat je dat een week lang niet hebt gedaan. Je weet dat ze helpen.'

Zwijgend deed ze wat hij zei. Nadat ze gegeten en gedronken had, voelde ze zich iets minder een uitgehold vat, wat meer mens. Voorzichtig duwde ze zichzelf omhoog.

Guido stak een arm door de hare. 'Niet omdat ik je zo graag dicht bij me heb, maar om ervoor te zorgen dat je niet omver gaat. Een week alleen maar in bed liggen werkt niet echt stimulerend voor je spieren.' Hij keek even opzij en grijnsde naar Bertie.

'Dank je wel,' mompelde ze.

'Bedank me niet te snel. Wacht eerst maar eens af wat er komen gaat.'

Niets kon erger zijn dan het nieuws waarmee Ron vorige week was gekomen. Een scheiding, haar ergste vrees werd bewaarheid. Hij wilde van haar af. De hele week, tijdens de momenten dat ze wakker had gelegen, had ze aan niets anders kunnen denken. Had ze zich dan zo vergist in haar man? Of was hij werkelijk zo meedogenloos dat hij het ene moment hartstikke lief voor haar was en het volgende haar wereld vernietigde?

Haar kinderen, om hen had ze nog meer verdriet. Zou ze hen ooit nog te zien krijgen? Een omgangsregeling was gebruikelijk bij een scheiding, of wist Ron het straks zo te draaien dat de kinderen niet veilig waren bij hun moeder en dat ze beter niet alleen met hen kon zijn?

Aan de arm van Guido liep ze naar buiten. De koude deed haar rillen. 'Waarom blijven we niet binnen? Het is hartstikke koud,' klaagde ze.

'Dat is het helemaal niet. Jij kunt wel wat buitenlucht gebruiken na een week in dat bedompte hol te hebben geleefd.'

Lang hoefde ze niet te lopen. Hij leidde haar naar een bank bij de dierenweide. Hier zaten ze wat beschut tegen de wind.

'Ga zitten.' Guido lette erop dat ze stevig zat, voordat hij naast haar plaatsnam. 'Ik vind het afschuwelijk je zo te zien, Bertie. Die vent van je zal vast in zijn vuistje lachen als hij je nu kon zien. Dit heeft hij toch mooi voor elkaar gekregen. Hoe denk je dat het op een rechter overkomt dat jij bij de eerste de beste tegenslag weer terugvalt in je depressie?'

'Dat doe ik helemaal niet,' protesteerde Bertie, al besefte ze zelf hoe zwak dat protest klonk. Guido had gelijk. Ze had zich op een vreselijke manier laten gaan zonder aan de consequenties te denken. Maar was dat niet het volste recht van iemand met een post-partumdepressie?

'Je weet wel beter. Ik ga je helpen met de scheiding.'

'Dat kun je niet eens.'

Guido keek haar strak aan. 'Reken maar dat ik dat wel kan, maar daar heb ik jouw hulp bij nodig. Als je je kinderen ooit nog wilt zien, zul je mee moeten werken, doen wat ik zeg.'

'Aardig van je, maar wat ik nodig heb is een advocaat en geen mediator,' mompelde Bertie. Ze wilde haar enige vriend niet voor het hoofd stoten. 'Bovendien wil ik helemaal niet scheiden.'

'Juist nu heb je een mediator nodig. Ik kan het klankbord zijn tussen jou en je man, de gesprekken in goede banen leiden. Hij wil scheiden. Ik kan me voorstellen dat jij het daar niet mee eens bent, maar wat win je erbij als je tegenwerkt? Denk je dat hij dan bij je blijft?'

Bertie haalde haar schouders op.

'Nee, dat doet hij niet. Hij begint niet voor niets over een scheiding. Jouw man loopt al langer met dat idee rond, is mijn ervaring.'

'Denk je dat echt?'

Guido knikte.

'Je hebt een burn-out,' herinnerde ze hem.

Guido lachte kort. 'Gun mij de lol om dit te doen. Ik kan het echt, neem dat maar van me aan. En als je eraan twijfelt, vraag je het maar aan Doreth. Ik logeer niet eens meer in het centrum. Ik zeg niet dat ik weer volledig aan het werk ben, maar het begin is er. Op dit moment ben ik op therapeutische basis een dag in de week aan het werk. Gaat dat goed, dan wordt het langzaam opgebouwd. Maar genoeg over mij. Ik ben hier om over jou en je situatie te praten.'

Bertie begreep de strekking van wat hij zojuist had verteld niet helemaal. 'Als je geen burn-out meer hebt, waarom ben je dan hier?'

'Om jou te helpen.'

Bertie schudde verward haar hoofd. Dit alles was nieuw voor haar. Hij had niet eens verteld dat hij hier weg was en weer werkte. Ze had nog wel gedacht dat ze elkaar alles vertelden, dat bleek nu eenzijdig te zijn. 'Waarom?'

'Omdat ik je graag mag. Als mens. Ik ben nergens op uit, daar hoef je niet bang voor te zijn,' voegde hij er snel aan toe. 'Geen romantische toestanden voor mij. Ik zit nog volop in het verwerkingsproces van mijn eigen scheiding.'

'Jij bent niet gescheiden.'

'Klopt, althans, niet op papier. Mijn vrouw is bij me weg, de feitelijke scheiding komt echt nog wel. Daar ben ik niet bang voor.'

Nog altijd begreep ze er niet veel van. Al die keren dat ze met Guido had gesproken, was ze ervan uitgegaan dat hij net als zij in het centrum logeerde als patiënt. Dat hij speciaal voor haar hier was, bevreemdde haar een beetje. Ze had hem heel wat toevertrouwd tijdens hun gesprekken en opeens bleek hij een heel ander motief te hebben.

'Je vertrouwt me niet, hè?' Guido keek haar recht aan. 'Ik wil je helpen, Bertie, meer niet. Heb ik je vertrouwen al eerder geschonden?'

'Dat niet,' gaf ze aarzelend toe. Hij wist waar ze woonde. Dat had hij uit het telefoonboek, had hij gezegd. Hij had geen misbruik van de situatie gemaakt die keer dat hij in haar huis was. 'Oké, ik vertrouw je,' besloot Bertie. Hij wist haast alles al wat er van haar te weten viel.

'Mooi.'

'Ron heeft een foto van Lotte waarop de blauwe plekken te zien zijn die ik haar heb bezorgd.' Dat moest hij weten.

'Heb je haar zo hard geslagen?'

'Niet dat ik weet,' mompelde Bertie. 'Ik dacht dat ik haar maar één klap had gegeven, maar ze ziet eruit alsof het er meer zijn geweest. Dat kan ik toch niet hebben gedaan?'

'Kun je je daar iets van herinneren?'

Bertie schudde haar hoofd.

De volgende keer dat Ron naar het centrum kwam, trof hij een heel andere Bertie. Ze was nu meer de vrouw die hij kende van tijdens hun huwelijk. Met een verzorgd kapsel, lichte make-up op en nette kleding aan zag ze eruit alsof ze zo meteen weer aan het werk ging in het hotel. Bertie wilde hem laten zien dat ze niet helemaal in zak en as zat, dat ze nog genoeg pit in zich had om de strijd aan te gaan. Uiteraard had Guido haar een duwtje in de goede richting gegeven. Met zijn hulp lukte het haar om kalm te blijven.

Het moest echter geen strijd worden, had Guido haar gewaarschuwd. Samen moesten ze er op een rustige en beschaafde manier uit zien te komen. Ze moest Ron laten zien dat ze daartoe in staat was. Alleen dan kon ze hem ervan overtuigen dat ze capabel genoeg was om voor haar kinderen te zorgen. Niet alleen Ron moest ze daarvan overtuigen, ook de Raad van de Kinderbescherming zou zich hiermee bemoeien, voorzag Guido. Tenzij Bertie zonder slag of stoot toegaf aan alle eisen die Ron omtrent de kinderen stelde.

'Bertie, hoe gaat het met je?' begon Ron.

'Naar omstandigheden goed. Hoe gaat het met de kinderen?'

'Goed. Romi vindt het prima dat ze niet meer naar het kinderdagverblijf hoeft. Op de peuterspeelzaal heeft ze het erg naar haar zin. Die twee halve dagen zijn precies genoeg voor haar. Beerend groeit goed en heeft vorige week zijn tweede vaccinatie gehad. Hij was overdag wel even wat huilerig, maar net als met de eerste inenting ging het daarna goed met hem.'

Het deed Bertie goed dat het zo voorspoedig ging met haar kinderen. Natuurlijk gunde ze haar kinderen het beste, maar dit alles had zij moeten doen, niet Lotte. Ze slikte een scherp antwoord in en knikte. 'Fijn dat te horen. Denk je dat ik hen binnenkort weer eens mag zien?'

'Daar wil ik nog even mee wachten. Romi was behoorlijk van slag door wat er laatst is gebeurd.'

Had haar dochtertje er dan toch iets van gemerkt? Ze had toch geslapen tijdens die ruzie met Lotte? Ze had Lotte natuurlijk gezien met die blauwe plekken in haar gezicht.

Zelfs Doreth had haar niet kunnen vertellen hoe het kwam dat ze niet meer wist dat ze Lotte meer dan één keer had geslagen. Volgens de begeleidster kon het zijn dat ze die herinnering verdrong. Van die keer dat ze weggelopen was vanuit huis wist ze immers ook niet alles meer. Bertie zou het vreselijk vinden als ze Lotte inderdaad zo hard had geslagen. Dat vrat net zo goed aan haar, ze had zichzelf nooit gezien als een gewelddadige persoon.

'Ik hoop dat we zonder al te veel ruzie hieruit kunnen komen, Bertie,' vervolgde Ron.

'Weet je zeker dat je wilt scheiden? Je hebt er nu een poosje over na kunnen denken, misschien dat je vorige keer dat je hier was nog te emotioneel was,' probeerde Bertie nog een keer.

Een kille blik was haar antwoord. 'Ik denk niet licht over dat soort zaken, dat zou jij toch moeten weten.'

Bertie sloeg haar ogen neer. 'Natuurlijk,' mompelde ze.

'Ik heb het een en ander op papier laten zetten door mijn advocaat.' Ron legde een papieren mapje op tafel en schoof dat naar haar toe. 'Dit is het voorlopige echtscheidingsconvenant. Lees het door, kijk of jij je hierin kunt vinden. Ik hoor de volgende keer graag hoe jij erover denkt. Het is in ons beider belang dat we zonder al te veel problemen tot een goed einde komen.'

Een goed einde, voor wie? Voor hem? Niet voor hen beiden, dat wist Bertie nu al. 'De volgende keer dat we elkaar spreken, wil ik er graag een mediator bij hebben. En niet hier in de aula maar ergens anders. Dit is niet de juiste plaats voor dergelijke gesprekken.'

Ron keek haar even met opgetrokken wenkbrauwen aan. Hij had vast niet verwacht dat ze zo te werk wilde gaan. 'Prima. Een mediator. Heb je iemand in gedachten?'

'Guido Verbeek. Hij kan ons als mediator ter zijde staan en ervoor zorgen dat we er allebei goed uitkomen. Dat wil jij vast ook.' Ze schonk hem een minzaam glimlachje, maar diep vanbinnen huilde ze.

'Uiteraard, dat is ook mijn insteek. Het is al erg genoeg dat we uit elkaar gaan.'

'Dat is jouw beslissing, Ron, niet de mijne.' Ze aarzelde even voordat ze verderging. 'Wat ik me al die tijd al afvraag: heb je nou iets met Lotte of niet? Ik wil graag een eerlijk antwoord. Ik heb een filmpje gezien dat niet veel aan de verbeelding overlaat.'

'Een filmpje?' deed hij verbaasd.

'Vraag dat maar aan je vriendin. Dat is ze toch?'

Eindelijk knikte hij en gaf hij het toe. 'Dat klopt. Ik ben verliefd op haar geworden. Maar dat zou niet zijn gebeurd als jij niet van die rare dingen had gedaan.'

'O nee, Ron? Denk je dat echt?' Met een trieste glimlach schudde ze haar hoofd. 'Lotte heeft je vanaf het begin willen hebben. Je maakte geen enkele kans tegen haar.' Voordat Ron daarop kon reageren, stond Bertie op, pakte de map en liep weg zonder op of om te kijken. Hij hoefde niet te zien hoe hard zijn antwoord bij haar was aangekomen.

Als hij verliefd was op die vrouw, waarom had hij dan nog met haar het bed gedeeld, dat laatste weekend dat ze thuis was geweest? Waarom had hij dan zo lief gedaan? Om haar een rad voor ogen te draaien, of omdat hij niet kon kiezen?

Guido vond haar later huilend in het park, op het bankje bij de dierenweide. Zonder iets te zeggen ging hij naast haar zitten, sloeg zijn arm om haar schouders en trok haar zacht tegen hem aan.

Met haar hoofd tegen zijn borst huilde Bertie tot ze geen tranen meer had. 'Hij is verliefd op haar.'

'Dat zat er dik in. Heb je gedaan wat ik je heb gezegd?'

'Ik ben rustig gebleven, begrijpend, kalm. Alles heb ik gedaan, toch wil hij van me af.' Met een betraand gezicht keek ze naar Guido op. 'Waarom?'

HOOFDSTUK 20

'Weet je zeker dat dit is wat je wilt?' vroeg Guido.

'Nee, dat weet ik niet. Maar waar moet ik anders heen? Ik heb geen huis meer en ook geen geld om iets te huren.' Bertie kreeg haar loon doorbetaald omdat ze nog in de ziektewet zat. Dat was te weinig om een duur huis van te kunnen betalen, maar te veel om voor een andere uitkering in aanmerking te komen. Voorlopig kon ze nog geen aanspraak op alimentatie maken en Ron betaalde niet zonder meer voor haar levensonderhoud. Dus ging ze naar haar ouders.

'Je moeder is indirect de oorzaak van die depressie,' hield Guido haar voor.'

'Dat ben ik heus niet vergeten. Volgens Doreth kan ik het aan en wordt het tijd dat ik naar huis ga. Dat ik met mijn moeder daarover praat.'

'Als het niet gaat, mag je altijd bij mij komen logeren.' Dat had hij al eerder aangeboden.

Het leek Bertie niet verstandig dat aanbod aan te nemen. Niet omdat ze bang was dat hij alsnog romantische gevoelens voor haar kreeg, maar ze wilde afstand nemen. Zowel van Guido als van Ron en haar omgeving. De kinderen mocht ze één keer in de veertien dagen zien, onder begeleiding van een medewerkster van de Raad van de Kinderbescherming. Ze had hen eergisteren nog gezien, over twee weken was het volgende bezoek pas weer. Daarvoor hoefde ze niet in dit deel van het land te blijven. Een poosje in een andere omgeving doorbrengen zou haar misschien wel goeddoen. Te weten dat ze Ron of Lotte niet op iedere straathoek tegen kon komen.

Guido bracht haar naar de trein en nam afscheid door haar een kort moment vast te houden. 'Je mag me altijd bellen als je ergens mee zit, dat weet je. En ik houd jou op de hoogte over het verdere verloop van de scheiding.'

'Dat is jou wel toevertrouwd. Als het nodig is, ben ik zo weer hier.' Bertie stapte in en trok haar koffer door het smalle gangpad naar een lege stoel. Ze tilde hem op en legde hem in het bagagerek boven haar hoofd. Voorlopig zat ze bijna twee uur in deze trein, voordat ze moest overstappen in Amsterdam om de reis naar Den Helder te vervolgen. Een autootje zou handiger zijn, gesteld dat ze zich dat kon veroorloven.

Bertie ging zitten en zwaaide naar Guido toen de trein vertrok. In de trein had ze in ieder geval alle tijd om na te denken over de komende weken en zich te beraden op het gesprek dat ze met haar moeder wilde hebben.

De afgelopen weken was ze vooruitgegaan, niet alleen volgens Doreth, zelf merkte ze dat ook. De hoeveelheid antidepressiva was verminderd, al zou ze deze nog zeker enkele maanden, misschien wel een halfjaar, moeten blijven slikken om een nieuwe depressie te voorkomen. Er kwam de komende tijd genoeg op haar af waartegen ze het hoofd moest bieden.

Als ze terugkwam uit Julianadorp moest Bertie op zoek gaan naar woonruimte. In het centrum kon ze niet langer blijven, daar was ze al langer gebleven dan gebruikelijk was, vanwege de omstandigheden thuis. Als ze eenmaal een huis had, volgden gesprekken met de Kinderbescherming over een eventuele bezoekregeling voor de kinderen. Ze wilde hen langer zien dan een paar uur per keer, en dan zonder iemand erbij om haar in de gaten te houden. Het liefst had ze hen de helft van de week en Ron de andere helft, maar dat zat er volgens Guido voorlopig niet in.

Ze had de kinderen nu twee keer gezien sinds dat fatale weekend in januari. Het bleef moeilijk om afstand te houden, niet stiekem naar huis te gaan en naar binnen te sluipen om haar kindjes even vast te kunnen houden. Beerend was te jong om te beseffen dat het zijn moeder was die hem de fles gaf. Ook Romi leek het niet veel te doen. Voor haar was ze vast een soort tante die in die paar uurtjes met haar speelde. Het deed pijn dat haar kinderen zo snel van haar waren vervreemd. Romi noemde haar dan wel mama, maar besefte ze ook wat dat betekende?

En nu was ze dan op weg naar haar ouders. Ze had hen niet meer gezien nadat ze in het centrum terecht was gekomen. Dat had Bertie zelf niet gewild. Via Skype kon ze de schijn nog ophouden dat het redelijk met haar ging, een ontmoeting zou dat beeld vast onderuit halen.

Straks, als ze in Julianadorp was, in haar ouderlijk huis, ontkwam ze er niet aan dat ze de waarheid moest vertellen. Dat wilde ze ook. Het werd tijd dat haar ouders, vooral haar moeder, beseften wat er de afgelopen maanden met hun dochter was gebeurd. Hugo en Lindsey wisten iets meer, maar ook niet het fijne van de hele zaak.

Bertie zag het landschap in de trein voorbijflitsen en steeds veranderen, graslanden werden afgewisseld met bomen, huizen, bedrijven, bouwplaatsen; alles kwam voorbij op weg naar de hoofdstad. Het mooie weer paste niet echt bij haar stemming, toch vond ze het prettig dat de zon scheen en dat het niet regende of guur was.

De passagiers in de coupé wisselden op ieder station waar de trein stopte. Soms zat er iemand naast haar, omdat het druk was op een bepaald traject, maar het grootste deel van de reis zat ze alleen.

In Amsterdam moest ze op de volgende aansluiting wachten en maakte ze van de korte pauze gebruik om een broodje en koffie te kopen.

Eindelijk stopte de bus in Julianadorp.

Haar broer Hugo stond Bertie op te wachten met de auto en zwaaide naar haar zodra hij haar ontdekte. Bertie trok haar koffer achter zich aan en haastte zich naar haar broer toe.

'Bertje, daar ben je dan eindelijk.' Hugo sloot haar in zijn sterke armen. Haar jongere broer was een paar koppen groter en vooral breder en forser gebouwd. 'Heb je een goede reis gehad?' wilde hij weten, nadat hij haar weer had losgelaten.

'Ja hoor, er zijn onderweg geen rare dingen gebeurd.'

'Je bent afgevallen. Het misstaat je niet, moet ik zeggen.'

'Dank je. Hoe is het op de boerderij? Ma in alle staten omdat ik kom?'

'Nou nee, eigenlijk niet. Ze is zoals ze altijd is. Haar breng je niet zo snel van de wijs, bovendien moet het werk op de boerderij doorgaan,' grijnsde hij.

O ja, dat moest vooral doorgaan. Niets mocht het ritme onderbreken. Zo was het vroeger al geweest en nu kennelijk nog altijd.

Hugo pakte de koffer van Bertie en legde hem in de kofferbak van de auto. Ze stapten in en hij startte de auto. 'Gaan Ron en jij echt uit elkaar? Is er geen weg terug meer mogelijk?'

'Hij heeft een ander, Hugo.'

'Die vriendin van je? Lotte?' Even keek hij haar van opzij aan.

'Inmiddels niet meer mijn vriendin zoals je vast wel zult begrijpen. Vriendinnen pikken niet de man en het gezin van elkaar af.'

Hugo knikte begrijpend. 'Je hebt een heftige tijd achter de rug.'

'En ik ben er nog lang niet, maar voorlopig wil ik me hier wat ontspannen. Naar het strand gaan, lange wandelingen maken, uitwaaien, beetje helpen op de boerderij.'

'Ik vind het prima. Ma zal je wel aan het werk zetten. Arbeid heelt alle wonden, is haar motto.'

Bertie lachte kort. 'Werk en ontspanning. Waarom ook niet. De koeien zullen geen commentaar geven als ik tegen ze klaag.'

Hugo lachte met haar mee.

Niet veel later reed hij de auto het erf van de boerderij op. Sam, de erfhond, sprong blaffend in zijn ren heen en weer. Hij zag er gevaarlijk uit, toch was het een lieverd voor de mensen die hij kende.

Hugo bracht Berties koffer naar binnen, waarna ze op zoek ging naar haar ouders. Haar schoonzus Lindsey was niet op de boerderij. Zij was aan het werk bij mensen thuis.

Bertie vond haar vader in de stal bij de koeien. Ze had al gehoopt hem alleen te treffen. 'Hoi pap. Hoe gaat het hier?'

Frans van Langen draaide zich verrast om, liet de bezem uit zijn handen vallen en liep naar haar toe. Toen deed hij iets wat ze totaal niet verwacht had: hij sloeg zijn armen om haar heen en trok haar tegen zijn borst aan. 'Bertie, meisje. Eindelijk ben je er weer.'

Bertie liet zich die knuffel welgevallen. Zo vaak gebeurde het niet dat haar vader op een dergelijke manier zijn genegenheid toonde.

Een paar tellen later liet hij haar weer net zo onverwacht los, alsof hij nu pas besefte wat hij had gedaan. 'Je bent mager geworden.'

Bertie lachte even. 'De laatste keer dat je me zag was ik net bevallen van Beerend. Toen zaten er inderdaad nog wat extra kilo's aan.'

'Dat is het niet. Mager door de zorgen. Dat zie ik ook bij koeien die niet lekker in hun vel zitten. Hoe is het thuis?'

Vreemd om met een koe vergeleken te worden, maar gelijk had hij wel. 'Het gaat niet goed, pap, helemaal niet goed.' Bertie drukte een hand tegen haar mond aan om het trillen tegen te gaan, maar haar tranen lieten zich niet tegenhouden. 'Ron heeft een ander, we gaan uit elkaar.'

Frans van Langen schudde zijn hoofd, stak zijn handen diep in de zakken van zijn overal en liep een stukje bij Bertie vandaan. 'Hugo zei al zoiets. Weet je moeder het al?'

'Ik heb haar nog niet gezien. Ik wilde jou eerst zien.'

Haar vader liep naar haar toe en legde even zijn hand tegen haar wang. 'Goed dat je hier bent. En de kinderen?'

'Die blijven voorlopig bij Ron. Ik ben ziek geweest, pap.'

'Was het zo erg?'

Bertie knikte, terwijl de tranen over haar wangen liepen. 'Zo erg was het inderdaad.'

'Je hebt lang in die instelling gezeten. Gaat het nu weer wat beter met je?'

Ze veegde met een beslist gebaar haar wangen droog. 'Ik ben er nog lang niet, de scheiding met Ron doet er ook geen goed aan, maar ik red het wel. Dat moet.'

'Ga je moeder maar zoeken. Ze is in de kaasmakerij.' Frans pakte de bezem weer op en ging verder met hooi dat op de grond lag naar de koeien te vegen.

Bertie keek een paar tellen naar de gebogen rug van haar vader. Een grote, sterke man, ondanks zijn zestig jaar – Hugo leek veel op hem – toch kende ze geen zachtaardigere man dan haar vader. Of hij de achterliggende reden van het lange verblijf in het centrum zou begrijpen, betwijfelde ze.

Bertie ging naar de kaasmakerij, het domein van haar moeder. Zij was destijds begonnen met het zelf maken van kaas vanwege de toeristen die graag een eigengemaakte kaas kochten. Inmiddels was de verkoop daarvan een welkome aanvulling op het gezinsinkomen.

'Ben je daar eindelijk?' begon Hedwig van Langen zodra Bertie de deur opende. 'Ik heb de auto al een poosje geleden terug horen komen.'

Geen 'hoe gaat het met je, fijn dat je er bent', nee, niet van haar moeder. Dat had Bertie kunnen weten. Toch was het een teleurstelling. 'Ik ben even bij papa geweest.'

Haar moeder knikte met een stug gezicht en bleef ondertussen roeren in de grote kaasbak. Een kus of een omhelzing zat er niet in, er moest doorgewerkt worden, wist Bertie.

'Hoe gaat het hier?'

'Druk als altijd. Een extra paar handen is welkom. Ik neem tenminste aan dat je hier niet alleen komt om te luieren en verwend te worden,' zette Hedwig de toon voor het verblijf van haar dochter. 'Hard werken, daar is een mens nog nooit slechter van geworden. Als je hard genoeg werkt, heb je geen tijd om te piekeren. Jij hebt veel te veel tijd gehad. In mijn tijd…'

Bertie sloot zich af voor het verhaal van haar moeder dat volgde. In haar tijd zeurde je niet, maar werkte je gewoon door. Niks gezonders dan flink wat lichamelijke arbeid. Dat wist ze nu wel.

Het volgende wat haar moeder zei, drong wel tot haar door. 'Scheiden, dat deed je in mijn tijd niet. Wat God samenbrengt is niet aan de mens om te verbreken.'

Inwendig slaakte Bertie een zucht. Ook dat was een discussie die ze nooit zou kunnen winnen, daar begon ze dan ook niet aan.

'Een man moet je tevreden zien te houden, op alle gebied, dan heeft hij geen zin om rond te kijken naar een andere vrouw.'

Met andere woorden: zij was tekortgeschoten, het was haar eigen schuld dat Ron nu iets met Lotte had. Lekker kort door de bocht.

'Ik zal mijn koffer eens uit gaan pakken. Slaap ik in mijn eigen kamer?'

'Dat is de logeerkamer. Je moet het bed nog opmaken, daar heb ik nog geen tijd voor gehad,' mompelde haar moeder. 'De lakens weet je te liggen.'

Bertie knikte en ging naar het woonhuis. Dat was in tweeën gesplitst, zowel boven als beneden. Een deel van de aanleunende schuur was bij het woongedeelte van Hugo en Lindsey getrokken, zodat de beide gezinnen ieder hun eigen plekje hadden. Berties oude slaapkamer bevond zich in het gedeelte dat haar ouders bewoonden. Hugo had haar koffer daar al neergezet en was daarna weer aan het werk gegaan. Op een gemengd bedrijf was altijd wel iets te doen.

Bertie maakte met trage bewegingen het bed op. Haar kamer was al lang niet meer de slaapkamer zoals ze hem vroeger had gekend. Direct na haar vertrek uit huis had haar moeder de muren opnieuw behangen. Het was nu de logeerkamer, met een smal tweepersoonsbed, nachtkastjes aan weerszijden van het bed en een oude meidenkast voor extra handdoeken en het beddengoed.

Ze bleef even voor het raam staan om van het uitzicht te genieten. Vanuit het raam keek ze tegen de duinen aan die in de verte lagen. Daarachter bevond zich de Noordzee. Als ze de kans kreeg, als ze even aan de aandacht van haar moeder kon ontsnappen, ging ze vandaag nog naar het strand. Met de fiets was ze er zo. De duinen en de zee waren vroeger al haar toevluchtsoord geweest als ze ergens mee worstelde. Daar kon ze zich pas echt laten gaan, voortgeblazen door de wind die daar altijd leek te waaien.

Eerst was het echter lunchtijd. Tegen de tijd dat Bertie haar tas had uitgepakt en weer naar beneden ging, had haar moeder de tafel gedekt en koffiegezet. Hugo kwam binnen op zijn kousenvoeten, evenals haar vader. Zoals altijd werd er tussen de middag gezamenlijk gegeten. De warme maaltijd gebruikten Hugo en Lindsey in hun eigen woning, wist Bertie.

Na het gebed wilde Hedwig weten wat haar dochter van plan was te gaan doen, de rest van de dag.

'Ik wil in ieder geval naar het strand, zolang het nog licht is.'

'Daar heb je dan nog tijd genoeg voor. Werk jij het strijkgoed maar weg,' besliste Hedwig. 'Dat gaat je vast beter af dan het maken van kaas. Dat geef ik liever niet uit handen.'

'Prima, moet ik nog boodschappen doen of zo?'

'Niet nodig, alles wat we eten, hebben we uit eigen tuin. In de diepvries zit nog genoeg. Voor vanavond hebben we sperzieboontjes met een gehaktbal. Denk je dat je dat klaar kunt maken?'

'Dat lukt me vast wel,' verzekerde Bertie haar moeder.

'Rens Enting woont ook weer thuis,' vervolgde Hedwig. Zonder op te kijken van haar bord praatte ze verder. 'Hij en zijn vrouw zijn een poos geleden uit elkaar gegaan.'

Hugo en Bertie keken elkaar over tafel veelbetekenend aan. Rens Enting was zeker tien jaar ouder dan zij, wist Bertie. Begon haar moeder haar nu al te koppelen aan een andere man? Ze was nog niet eens gescheiden! Haalde een nieuwe relatie de schande van de scheiding weg? Ging het daarom?

'Ik dacht dat hij een goedlopend bedrijf in Den Helder had.' Bertie nam kleine slokjes van haar koffie.

'Dat heeft hij moeten verkopen. Hij heeft in ieder geval genoeg overgehouden en hoeft volgens zijn moeder niet meer te werken. Toch helpt hij mee op de boerderij. Rens is een aardige man, misschien moet je eens met hem gaan praten.'

'Waarover, mam?' wilde Bertie weten.

'Een man alleen is niks. Als zijn ouders uit de tijd zijn, zit hij daar in zijn eentje. Een vrouw moet ook niet te lang alleen blijven.'

Dat was duidelijke taal. 'Mijn kinderen wonen aan de andere kant van het land,' hielp Bertie haar moeder herinneren. 'Ik ben hier op visite, niet om een man te zoeken.'

'Kinderen horen bij hun moeder. Je krijgt ze echt wel weer,' was Hedwigs stellige overtuiging. 'Dan kun je hier komen wonen. We hebben ruimte genoeg. Voor kinderen is er niets leukers dan opgroeien op een boerderij. We zien je hier veel te weinig.'

'Ik heb mijn werk in Roosendaal, mam.'

'Dat vind je hier vast ook wel, met al die toeristen. Bovendien hoef je niet te werken als je de juiste man trouwt.'

Zag haar moeder het zo? Ron was niet de juiste man geweest. 'Jij hebt toch ook altijd gewerkt, daar is niks mis mee.'

'Bij ons ligt dat anders. Je vader heeft mijn hulp altijd nodig gehad.'

Bertie keek met opgetrokken wenkbrauwen naar haar vader die wijselijk zijn mond hield en haar een knipoog schonk.

'Als jij je man tevreden had weten te houden, had je niet hoeven scheiden,' ging haar moeder verder.

Opeens was Bertie het beu. 'Mam, er spelen nog meer zaken mee waar jij geen weet van hebt. Ik zit niet op commentaar van jouw kant te wachten. Ron en ik gaan scheiden, dat accepteer je of niet, maar kom niet aan met wat ik allemaal fout heb gedaan. Je weet niets van de hele situatie af. Helemaal niets!' Ze schoof haar stoel naar achteren, liep weg, griste haar jas in de bijkeuken van de kapstok en beende met grote passen naar de schuur om een fiets te pakken.

Ze moest hard trappen om tegen de wind in te komen. Die inspanning deed haar goed, ook al stond het zweet binnen de kortste keren op haar rug. Eenmaal bij de duinen aangekomen, zette ze de fiets tegen een hekje op slot en klom naar boven.

De wind trok aan haar haren, die ze dom genoeg los had laten hangen. Dat werd straks klitten uithalen, maar dat had ze er wel voor over. Diezelfde wind werkte bevrijdend op haar geest. Alsof alle problemen zo uit haar hoofd werden geblazen.

Problemen waren er om opgelost te worden. Als je het niet op kon lossen, was het geen probleem. Die uitspraak schoot haar nu te binnen. Van wie die was, wist ze niet, maar logisch klonk het wel.

HOOFDSTUK 21

Het verkeerde begin was niet tekenend voor de rest van haar tijd op de boerderij. Bertie had een paar dagen later een gesprek met haar moeder. Het was een goed gesprek, alleen al omdat ze het verleden met haar kon bespreken. Niet dat er een discussie mogelijk was. Haar moeder vertelde waarom ze was zoals ze was, wat haar zo had gemaakt. Eigenlijk was het iets wat Bertie al had geweten.

'Het was heel normaal dat je als vrouw meehielp op de boerderij. Dat deed mijn moeder, en mijn oma voor haar deed het ook zo. Ik weet niet beter. De kinderen draaiden mee in dat geheel. Opoetje paste op de kinderen en moeder ging aan het werk. Niet zeuren maar werken. Zo ging het in die tijd. Ben jij daardoor soms iets tekortgekomen?' Hedwig keek haar dochter aan met een blik op haar gezicht waardoor Bertie al bijna geen commentaar meer durfde te geven.

'Ik heb een post-partumdepressie gehad, mam. Daarvoor slik ik nog altijd medicijnen.' Ze probeerde uit te leggen dat de oorzaak van zo'n depressie heel goed in het verleden kon liggen.

'Onzin, het zijn hormonen die zo'n depressie veroorzaken. Of wil je mij soms de schuld geven van die depressie van jou?' Hedwig keek haar verontwaardigd aan. 'Je vader en ik hebben altijd goed voor jou en Hugo gezorgd. Jullie kregen genoeg te eten, droegen schone kleren en mochten doorleren toen jullie dat wilden. Er kon altijd een heleboel, of ben je dat soms vergeten? Kamperen in het weiland met vriendjes en vriendinnetjes, barbecues op het strand, feestjes in de schuur. Vertel me nu niet dat ik je verwaarloosd heb.'

'Dat heb je ook niet. Ik heb wat dat betreft een fijne jeugd gehad.' Wat haar moeder zei, klopte ook wel. Het ging echter om meer dan de dingen die ze nu opnoemde. Aandacht, echte aandacht en harte-lijkheid, was er niet geweest. Bertie besefte dat ze op haar woorden moest passen. Haar moeder was snel aangebrand en dan viel er niet meer met haar te praten. Alles wat ze nu nog zei, moest op een weeg-schaaltje worden gelegd.

'Je zorgde goed voor ons, we kwamen niets tekort, maar er zijn momenten dat je als kind ook graag een aai over je hoofd krijgt. Hoe jij nu met mijn kinderen omgaat, zo was je niet tegen ons. Daar speelt vast je eigen opvoeding in mee.'

Hedwig ging stug door met het verwerken van de melk tot kaas. Bertie hielp mee, al waren haar handen een stuk trager. Een verwij-tende blik werd in haar richting geworpen.

'Het is nu eenmaal gemakkelijker om een lieve oma te zijn dan een aardige moeder. Het opvoeden is jouw taak, het verwennen de mijne. Opoetje was toch altijd lief voor jullie? Had je graag ouders gehad zoals die van Joost Maenen? Door al dat lieve en flauwe gedoe is het fijne zoontje dat nooit geen kwaad kon doen bij zijn ouders in de criminaliteit terechtgekomen. Hij zit voor vier jaar in de gevan-genis. Had je dat soms gewild?'

'Dat is het andere uiterste. Opoetje was lief voor ons, maar zij overleed toen wij nog vrij jong waren.'

'Precies, ik had geen andere keuze, omdat er geen oppas voor-handen was. Het was druk op de boerderij, het werk ging gewoon door.'

Bertie knikte. Daar had haar moeder gelijk in, het klopte allemaal. Toch kende ze tal van kinderen die in dezelfde situatie als zij waren opgegroeid en die wel een liefhebbende moeder hadden gehad.

Een paar dagen later had ze eenzelfde soort gesprek met haar vader. Hij vergoelijkte de manier van opvoeden van zijn vrouw op dezelfde manier.

Bertie begreep wel dat ze hiermee niet verder kwam. Misschien was het beter het te laten rusten, zoals haar vader voorstelde. Haar ouders waren wie ze waren, aan het verleden kon niets meer worden veranderd. Zij moest verder en met haar verleden leren omgaan.

Hugo had zijn jeugd anders ervaren dan zij, vertelde hij toen ze hem daarnaar vroeg.

'Ik heb niet het gevoel dat ik iets tekort ben gekomen. Ma had nooit veel tijd voor ons, maar ik was liever met de beesten bezig. Die veroordelen en belonen je niet, toch zijn ze altijd blij dat je er bent.'

'Logisch, als de koeien jou zagen, wisten ze dat ze eten kregen of dat ze gemolken werden,' grijnsde Bertie. Misschien lag het in haar geval dan toch meer aan de hormonen dan de doktoren beseften. Of was ze een gevoeliger kind geweest dan Hugo en al die anderen die geen last van een depressie hadden gekregen?

Ondanks de eerdere opmerking van Bertie dat ze niet op een andere man zat te wachten, en al helemaal niet hier in de omgeving, nodigde Hedwig toch de kersverse vrijgezel Rens Enting voor de koffie uit op zondag na de kerkdienst.

Hugo en hij praatten over het boerenbedrijf. Bertie begreep dat er plannen waren om met nog een aantal boeren uit de omgeving een dure landbouwmachine aan te schaffen vanwege problemen met het loonbedrijf dat dergelijke machines meestal uitleende.

Bertie hield zich afzijdig van het gesprek dat de mannen met elkaar voerden. Met Lindsey praatte ze over het werk dat zij deed. Over de ontwikkelingen in de zorg die vooral oudere mensen met een klein inkomen raakten.

Hedwig kreeg het echter voor elkaar dat Hugo, Lindsey, Bertie en Rens een wandeling gingen maken na de koffie. Al snel ging het gesprek niet meer over landbouwmachines, maar vroeg Rens hoe het met haar ging.

'Ik begreep van mijn moeder dat je in scheiding ligt met je man.'

'Dat klopt.'

'Je hebt toch kinderen die nog niet zo oud zijn? Zijn ze nu bij je man?'

'Heeft je moeder ook verteld dat ik een tijdje in een psychiatrische instelling heb gezeten?' Direct op de man spelen, niet overal omheen draaien. Ze wilde hem niet meteen schrik aanjagen, maar wel duidelijk maken dat zij geen geschikte huwelijkskandidaat voor hem was.

'Daar heb ik iets over horen zeggen,' gaf Rens toen. 'Was het geen postnatale depressie?'

Bertie knikte.

'Daar ben je voor behandeld. Is dat de reden dat je man van je wil scheiden?'

'Indirect wel. Mijn vriendin – althans, ik meende dat ze mijn vriendin was – bleek al langer haar zinnen op mijn man te hebben gezet. Zij zag haar kans schoon.'

'Je mag het niet zo zwart-wit bekijken, dat is mijn ervaring. Als jouw man niet geïnteresseerd was, had zij vast geen kans gemaakt,' hield Rens haar voor.

Bertie keek de man naast haar nadenkend aan. Daar had hij een punt te pakken. Al die tijd was zij ervan uitgegaan dat de schuld uitsluitend en alleen bij Lotte lag. Dat Lotte al die tijd in huis was geweest, had aan de gebeurtenissen bijgedragen in haar beleving.

'Jij gaf haar de schuld,' legde Rens haar stilzwijgen uit.

'Eigenlijk wel. Dat van de kat op het spek binden, leek me van toepassing op mijn man en die vriendin. Ze woonde praktisch bij ons om mij en ons gezin te kunnen helpen.' Dat die hulp doorgeschoten was naar de andere kant, liet ze achterwege.

'Dan nog. Om met nog een ander spreekwoord te komen: waar twee vechten, hebben twee schuld. Dat geldt net zo goed voor vrijen.'

Bertie schoot ondanks de ernst in de lach.

'Je kunt nog lachen,' riep Rens vrolijk.

Hugo en Lindsey, die iets voor hen liepen, keken verbaasd achterom.

'Blijven lachen, meisje. Blijf plezier in je leven hebben, geniet van de kleine dingen om je heen, iedere dag weer. Al lijkt het leven voor jou nog zo donker en zwaar te zijn, probeer te genieten.'

Bertie stak spontaan haar arm door die van Rens en keek naar hem op. 'Bedankt. Wat jij zegt is zo waar. In het centrum heb ik een man leren kennen die me dat ook steeds voorhoudt. Thuis lukte me dat genieten helaas niet altijd, maar sinds ik hier ben, kan ik dat beter in de praktijk brengen.'

'Dat klinkt als een verstandig man.'

'Dat is hij ook. Hij zat in het centrum vanwege een zware burn-out.'

'Hij wist dus waarover hij praatte.'

'Absoluut.'

'Misschien heb je deze afstand juist nodig om bepaalde dingen beter te kunnen zien. Als je ergens te dicht op zit, raak je het overzicht snel kwijt.'

Bertie wist dat hij gelijk had. Misschien kwam het door de rust en de ruimte die ze hier ervoer, ze kreeg in ieder geval haar gedachten beter op een rijtje. De omgeving was er absoluut debet aan, maar hier komen wonen, zoals haar moeder graag wilde, dat deed ze niet. Haar kinderen woonden aan de andere kant van het land en hen zou ze nooit in de steek laten.

Nu het ijs tussen Rens en haar gebroken was, bleek hij een prettige gesprekspartner te zijn. Ze hadden meer dan genoeg onderwerpen om over te praten.

Later, toen hij al enige tijd naar huis was en Bertie in de stal bezig was bij de koeien, herinnerde ze zich zijn opmerking over Guido weer. Een verstandige man.

Guido was niet alleen verstandig, maar ook erg warm en meevoelend. De situatie waarin ze elkaar hadden leren kennen, was echter niet bepaald ideaal, zeker niet om daarop een andere dan een vriendschappelijke relatie te bouwen. Guido wist veel van haar en had haar echt goed geholpen om bepaalde situaties het hoofd beter te kunnen bieden. Zonder hem zou ze vast niet zijn waar ze nu was.

De afstand die er op dit moment tussen haar en haar thuissituatie lag, was goed om alles een stuk helderder te zien en zorgde er tevens voor dat ze Guido in een ander licht begon te zien. Een licht dat er beter niet was. Idealiseerde ze hem niet te veel?

Terwijl haar handen bezig waren met de koeien, waren haar gedachten druk met Guido. Intelligent, niet direct knap te noemen, maar hij had iets wat maakte dat ze graag naar hem keek. Misschien waren het zijn donkere ogen met de lachrimpeltjes eromheen. Hij had een normaal postuur, niet dik en niet te mager. Veertig jaar was hij, acht jaar ouder dan zij.

Inmiddels wist ze dat Guido haar vooral had laten praten, en niet veel meer over zijn eigen situatie had verteld dan hij kwijt wilde. Dat hoorde bij zijn beroepsethiek, begreep ze. Een mediator moest vooral goed kunnen luisteren en observeren. Ze had er ook met Doreth over gesproken en zij had haar verzekerd dat ze Guido absoluut kon vertrouwen.

Sinds haar vertrek uit Roosendaal had Bertie hem nog niet gesproken. Hij zou het haar echt wel laten weten als er nieuws was, daar vertrouwde ze op. Tussendoor hoorde ze vast niets van hem.

Opeens miste ze zijn stem, even met hem te kunnen praten over allerlei kleine dingen die ze had gezien, die haar blij stemden. Ze had haar telefoon al in de hand toen ze besefte dat ze hem niet moest bellen. Haar motief om hem te horen, was niet helemaal zuiver. Hij wilde geen relatie met haar, daar was hij duidelijk in geweest die keer dat hij aanbood haar te helpen met de scheiding.

Ze leek wel gek om daarover zelfs maar te dénken. Er waren wel meer mannen in haar leven die aardig waren en haar hielpen. Rens was er daar een van. Hem zag ze toch ook niet meteen als een mogelijke nieuwe partner? Was ze zo bang om alleen te zijn? Waren haar gevoelens voor Ron dan nu al helemaal verdwenen? Nee toch? Ze was kwaad op haar bijna ex-man, maar een liefde die zo lang had geduurd, schrapte je niet zomaar uit je systeem. Daar was tijd voor nodig. Zij zou niet dezelfde fout maken als Ron, en zich van de ene relatie in de andere storten.

Guido belde een paar dagen later uit zichzelf. 'Ik denk dat ik goed nieuws voor je hebt.'

'Denk je of weet je dat?'

'Ik moet nog even een slag om de arm houden tot ik zekerheid heb. Je hebt me toestemming gegeven om met Doreth te gaan praten, dat heb ik inmiddels gedaan. Van wat ik van haar hoorde, schrok ik eerlijk gezegd. Heeft Lotte jou met opzet slaappillen gegeven?'

'Dat heeft ze in haar woede geroepen. Ik weet echt niet of ik ze daadwerkelijk heb ingenomen.' Omdat er niets concreets viel te bewijzen, had ze dat niet aan Guido verteld.

Haar vader, met wie ze in de schuur bezig was, keek haar onderzoekend aan. Ze maakte een geruststellend gebaar naar hem en ging naar buiten, zodat ze ongestoord met Guido kon praten.

'Als dat waar is, kunnen die pillen de oorzaak zijn geweest van je zelfmoordpoging,' ging Guido verder.

'Denk je dat echt?'

'Absoluut. Misschien gaf ze je ook nog andere medicijnen waarvan jij je niet bewust was. In combinaties met de antidepressiva kan dat best de doorslag zijn geweest om zo'n vergaande beslissing te nemen. Je kon door de vele medicatie niet meer helder denken.'

'Wat wil je hiermee bereiken? Je kunt toch niks bewijzen?'

'Helaas niet, maar de bloeduitslagen van na die poging laten zien dat je veel meer medicijnen moet hebben ingenomen dan je man heeft gevonden op je slaapkamer. Die zou je in de loop van de dag kunnen hebben genomen, toegediend door Lotte. Doreth heeft daar met je over geprat, weet je dat nog?'

Dat herinnerde Bertie zich inderdaad. 'Lotte zal tegenover jou of een rechter nooit toegeven wat ze heeft gedaan,' hield ze hem voor.

'Waarschijnlijk niet, dat is het probleem.'

'Waarom zoek je dit allemaal uit?'

'Om er een fatsoenlijke bezoekregeling voor je kinderen door te kunnen drukken. Ik wil aantonen dat jij meer medicijnen kreeg toegediend dan wenselijk was. Wie weet wat ze je nog meer gaf buiten die slaappillen. Het valt helaas niet te bewijzen, maar hiermee kunnen we wel die vrouw onder druk zetten. De bloeduitslagen van het ziekenhuis spreken voor zich. Ook de verklaring van je man van wat hij vond. Dat zijn vaststaande bewijzen, waaraan niet getornd kan worden. Als zij de indruk krijgt dat we wel iets tegen haar hebben, kunnen we dat wellicht gebruiken om jouw man ervan te overtuigen dat de kinderen best enkele dagen per week bij jou kunnen zijn. PPD alleen is geen reden om de kinderen niet te krijgen. Als ze het daarop aan laten komen, vechten we het aan.'

'Lotte is niet gek. Ze weet best dat we haar niets kunnen maken.'

'Denk je dat jouw man er ook zo over zal denken als we hem vertellen wat zijn vriendinnetje heeft gedaan?'

Wilde Guido het echt zo hard spelen? Was zijn taak niet om er het beste voor beide partijen uit te halen, in een goede verstandhouding? Dit zou de verhoudingen bepaald geen goed doen.

'Het interesseert mij niet zo veel wat mijn bevindingen met zijn nieuwe relatie doen. Hij hoort te weten met wat voor vrouw hij te maken heeft,' vervolgde Guido. 'Het gaat mij om jouw belang en dat van jullie kinderen. Wat doet ze als de kinderen gaan puberen en groter en mondiger worden? Krijgen ze dan een pilletje van stiefmama om rustig te blijven?'

Bertie drukte haar hand tegen haar mond om het niet uit te gillen. Zoals Guido het uittekende... om bang van te worden. Hij had gelijk. Waarom had ze daar niet eerder aan gedacht? Lotte had bij haar niet geaarzeld om haar zin te krijgen. Hoever ging ze daarin? 'Je moet haar stoppen, Guido. Het kan me niet schelen hoever je moet gaan om dat voor elkaar te krijgen. Ze mag mijn kinderen niet krijgen.'

'Je man zal er niet blij van worden.'

'Dat interesseert me niet. Hij wil die scheiding, hij kiest voor Lotte. Ik heb niet de illusie dat ik hem terugkrijg, wel wil ik dat mijn kinderen veilig zijn en niet met een pillenmengster samenwonen.'

'Dat wilde ik horen, Bertie. Hoe gaat het verder met je?'

Vanaf het moment dat Guido had gebeld, vond Bertie niet meer de rust om bij haar ouders te blijven. Ze wilde naar huis, ook al was het nog lang niet de tijd dat ze de kinderen mocht bezoeken, ze wilde zeker weten dat het goed met hen ging.

'Waar wil je dan gaan wonen? Je hebt toch nog geen huis?' vroeg Hugo, toen ze die avond bij hem was en vertelde wat ze van plan was te gaan doen.

'Desnoods ga ik op een camping wonen, die zijn er genoeg in de buurt. Ik vind wel iets waar ik kan wonen en waar ik de kinderen bij me kan hebben.' Dat was het belangrijkste. Ze moest een woning hebben waar de kinderen konden slapen en zich veilig voelen.

'Heb je geld?' wilde hij weten.

Daarop moest ze ontkennend antwoorden. 'Ik heb recht op de helft van ons spaargeld, voorlopig kan ik daar nog niet bij.'

'Denk je dat er nog geld op staat als de scheiding eenmaal is uitgesproken? Ben je niet bang dat Ron het eraf zal halen en zal zeggen dat hij het al aan jou heeft gegeven, of iets verzint waardoor je het niet krijgt?'

Bertie schrok van wat haar broer haar voorspiegelde. Zag iedereen dan beren en leeuwen op de weg? Zij was toch degene met een depressie? 'Dat heeft toch geen zin? Op de rekening is immers te zien wanneer het geld eraf is gehaald. Ik heb geen pas of inlogcodes van die spaarrekening, die is gekoppeld aan Rons account. Ik vertrouw hem.'

'Ik hoop dat je vertrouwen wat dat geld betreft terecht is,' mompelde Hugo veelbetekenend.

Bertie sloeg beschaamd haar ogen neer. Zij had haar man in het recente verleden iets te veel blindelings vertrouwd.

'Ik kan je wel wat geld lenen. Lindsey en ik hebben een aardige spaarpot opgebouwd en kunnen wel iets missen.'

Bertie keek naar haar schoonzus.

Lindsey knikte. 'Neem het geld maar aan. Als je weer wat bent opgekrabbeld, kun je het ons terugbetalen.'

'Dat is lief van jullie, maar ik heb geen idee hoeveel ik nodig heb, niet eens of ik jullie ooit zal kunnen terugbetalen. Ik heb wel een baan, maar wil mijn baas me nog wel terug? Als ik me beter meld, ontslaat hij me misschien wel. Zo moeilijk is het vast niet om aan te tonen dat ik niet meer geschikt ben voor die functie of dat het hotel mij niet langer kan betalen.'

'Je baas kan je echt niet zomaar ontslaan. Ron moet jou uitkopen als hij in dat huis wil blijven wonen. Ook als het verkocht wordt, krijg je een zak met geld. Ron kennende staat de hypotheek bij jullie vast niet onder water.'

Daar kon Hugo weleens gelijk in hebben. Ron speelde meestal op zeker waar het de financiën betrof. Als het huis nu verkocht moest worden, bleef er vast nog wel iets over om te delen. Bertie had zich nooit zo in die materie verdiept, Ron regelde dat soort zaken altijd.

'Hé, neem het nu maar aan,' herhaalde haar schoonzus. 'Wij hebben het op dit moment niet nodig. Er komt vast een tijd dat je het terug kunt betalen. Ron zal je vast niet zonder geld of iets op straat zetten.'

Dat hoopte Bertie ook niet, maar voorlopig had hij haar nog niets willen geven. Niet eens een voorschot van het geld waarop ze recht had. Ook dat ging Guido rechtzetten, had hij beloofd.

HOOFDSTUK 22

Bertie sms'te naar Guido dat ze naar huis kwam en dat haar trein om negentien over zes in Roosendaal zou arriveren.

Hij zou er staan, antwoordde hij een paar minuten later al.

Ze had hem van tevoren niet gebeld, zodat hij haar niet kon tegenhouden en ompraten om langer bij haar ouders te blijven. Ze kwam naar huis om haar leven op orde te stellen.

Samen met haar schoonzus had ze gisteravond op internet nog naar een aantal huizen gekeken die te huur stonden. Een sociale huurwoning kon ze alvast vergeten. Bertie had veel te weinig punten om daarvoor op korte termijn in aanmerking te komen. Dus werd het zoeken tussen de woningen die particulier werden aangeboden. De tweekamerappartementen vielen af. Ze moest immers ruimte hebben voor de kinderen. Dat betekende meteen dat haar huur niet beneden de zevenhonderd zou komen. Net te hoog voor huursubsidie, had Hugo haar al voorgerekend.

Op een paar woningen had Bertie gereageerd. Ze hoopte bij thuiskomst, waar dat dan ook was, positief bericht van toch zeker enkele eigenaren te vinden in haar mailbox. Helaas had ze geen mobiel internet op haar telefoon, zodat ze onderweg in de trein niet kon kijken of ze antwoord had ontvangen.

Voortvarend als Lindsey was, had ze Bertie voor haar vertrek naar haar baas in het hotel laten bellen. Om hem te melden dat ze binnenkort weer aan het werk wilde en dat ze hem daarover wilde spreken. Binnenkort was een ruim begrip, had Lindsey haar voorgehouden, maar werk moest ze hebben. Dat kwam vast positiever over op een rechter of iemand van de Kinderbescherming dan wanneer ze nog in de ziektewet zat.

Bertie schaamde zich voor haar lakse en niet echt accurate denk-wijze. Voordat ze met zwangerschapsverlof was gegaan, was ze zo scherp en bij de les geweest, nu stelde ze niets meer voor en dacht ze niet eens aan dit soort belangrijke zaken. Werk, een woning, meu-bels, een baan. Niets van dat alles had ze nog voor elkaar kunnen krijgen.

Ze kon wel janken, maar Lindsey had haar verzekerd dat het niet ongewoon was bij het gebruik van deze medicatie, dat ze bepaalde zaken niet goed op een rijtje kon krijgen. Zij zag dit wel vaker bij cliënten van haar. Bovendien moest ze niet uitvlakken wat er in korte tijd met haar was gebeurd. De bevalling; een post-partumdepressie; een teveel aan medicijnen; de zelfmoordpoging – Bertie had haar broer en zijn vrouw op de hoogte gebracht, onder voorwaarde dat ze het niet tegen haar ouders vertelden – het bedrog van Ron; een scheiding en zelfs het vooruitzicht haar kinderen te kunnen verlie-zen.

Guido stond op het perron op haar te wachten. Hij nam de koffer van Bertie over nog voordat ze daadwerkelijk uit de trein was gestapt. 'Laat mij die maar dragen,' mompelde hij. Toen ze eenmaal op het perron stond, gedroeg hij zich schutterig en helemaal niet zoals de man die ze had leren kennen. Er kon niet eens een hand-druk of een omhelzing af.

'Fijn dat je tijd had om me op te komen halen,' begon Bertie. 'Hoe gaat het met je?'

'Goed,' antwoordde hij kort. 'Heb je een plaats om te slapen van-nacht?'

'Nog niet. Ik denk erover om naar het hotel te gaan waar ik werk. Daar is altijd wel een kamertje vrij voor uithuizige personeelsleden.'

'Onzin, dan logeer je maar bij mij,' bromde hij. Guido leidde haar naar zijn auto. Zonder iets te zeggen, volgde ze hem, al brandden er een hoop vragen op haar lippen. Waarom reageerde hij zo stug? Was er iets gebeurd waardoor hij van streek was? Of was dit een nasleep van die burn-out? Kon hij onverwachte dingen nog niet aan? Wat ontzettend dom van haar, daaraan had ze moeten denken. Anderzijds had hij zelf aangeboden haar af te halen bij het station. Guido was toch mans genoeg om het te zeggen als hij iets liever niet deed? Het moest iets anders zijn wat hem dwarszat, besloot Bertie.

'Je kunt bij mij logeren tot je iets anders hebt gevonden,' begon

Guido pas weer te praten toen ze voor zijn huis stopten.

Bertie stapte uit, maar volgde hem niet naar binnen. Ze bleef in de deuropening staan. 'Als het je te veel is, ga ik liever naar een hotel.'

'Dan had ik dat wel gezegd,' antwoordde hij zonder zich om te draaien.

'Guido, wat is er aan de hand? Waarom doe je zo nors tegen mij? Zo ken ik je helemaal niet.'

'Wen er maar aan. Ook dit ben ik.' Hij ging haar voor naar de trap en liet haar een kamer zien waarin een smal eenpersoonsbed stond. 'Hier kun je slapen tot je een huis hebt gevonden. De badkamer is recht tegenover jouw kamer. Daar liggen handdoeken en alles wat je nodig hebt. Beneden in de bijkeuken vind je een wasmachine en een droger.'

'Dank je wel, mag ik gebruikmaken van jouw internetverbinding? Ik heb op een paar huizen gereageerd. Misschien heb ik daarop al een antwoord ontvangen.'

'Je kunt mijn computer wel gebruiken. Die staat hiernaast in het kantoortje,' wees hij. 'Ik ga iets te eten maken voor ons.' Hij liet haar alleen, het aan Bertie overlatend zich te installeren op de logeerkamer en het kantoortje te vinden. Haar verbazing over de duidelijke verandering in Guido schoof ze voor even opzij. Bertie had het idee dat hij haar liever niet hier had, dus was het belangrijk iets anders te vinden waar ze wel welkom was.

Dan eerst maar naar het kantoortje om te kijken of ze mail had. Misschien kon ze vanavond al wel een woning bezichtigen. Dat zou wel heel erg snel zijn, maar alles was mogelijk.

De kamer naast de hare bevatte een bureau, een grote boekenkast die van boven tot onder gevuld was met bedrijfsmatige literatuur, verschillende ordners en op jaartal gesorteerde mappen. Een groot scherm stond op het bureau. Hoe moest ze dat ding aanzetten? Ze kende de computerkast van thuis, waarmee hun computer werd aangezet. Die ontbrak hier. Een muis zonder draad lag naast een ultradun toetsenbord. Bertie verschoof de muis in de hoop daarmee het scherm te activeren. Dat bleek goed gegokt.

Een icoontje voor internet had ze ook snel gevonden en ze opende haar webmail. Het lot bleek haar gunstig gestemd. Ze had zelfs van twee huiseigenaren een positief bericht ontvangen. Als ze kon, mocht ze vanavond nog komen kijken bij de ene, een tussenwoning met drie slaapkamers. Daar ging toch wel haar voorkeur naar uit. Het andere huis was een appartement met twee slaapkamers. Iets goedkoper, maar wel kleiner.

Voordat Bertie antwoord gaf op beide mails, ging ze op zoek naar Guido. Ze vond het prettiger om samen met iemand anders naar de huizen te gaan kijken. Twee zagen meer dan een.

Beneden opende ze op goed geluk een van de drie deuren die in de hal uitkwamen. De eerste had een slot, dat moest het toilet zijn, de tweede bleek naar de woonkamer te gaan en de derde kwam rechtstreeks in een ruime woonkeuken uit. Daar trof ze Guido aan bij het gasfornuis.

'Is het gelukt?' Hij klonk iets minder nors dan daarnet. Was zijn slechte bui gezakt?

Bertie ging ervan uit dat hij doelde op de huizenvraag. 'Ik heb antwoord gekregen. Bij één huis kan ik vanavond nog gaan kijken als ik wil, het andere kan ik morgen bezichtigen. Ik zou het prettig vinden als jij dan met me meegaat. Of heb je geen tijd, of geen zin? Eerlijk zeggen, hoor. Ik wil niet meer van jouw tijd in beslag nemen dan nodig is.'

'Ik ga wel mee. Spreek maar voor acht uur af, dat redden we wel. Waar is het ergens?'

Bertie noemde het adres, wat meteen een bedenkelijke blik van Guido opleverde. 'Wil je daar echt gaan wonen met twee kleine kinderen? Het is niet echt een gezellige wijk. Oude huizen ook. Hoe kan het dat jij er daar een van kunt huren? Ik dacht dat het allemaal sociale huurwoningen waren?'

'Kennelijk niet. Misschien konden de huurders hun woning kopen. Op de foto's ziet het er oud, maar wel netjes uit.'

'Met een foto kun je behoorlijk rommelen om mankementen te verdoezelen. We zullen het vanzelf zien, maar de buurt vind ik echt niks voor jou.'

Bertie baalde ervan dat hij zo sceptisch was. Ze moest toch een huis hebben? Dat het niet de meest gewilde wijk van de stad was, wist ze ook wel. Het kon best meevallen als ze er eenmaal woonde. Waar vond ze bovendien op korte termijn een betaalbaar huis in een nette buurt?

'Je had twee reacties, zei je, waar staat het andere huis?'

'Dat is een appartement met maar twee slaapkamers. Het is een stukje kleiner, wel iets goedkoper.' De straat waarin dat lag was wat verder van het centrum af, maar wel in een betere buurt dan het huis.

'Ik zou niet direct voor het huis gaan, maar morgen eerst naar het appartement gaan kijken,' vond Guido. 'Als je om vier uur iets af kunt spreken, kan ik met je mee.'

'Ik wil het huis en het appartement toch graag allebei bekijken. Vanavond het huis, morgen het appartement.'

'Wat jij wilt,' was Guido's reactie.

Bertie ging weer naar boven en gaf aan de eigenaar van het appartement door dat ze morgen rond vier uur wilde komen kijken. De andere eigenaar belde ze voor de zekerheid, zodat ze zeker wist dat het vanavond om acht uur bij hem uitkwam. Dat bleek geen probleem te zijn.

Guido had een eenvoudige maaltijd voor hen bereid. Verschillende geroerbakte groenten, met vis en witte rijst erbij, overgoten met een pittig sausje.

'Het smaakt goed,' moest Bertie bekennen.

'Dank je,' mompelde Guido.

Ze aten even zwijgend verder. Bertie probeerde een opening te vinden om het gesprek op zijn veranderde humeur te brengen. Het kon natuurlijk dat hij niet zo goedgemutst was, toch had ze het gevoel dat er iets anders aan de hand was. Zijn vrouw? Dat moest het haast wel zijn. Deed zij vervelend? 'Hoe gaat het op je werk?' begon Bertie.

'Goed.'

'Bevalt het om wat langer aan de slag te zijn?'

'Vanaf volgende week maak ik er drie dagen van.'

'Dat is snel. Loop je niet te hard van stapel?'

'Ik ben liever bezig dan dat ik hier doelloos wat aanmodder. Het gaat prima, daarbij weet ik nu dat ik mijn grenzen in de gaten moet houden om niet in dezelfde val te trappen.'

'Daar heb je gelijk in. Heb je nog iets van je vrouw gehoord?'

Nu keek Guido haar aan. Zijn ogen leken een tint donkerder te worden. Zat ze goed met haar vraag?

'Wat zou ik van haar moeten horen?'

'Geen idee, misschien wil ze scheiden. Ze heeft inmiddels toch een nieuwe relatie?' Dat had hij zich een poos geleden laten ontvallen. 'Heb je daar moeite mee?'

'Hallo! Wie ben jij? Ken ik jou wel? Is er een psychotherapeut in je gekropen? Heb je niet te vaak bij Doreth gezeten?'

'Je leert een hoop van haar over de menselijke psyche,' gaf Bertie toe. 'Wat is er aan de hand, Guido? Iedereen heeft weleens een slechte dag, dat kan, maar ik heb het idee dat er meer speelt bij jou.'

Met een zucht schoof hij zijn bord van zich af. 'Stop met vragen, je verpest mijn eetlust, dokter Freud. Als ik behoefte voel om met jou over mijn problemen te praten, meld ik me direct.' Hij stond op en wilde weglopen.

Bertie hield hem met haar stem verontwaardigd tegen. 'Je bent mediator. Het is jouw vak om vragen te stellen, mensen te doorgronden, maar als iemand het omdraait, ren je weg.'

'Best, als je het zo wilt zien, moet je het vooral niet laten.' En weg was hij.

Bertie bleef alleen achter in de woonkeuken. Ook haar eetlust was verdwenen. Omdat er nog zo veel over was, ging ze in de keukenkasten op zoek naar folie om over de borden te doen. Ze hield niet van verspilling.

Na de vaat opgeruimd te hebben, ging ze op zoek naar Guido. Hij bleek in het kantoortje te zitten. 'Het is kwart voor acht. Zullen we naar dat ene huis gaan kijken?'

Later die avond, nadat ze bij het huis waren geweest, warmde Bertie haar bord op in de magnetron. Ze had nu wel honger. Zittend aan de eettafel deed ze zich tegoed aan het opgewarmde eten, toen ook Guido de keuken binnenkwam.

'Honger?'

Ze knikte zwijgend.

'Is er nog meer?'

Met haar vork, omdat ze net haar mond vol had, wees ze naar de koelkast. Hij haalde er het andere bord uit en zette het in de magnetron.

'Je weet hier al aardig de weg te vinden.' Guido ging tegen het aanrecht staan terwijl hij wachtte tot de magnetron klaar was.

'Kwestie van zoeken en logisch nadenken. Ik kan ook steeds aan jou vragen waar alles staat, daar word jij alleen maar kregeliger van.' Zijn humeur was iets verbeterd nadat Bertie had toegegeven dat het huis niet helemaal was wat ze zocht. De buurt viel nog mee, maar het huis had er echt vreselijk uitgezien. Scheuren in de muren; verrotte kozijnen; een keuken en sanitair uit het jaar nul; niet eens centrale verwarming. Geen wonder dat de eigenaar het niet verkocht kreeg. Het was eerder rijp voor de sloop.

'Ik heb nog een paar leuke woningen gevonden voor een redelijke prijs,' zei Guido. 'Zal ik het je zo meteen laten zien?'

'Graag. Ben je nog iets verder gekomen met Lotte en Ron? Je zou hen toch aanspreken op die pillen die Lotte me gegeven heeft?'

'Ik heb het voorgelegd aan je advocaat. Mark denkt dat hij er wel iets mee kan om er een betere bezoekregeling uit te slepen. Het is beter om het via hem te spelen. Ik moet immers bemiddelen tussen jou en je man, dan kan hij me beter niet beschouwen als de vijand.'

'Dat lijkt mij ook. Gaat het nog lang duren? Maandag mag ik de kinderen weer zien.'

'Dat durf ik niet te zeggen. Dit soort dingen worden nu eenmaal niet haastig afgehandeld. Er moet zorgvuldig overal naar gekeken worden, er moeten afwegingen worden gemaakt, meerdere partijen gehoord. Jij hebt ondertussen de tijd om een huis te zoeken, je werk weer op te pakken en meer van dat soort dingen.'

Dat begreep Bertie wel. Ze aten een poosje zwijgend verder.

'Mijn moeder wilde me koppelen aan een buurman, een vrijgezel met een boerderij onder zijn kont en een flinke zak met geld.'

Het duurde even voordat Guido reageerde, uiterst kort. 'O.'

'Ze had zelfs het lef hem uit te nodigen. Hij bleek reuze mee te vallen, een heel aardige man met wie ik goed heb kunnen praten.'

'Fijn voor je,' klonk het stug.

Wat was dit? Een paar weken geleden zou hij iets geroepen hebben als: gaan met die kerel, pakken wat je pakken kunt.

'Ik ga naar bed. Het is een lange dag geweest,' verzuchtte Bertie. Ze had geen zin nog langer het sombere gezicht van Guido aan te moeten zien. Die huizen die hij voor haar had gevonden, zag ze morgen dan wel.

Op bed liet ze haar gedachten de vrije loop. Slechts een paar dagen geleden had ze nog gedacht dat ze andere gevoelens had voor Guido dan alleen vriendschappelijke. Deze ommezwaai van hem maakte het moeilijk daarin te blijven geloven. Hij was zo nors, stuurs en soms zelfs ontoegankelijk. Er moest iets gebeurd zijn in de tijd dat ze weg was geweest, tussen het moment van zijn laatste telefoontje en haar terugkomst. Het had vast iets met zijn vrouw te maken. Op het moment dat Bertie over haar begon, klapte hij dicht. Misschien hield hij meer van haar dan hij aan zichzelf had willen toegeven.

Met een zucht legde ze zich op haar andere zijde en staarde in het donker. Nog een paar dagen, dan zag ze haar kinderen eindelijk weer. Bertie keek ernaar uit om hen weer vast te kunnen houden, voor zover Romi dat toeliet. Ze was inmiddels een beetje aan het gevoel van het gemis, dat nu al bijna drie maanden duurde, gewend. Als alles goed ging, zou het over niet al te lange tijd voorbij zijn, dan had ze haar kindjes weer bij zich. Die advocaat moest het voor elkaar krijgen dat Romi en Beerend langere tijd bij haar mochten wonen, dat zij voor hen mocht zorgen.

Aan haar zou het niet liggen. Ze gunde haar lieve tweetal het beste. Een vrouw die hun moeder naar het leven stond met pillen, kon niet de beste oplossing zijn. Ron zou dat vast ook inzien als haar advocaat met die van hem had gepraat over de ontdekking die Guido had gedaan.

Guido. Kwam ze toch weer bij hem uit. Wat moest ze met die man? Op dit moment had ze zijn hulp nodig. Ze kon het niet alleen met die scheiding. Hij had de kennis in huis om haar daarbij te helpen.

Totdat ze goed en wel op zichzelf woonde en haar kinderen weer bij haar waren, moest ze vergeten dat hij een man was die ze graag beter leerde kennen. Dat zou alleen maar een hoop onvoorziene problemen geven. Voorlopig moest ze zich concentreren op het weer op de rails krijgen van haar leven. Dat en de kinderen waren het belangrijkste, de rest was bijzaak.

Aan de andere kant van de muur hoorde Bertie zachte geluiden. Dat moest in het kantoortje zijn. Guido was daar vast nog bezig. Dom van haar dat ze niets had afgesproken met hem, dat ze hem niet meer naar die huizen had gevraagd. Misschien moest hij morgen wel gaan werken. Hij had immers gezegd dat hij pas om vier uur mee kon naar de bezichtiging van dat appartement.

De geluiden in de andere kamer werkten geruststellend. Er was iemand in huis die het beste met haar voorhad. Met die gedachte sloot ze haar ogen.

HOOFDSTUK 23

Even wist Bertie niet waar ze was toen ze wakker werd. Het was niet haar eigen huis, ook niet de kamer in het centrum. Niet de slaapkamer in haar ouderlijk huis. Er was hier helemaal niets wat ze herkende, behalve haar kleren op de stoel.

Er drongen geluiden van stromend water tot haar door. Iemand opende een kast met een piepend scharnier. Langzaam richtte ze zich op. Guido, het huis van Guido. Natuurlijk, daar was ze gisteren aan het einde van de middag heen gegaan.

Dat ze dringend naar het toilet moest, drong eveneens tot haar door. Beneden in de hal was een toilet, die in de badkamer kon ze niet gebruiken als Guido daar bezig was. Bertie sloeg het dekbed terug. Moest ze in het wijde maar iets te korte shirt naar beneden gaan? Wat als Guido haar zo zag? Erg charmant zag het er niet uit. Bovendien veel te bloot voor een gast.

In haar haast om naar het toilet te kunnen, trok ze snel de lange broek aan die op de stoel lag. Dan maar even zo.

Nadat ze naar het toilet was geweest, ging ze op haar tenen lopend zo zacht mogelijk terug naar boven. Bertie wilde Guido er liever niet op attenderen dat ze al wakker was. Het was vast beter dat ze elkaar vanochtend helemaal niet zagen. Bovendien zag ze er niet op haar voordeligst uit met haar haren door de war en waarschijnlijk nog wat uitgelopen mascara onder haar ogen.

Waar maakte ze zich druk over? Die keer dat hij haar onder de koude douche had gezet, nog niet zo lang geleden, had ze er toch veel erger uitgezien?

'Goedemorgen,' klonk het op het moment dat haar hand op de deurklink lag. 'Heb je een beetje kunnen slapen?'

Een rode kleur schoot naar haar wangen, omdat hij haar nu toch betrapt had. 'Ja hoor, prima.' Bertie draaide zich naar hem om en glimlachte. 'Jij ook?'

'Uitstekend. Ik heb gisteravond nog wat huizen voor je op papier gezet. Probeer daar vandaag eens naar te kijken. Er zitten wel aardige woningen bij.'

'Dank je, dat zal ik doen. Moet je gaan werken?'

'Ja, maar ik ben op mijn mobiel te bereiken als het nodig is.'

'Oké, dan zien we elkaar vanmiddag bij het appartement? Ik kan daar wel met de bus naartoe of zelfs te voet. Zo ver is het niet hiervandaan.'

'Best, tot vanmiddag dan.' Guido haastte zich de trap af alsof hij al veel te laat was.

Bertie deed het rustig aan met wassen en aankleden. Ze ging pas naar beneden toen ze er zeker van was dat Guido niet meer in huis was. Hij was geen sloddervos, ontdekte ze in de keuken. Net als de rest van het huis was deze keurig opgeruimd. Het bordje met het gebruikte mes en een leeg kopje erbovenop stond op het aanrecht.

Opnieuw zocht Bertie in de kasten naar de dingen die ze nodig had. Brood, kaas, boter, een theezakje. Niet veel later zat ze aan het ontbijt met de krant voor zich.

Lang duurde die rust niet. Haar mobiele telefoon liet van zich horen. De naam van Ron verscheen in beeld. Ze liet hem een paar keer overgaan voordat ze hem opnam. 'Met Be...'

'Ben jij helemaal gek geworden met je idiote beschuldigingen?' begon Ron direct te blazen. 'Wat denk je daarmee te bereiken? Als je denkt dat je hiermee de kinderen terugkrijgt, zit je er goed naast! Mijn advocaat zal je laten weten wat onze tegenzet is. Hier kom je niet zomaar mee weg.'

Dat Bertie geschrokken was door de woedende toon van zijn stem probeerde ze niet te laten merken. Kalm blijven, niet gaan schelden of boos worden. Redelijk blijven, daarmee bereikte je meer dan met boze woorden, hield ze zich voor. 'Dag Ron, waar gaat het precies over?'

'Doe maar niet of je dat niet weet. Ik weet niet wat voor spelletje jij denkt te spelen, maar ik doe daar niet aan mee. Eerst mooi weer spelen met die mediator en dan krijg ik zoiets op mijn bord. Je bent gek, weet je dat, hartstikke gek! Lotte heeft gelijk, je had beter nog wat meer pillen in kunnen nemen.'

Bertie hapte naar adem en sloeg haar hand voor haar mond. Ze knipperde met haar ogen en was blij dat Ron niet in levenden lijve voor haar stond.

'De kinderen komen maandag niet, dan weet je dat nu alvast, dus je kunt je de moeite besparen om te gaan.'

'Dat kun je niet maken,' wist ze met moeite uit te brengen.

'Toch wel. Als jij met dergelijke onzin gaat schermen, laat ik echt niet toe dat mijn kinderen bij een vrouw zijn die zulke idiote dingen verzint. De Raad van de Kinderbescherming zal het vast met me eens zijn.'

'Dat mag je niet doen.'

'Reken maar dat ik het doe!'

Het volgende moment klonk de bezettoon in haar oor. Hij had opgehangen, zonder haar zelfs maar uit te laten leggen wat er aan de hand was. Zonder naar haar te luisteren.

Bevend bleef Bertie aan tafel zitten met de telefoon voor haar op tafel. Tranen vielen op het tafelblad en maakten donkere vlekken op het hout. Hij had echt gezegd dat ze meer pillen had moeten innemen! Haar man, de man met wie ze lief en leed had gedeeld, van wie ze twee kinderen had. Nog niet zo lang geleden hadden ze zelfs het bed nog gedeeld, gevreeën, en hadden ze over de toekomst gepraat. Van hem had ze gehouden, en nu, nu wenste hij haar dood! Snikkend liet Bertie haar hoofd op haar armen zakken. Was ze inderdaad maar dood, dan hoefde ze deze ellende niet mee te maken. Niet toe te zien hoe een ander er met haar man vandoor ging, haar kindjes verzorgde en deed alsof ze van haar waren. Ze werd bedreigd en naar het leven gestaan door haar vroegere vriendin, bedrogen door haar man en nu door hem voor gek verklaard.

Het duurde lang voordat ze weer wat rustiger werd en weer helder na kon denken. Dit waren de momenten waarvoor Doreth haar had gewaarschuwd. Dankzij de medicatie die ze nog altijd slikte, kon ze het aan. Doreth had eerder al gezegd dat er maar weinig scheidingen waren die in pais en vree verliepen, waar geen onvertogen woord viel.

Kon ze het aan, deze strijd die nu pas begon? Kon ze niet beter Ron in alles zijn zin geven om er maar vanaf te zijn? Haar kinderen niet meer zien, behalve als hij het toestond. Op den duur zou dat toch vanzelf vaker worden als hij inzag dat ze het best aankon? Maar nu… nu kon ze het vast en zeker vergeten. Ron zou dit niet zomaar opzijschuiven. Hij ging zijn dreigement beslist uitvoeren. Maandag mocht ze de kinderen niet zien als het aan hem lag. Kon hij daarover beslissen? Kon hij het bezoek zomaar afzeggen? De kinderen waren bij hem, hij kon eenvoudig besluiten ze niet te brengen, redeneerde ze verder.

Mark, haar advocaat, had de bevindingen van Guido over de pillen keurig aan zijn collega doorgegeven. En deze had op zijn beurt zijn cliënt ingelicht over wat zijn vrouw beweerde. Dat was veel sneller dan de berichten normaal gesproken heen en weer gingen. Had Guido dat ook ingecalculeerd? Hoe moest ze reageren? Wie moest ze hierover vertellen? Naar Ron bellen en hem bezweren dat er niets van gelogen was, of zou dat olie op het vuur zijn? Mark waarschuwen hoe Ron had gereageerd, of kon ze beter naar Guido bellen?

Guido, hij was een van de weinige mensen die precies wisten hoe het zat. Hem zou ze bellen, hij kon haar vast helpen. Ze móést maandag de kinderen zien. Het was twee weken geleden dat ze hen voor het laatst had gezien, nog langer zonder haar kindjes kon ze echt niet verdragen.

Guido reageerde snel en adequaat. Hij was binnen een halfuur weer thuis en nam haar in zijn armen omdat ze opnieuw begon te huilen bij zijn binnenkomst.

'Hij was zo gemeen. Hij kan de kinderen toch niet bij me weghouden? Kan hij dat?' snikte ze.

Hij streelde haar rug en haar haren, hield haar stevig vast en liet haar huilen tot ze weer wat gekalmeerd was. 'We gaan ervoor zorgen dat hij dat niet kan,' beloofde Guido. Hij legde een vinger onder haar kin en tilde haar hoofd op zodat ze hem aan moest kijken. 'Hij is boos omdat hij niet weet wat hij moet geloven. Een advocaat strooit niet met berichten die kant noch wal raken. Ron weet dat er ergens een kern van waarheid in zit. Neem maar van mij aan dat hij in zijn piepzak zit. Heeft Lotte het echt gedaan of verzin jij zomaar iets? Advocaten zoeken dergelijke feiten uit. Ze kunnen niet riskeren dat ze met een verzonnen verhaal waar niets van klopt voor de rechter komen te staan.'

Bertie keek naar Guido. Ze stonden nog altijd dicht bij elkaar.

Hun blikken haakten in elkaar. Hij zweeg, zijn gezicht ernstig. Langzaam ging zijn hoofd iets naar beneden, dat van haar naar boven. Haar lippen gingen iets uiteen.

De telefoon verbrak het magische moment. Guido liet haar los, deed een paar stappen bij haar vandaan en haalde het toestel uit zijn broekzak terwijl hij zich omdraaide.

Bertie greep zich vast aan een stoel om niet te vallen. Waar was ze mee bezig? Als die telefoon niet was gegaan, hadden ze elkaar dan gekust? Dit kon niet, dit kon echt niet. Deze ontwikkeling kon ze er niet bij hebben. Niet op dit moment.

'Hij heeft haar net gebeld.' Guido draaide zich naar Bertie toe. Zijn mond vormde de naam van haar advocaat. 'Ja, dat begrijp ik.'

…

'Oké, dat zal ik haar zeggen. Doen we. Bedankt voor je belletje, Mark.' Guido stopte de telefoon weer in zijn broekzak. Hij schraapte zijn keel. 'De advocaat van je man heeft net naar Mark gebeld. Ze willen de bezoekregeling stopzetten. Je man is bang dat jij de kinderen iets aan zult doen.'

'Wat een onzin!' schoot Bertie uit. 'Er is toch iemand bij van de Kinderbescherming? Wat denkt hij dat ik van plan ben?'

'Geen idee, maar dit pikken we natuurlijk niet. Maandag gaat gewoon door wat ons betreft. Mark zorgt daarvoor. Desnoods haalt hij een bevel bij de rechter.'

'Kan dat zo snel? Dat gaat toch helemaal niet? Het is vrijdag vandaag. Een rechter doet zoiets vast niet in het weekend.'

'Hij gaat zijn best voor je doen.' Guido stopte zijn handen in zijn broekzakken en stond er nu wat schutterig bij. 'Dat van daarnet…'

'Ssst, niets zeggen. Er is niets gebeurd en er zal niets gebeuren. Vanavond slaap ik in het hotel.'

Hij knikte zonder haar aan te kijken. 'Dat is goed. Misschien is het beter dat ik deze zaak aan een collega geef. Ik ben er te nauw bij betrokken.'

'Ik denk dat dat inderdaad beter is.'

'Goed, denk je dat je het aankunt om alleen te blijven?'

'Vast wel. Ga maar terug naar je werk.'

'Goed, dat doe ik dan maar. Dan zien we elkaar vanmiddag bij het appartement.'

'Dat in ieder geval.' Bertie nam zich voor zo meteen eerst naar haar baas te bellen. Niet alleen voor een kamer, maar ook om over het werk te praten. Ze moest aan de slag, gaan werken. Voorlopig zag het er niet naar uit dat ze de kinderen op korte termijn al bij zich had. Dan kon ze beter zorgen dat ze de rest op orde kreeg. Als ze weer kon gaan werken, had ze geen tijd om te piekeren of zich rare dingen in het hoofd te halen. Hier moest ze in ieder geval weg. Afstand nemen.

HOOFDSTUK 24

Steef Jacobs, haar baas, reageerde verrassend positief. 'Wat mij betreft kun je zo weer aan de slag, maar laten we rustig aan beginnen en niet te hard van stapel lopen. Ik ben allang blij dat je weer zover bent dat je wilt gaan werken. Willemijn heeft ook een postpartumdepressie gehad na de geboorte van onze oudste. Heb ik dat nooit verteld? Ik weet nog goed wat dat met haar deed. Het komt vaker voor dan je denkt. Je hoeft je in ieder geval nergens over te schamen.'

Bertie had hem niet verteld over haar zelfmoordpoging. Hij hoefde toch niet van de hele geschiedenis op de hoogte te zijn? Bovendien leek het erop dat die poging eerder een product was van een teveel aan medicijnen dan van haar eigen wens om niet meer verder te willen leven. Nu kon ze zich absoluut niet meer voorstellen dat ze uit het leven had willen stappen. Had niet iedereen weleens het gevoel dat hij of zij beter dood kon zijn? De meesten hielden het echter bij overpeinzen en brachten het niet tot uitvoering. Dat die gedachte pas nog door haar hoofd had gespeeld, wilde niet zeggen dat ze ook echt dood wilde.

'Dank je wel, Steef. Dan is er nog die kwestie van een woning.' Bertie had haar baas eveneens verteld van de op handen zijnde scheiding en haar woningnood.

'Maak je daarover maar geen zorgen. Ik heb op Zonneland een stacaravan staan die je zolang mag gebruiken. Je kunt er morgen in als je wilt, gratis. Alles zit erop en eraan. Dat ding verhuur ik wel vaker voor langere tijd. Er zijn twee slaapkamertjes, dus je kunt er zelfs de kinderen mee naartoe nemen.'

'Echt? Dat is fantastisch.' Het leek haar niet zo'n goed idee om de kinderen mee te nemen, maar als het nodig was bestond die moge-lijkheid. Hoe ze op die camping moest komen, was het volgende probleem. Ze had alleen een fiets die nog in de garage van hun huis stond. Het was toch een behoorlijk eindje fietsen vanaf die camping naar het hotel, dat midden in de stad stond. Die weg zou ze ook in het donker moeten afleggen als ze klaar was met haar werk.

'Heb je vervoer? Lucjan woont op dezelfde camping. Je kunt vast wel met hem meerijden,' was Steef haar ook daarin behulpzaam.

Dat was een naam die ze niet eerder had gehoord, terwijl ze door-gaans toch al het personeel kende. 'Werkt hij nog niet zo lang hier?'

'Hij is de nieuwe kelner die sinds een paar maanden bij ons werkt. Dat heb jij niet meer meegemaakt. Aardige man en een harde wer-ker. Je kunt hem vertrouwen.'

Daar moest ze dan maar van uitgaan. 'Ik doe mijn best om deze situatie zo snel mogelijk op te lossen,' beloofde Bertie hem.

'Daar vertrouw ik op. Van mijn assistent-manager verwacht ik niet anders dan dat je dit adequaat en snel oplost.'

Ook dat was Steef.

'Voorlopig begin je met vier uur per dag te werken, twee dagen per week. Woensdag en donderdag?'

Daarin kon Bertie zich wel vinden.

'Mooi. Ik laat de caravan schoonmaken, dan heb je morgen een plekje voor jezelf. Voor vannacht mag je een hotelkamer uitzoeken, op de bruidssuite na.' Steef lachte om zijn eigen grapje.

Niet veel later stond Bertie weer buiten met een voldaan gevoel. Het eerste deel was geregeld. Nu was het zoeken naar een geschik-te woning. Op die camping wilde ze niet te lang blijven wonen. Het huizenlijstje dat Guido voor haar had gemaakt, moest ze maar snel afwerken.

Eerst ging ze terug naar Guido's huis om haar spullen weer bij elkaar te zoeken. Ook de rest van haar kleding stond in koffers en plastic zakken bij Guido op de zolder. Ze had niet geweten waar ze anders heen moest met alle spullen die Ron naar het centrum had gestuurd. In een van de koffers zat haar werkkleding.

Van het lijstje met geschikte woningen bleven er vijf over die ze wilde bezichtigen. Nu de situatie tussen Guido en haar was veran-derd, besloot Bertie dat ze die beter alleen kon gaan bekijken. Bij twee ervan kon ze diezelfde dag nog langskomen, ruim voor de tijd dat ze met Guido had afgesproken.

Bertie gunde zich geen rust en nog minder tijd om na te denken. Het was goed, zo druk bezig te zijn, daarmee hield ze de negatieve gedachten op afstand. Mark had beloofd dat hij ervoor zou zorgen dat ze maandag de kinderen zou zien, daar moest ze in blijven geloven. Aan een andere mogelijkheid wilde ze niet eens denken.

Het eerste appartement dat ze ging bekijken was net buiten het centrum van de stad. De huurprijs viel binnen haar marge. Misschien kon ze er zelfs huurtoeslag voor krijgen. Dat zou helemaal ideaal zijn. Dat het maar twee slaapkamers had, vond ze iets minder erg nadat ze het vanbinnen had bekeken. Een mooie moderne keuken, dito badkamer. Beerend kon zolang hij nog in een ledikant lag bij haar op de slaapkamer slapen en als hij wat groter werd konden broer en zus bij elkaar slapen. Hoe dat later ging als de kinderen nog ouder waren, zag ze dan wel weer, als ze haar kindjes maar weer bij zich had.

Opgetogen over het mooie appartement ging Bertie op weg naar de volgende afspraak. Omdat de andere woning een eind van het centrum af lag, wilde ze de bus nemen. Voordat ze bij het busstation was, zag ze een bekende vrouw lopen met een dubbele kinderwagen. Lotte!

Bertie bleef abrupt staan. Omkeren of wegduiken? Lotte kwam haar richting uit, lang kon het niet meer duren voordat ze haar zou zien en herkennen.

Ze aarzelde te lang. Lotte richtte haar blik op Bertie en kwam recht op haar af met de kinderwagen.

'Dat jij je gezicht nog hier in de stad durft te vertonen,' begon Lotte op zachte maar onmiskenbaar woedende toon.

'Waarom zou ik dat niet doen?'

'Vanwege de leugens die je over mij verspreidt.'

'Ik verspreid helemaal geen leugens. Alleen de advocaten zijn op de hoogte, verder niemand.' Bertie wierp een blik in de kinderwagen. Beerend lag in het achterste deel te slapen. Was hij nu alweer gegroeid? Zijn haar leek langer en iets donkerder dan de laatste keer dat ze hem had gezien. Dat lekkere bolle toetje zag er gezond uit. Haar baby.

Romi keek naar haar op. Ze leek Bertie dit keer te herkennen en stak haar beer uit naar haar moeder. 'Isse beer, boodsapjes doen.'

Sprak ze nu de r uit? Bertie schoot even vol. Haar dochtertje kon de r uitspreken, iets wat ze niet van haar moeder had geleerd.

'Kijk maar goed, meer zul je van hen niet te zien krijgen. Dit is de laatste keer. Ron gaat ervoor zorgen dat jij uit de ouderlijke macht wordt ontzet. Je krijgt je kinderen nooit meer terug. Ik ben voortaan de enige moeder die ze zullen kennen.' Lotte grijnsde gemeen naar Bertie.

Bertie schraapte haar keel een paar keer voordat ze haar stem voldoende vertrouwde. 'Dat denk ik niet, Lotte. We hebben bewijzen van wat jij hebt gedaan.'

'Ha, bewijzen? Wat kun jij bewijzen? Dat ik je pillen gaf? Die kun je net zo goed zelf hebben ingenomen. Ik heb je nooit gedwongen iets in te nemen en er waren geen getuigen.' Lotte keek haar triomfantelijk aan. 'Ik heb misschien iets geroepen in mijn woede, maar zelfs dat kun je niet bewijzen. Je hebt niets, helemaal niets!' Ze stak haar kin in de lucht en liep verder, zonder Bertie nog een blik waardig te gunnen.

Bertie bleef staan en keek verlangend naar de kinderen die zich steeds verder van haar verwijderden.

'Gaat het wel goed met u, mevrouw?' Een oudere vrouw bleef met een bezorgde blik bij haar staan.

Bertie knipperde haar tranen weg, produceerde een vage glimlach en knikte. 'Ja hoor, dank u.' Met stramme benen liep ze verder naar de bushalte. Daar bleef ze staan, niet goed wetend wat ze nu moest doen. Wat maakte het uit of ze nog naar een andere flat ging kijken? Kreeg ze daarmee haar kinderen terug? Had Lotte gelijk en konden ze haar niets maken?

Ze liep voorbij de bushalte, naar huis, naar Guido's huis. Wat had het voor zin iets anders te zoeken? Als ze haar kinderen nooit meer zag, was haar leven zo goed als voorbij.

Guido vond Bertie later die middag op de bank in de woonkamer. 'Waar was je nou? Ik heb een hele tijd op jou staan wachten bij dat appartement. Je nam je telefoon niet eens op. Uiteindelijk ben ik alleen met die eigenaar naar binnen gegaan.' Hij klonk niet boos, eerder teleurgesteld.

'Ik kan het niet.' Bertie keek hem aan met betraande ogen. Ze zag er afschuwelijk uit, had ze eerder gezien in de spiegel op het toilet. Haar ogen waren rood en dik van het huilen, haar gezicht opgezwollen en vlekkerig. Het kon haar niets schelen hoe ze eruitzag. Voor wie moest ze aantrekkelijk zijn?

'Wat kun je niet? Ik dacht dat je zo snel mogelijk een andere woning wilde hebben.' Guido ging naast haar op de bank zitten, al bleef hij wel op afstand en raakte haar niet aan.

'Ik kwam Lotte tegen in de stad. Ze was zo gemeen. Zei dat we niets konden bewijzen, dat ik uit de ouderlijke macht ontzet word en dat ik mijn kinderen nooit meer zal mogen zien.'

'Waarom luister je nog steeds naar dat domme mens? Zij heeft daar helemaal niets over te vertellen. We hebben verklaringen van doktoren dat jij meer medicijnen kreeg dan goed voor je was. Je hebt ze echt niet zelf ingenomen.'

'Wie gelooft mij dat ik dat niet heb gedaan? Daarvan is toch net zomin bewijs? Net zo goed als dat we niet kunnen bewijzen dat Lotte ze aan mij gaf.'

Guido zweeg. Had hij aan die mogelijkheid nog niet gedacht?

'Lotte heeft toegegeven dat ze jou die pillen gaf, tot twee keer toe nog wel. Ook al kunnen we dat niet bewijzen, ze heeft het wel gezegd,' ging hij even later verder.

'Dat kan ik toch verzonnen hebben?'

'Wat is dat met jou?' stoof hij op. 'Wil je nu echt niet geholpen worden? Wil je niet geloven dat je echt een kans maakt om te winnen?'

'Heb ik die nog steeds? Ik zie het steeds somberder in.'

'Blijf erin geloven. Je moet, voor je kindjes,' hield Guido haar voor.

'Ik wou dat ik dat kon.' Haar tranen waren op, maar dat zware gevoel diep vanbinnen was er nog steeds. Dat kregen zelfs de medicijnen niet weg. Bertie stond op en ging naar de keuken om thee te maken. Straks zou ze naar het hotel gaan. Hopelijk vond Guido het niet erg dat haar spulletjes nog even bij hem bleven staan. In die caravan had ze vast niet zoveel ruimte, pas als ze een eigen appartement had, kon ze alles meenemen.

'Ik ben nog bij het hotel geweest. Volgende week mag ik beginnen met werken,' meldde Bertie toen ze binnenkwam met twee kommen thee.

'Dat is goed nieuws.'

'Daarstraks ben ik ook nog bij een ander appartement wezen kijken. Een van het lijstje dat jij had gemaakt. Het appartement aan de Burgemeester Prinsensingel ziet er mooi uit en heeft twee slaapkamers. Ik denk dat ik het maar neem. Ik kan het betalen en waarschijnlijk krijg ik ook nog huurtoeslag.'

'Oké, nog meer goed nieuws. Wanneer zou je erin kunnen?'

'Per 1 april, als ik het neem. Tot die tijd kan ik in een stacaravan van mijn baas logeren, op camping Zonneland.'

'Op die camping? Dat ga je toch zeker niet doen?' riep Guido uit.

Bertie keek hem niet aan. 'Dat doe ik wel. Ik kan hier niet langer blijven, dat weet jij ook.'

'Maar op een camping… Zonneland nog wel. Weet je wel wat je doet? Dat is toch geen plek voor een vrouw alleen. Bij mij ben je veilig, ik zal je heus niet lastigvallen als je daar bang voor bent.'

Bertie schudde haar hoofd. 'Ik hoef er niet lang te blijven, iets meer dan drie weken. Dat overleef ik wel, zo erg is het vast niet.'

Guido knikte somber. 'Je hebt het allemaal al geregeld, hoor ik wel. Heb je dat appartement al aangenomen? Wil je nog naar iets anders gaan kijken?'

'Nee, ik laat het hierbij en bel straks naar de eigenaar dat ik het wil nemen. Dank je wel dat je ze voor me hebt opgezocht.' Ze ging in een stoel zitten, tegenover Guido, en nam kleine slokjes van de nog hete thee.

'Mark heeft een rechter ervan weten te overtuigen dat het bezoek van maandag door moet gaan. Hij zorgt ervoor dat Ron de kinderen moet brengen,' begon Guido na enige tijd weer te praten.

'En dat zeg je nu pas? Weet je het zeker? Wat als Ron niet komt opdagen? Kunnen we hem dan dwingen?'

'Vast wel, maar dat doen we liever niet. Zijn advocaat moet hem aanraden de kinderen te brengen zoals is afgesproken.'

'Maar als hij niet komt, staan we nog nergens,' begreep Bertie. Hij bracht ze niet, dat wist ze nu al. Ron moest bovendien werken, Lotte had de kinderen vorige keer gebracht. Dat kon ze nu wel vergeten, helemaal na wat er vanmiddag was gebeurd.

Guido kon haar niet dwingen in zijn huis te blijven, wel vroeg hij haar om vanavond in ieder geval nog te blijven eten. Terwijl hij het eten klaarmaakte, zocht Bertie haar spullen verder bij elkaar. Ze haalde het bed af en stopte het beddengoed in de wasmachine.

'Dat hoef je niet te doen,' riep Guido vanuit de keuken. 'Dat kan ik zelf ook wel.'

'Het is een kleine moeite.'

'Je telefoon gaat,' riep hij naar haar.

Bertie zette de wasmachine aan en ging terug naar de keuken. Haar toestel lag nog op de tafel. Het was Lotte die belde, zag ze direct. Met een bezorgde blik keek ze naar Guido voordat ze opnam. 'Met Bertie.'

'Je kunt dan wel een rechter op je hand hebben, denk maar niet dat ik de kinderen kom brengen,' krijste Lotte in haar oor. 'Je kunt me niks maken, helemaal niks!'

Guido kwam naast haar staan en keek haar verbluft aan. Lotte gilde zo hard dat hij alles kon verstaan, ook omdat Bertie het toestel een eindje bij haar oor vandaan hield. De scheldkanonnade ging nog even door tot Bertie op de rode knop drukte en het gesprek verbroken werd.

'Dat mens is echt gek,' mompelde Guido.

'Maar zij is wel degene die voor mijn kinderen zorgt. Kun je je voorstellen dat ik me daarover zorgen maak?'

'Dat kan ik zeker. Dit kan echt niet. Hier ga ik werk van maken.' Hij spoelde zijn handen onder de kraan af en pakte zijn eigen telefoon. Bertie hoorde hem met Mark praten en hem vertellen wat hij zojuist had moeten aanhoren van Lotte Beijaards.

Ze luisterde niet echt naar het gesprek, was te zeer met haar kinderen bezig die bij dat gestoorde mens waren. Wat kon ze doen om hen daar weg te krijgen? Moest ze Ron zelf nog een keer bellen en hem waarschuwen voor Lotte?

Opnieuw ging haar telefoon. Ron, zag ze in het schermpje. Vragend keek ze naar Guido. 'Moet ik hem oppakken?'

'Doe maar, je moet in gesprek blijven met hem, hoe gek zijn vriendin ook is. Ik wil wel meeluisteren.'

'Met Bertie,' zei ze andermaal en ze zette het gesprek meteen op de luidspreker zodat Guido, en ook Mark, die hij nog aan de lijn had, mee konden luisteren.

'Het spijt me, Ber,' begon Ron. 'Het spijt me zo ontzettend wat er allemaal is gebeurd.' Zijn stem klonk smekend en huilerig.

Wat was er aan de hand in haar huis? Wat had Lotte gedaan? Haar kinderen waren het eerste waaraan ze dacht. Angst greep haar bij de keel. 'Is er iets met Romi en Beerend? Wat heeft ze met hen gedaan?'

'Er is niets met de kinderen. Het is Lotte. Ik weet nu wat ze heeft gedaan. Ik weet het van de pillen die ze jou gaf en van die kerel die haar gezicht heeft bewerkt. Kom alsjeblieft bij me terug, ik kan het niet alleen. Ik heb je nodig, wij hebben elkaar nodig, dat zie ik nu in. Dat van Lotte was een bevlieging, jij bent de enige van wie ik houd.'

'Welke kerel heeft haar gezicht bewerkt?' wilde Bertie weten. De smeekbede of ze bij hem terug wilde komen, liet ze langs zich heen gaan, net als zijn liefdesverklaring. Geen haar op haar hoofd die eraan dacht zich meteen weer in zijn armen te storten, daarvoor was er te veel gebeurd.

'Die keer dat jij haar hebt geslagen. Ze heeft iemand gevraagd of hij haar wilde slaan, zodat het net leek alsof jij volledig door het lint bent gegaan.'

Guido maakte een gebaar dat ze door moest vragen.

'Gaf ze toe dat het zo is gegaan?' vroeg Bertie.

'Niet meteen, er kwam een vent aan de deur voor Lotte. Ze had hem geld beloofd als hij haar wilde slaan. Kennelijk kwam ze haar afspraak niet na. Hij is haar tot aan ons huis gevolgd. Te gek voor woorden, maar hij beweerde dat het zo is gegaan. Je moet bij me terugkomen, Bertie, de kinderen en ik hebben je nodig. Je mag me nu niet in de steek laten.' Zijn stem brak in een snik.

Bertie bedekte het toestel met haar hand. 'Wat moet ik doen?' vroeg ze op zachte toon.

'Ga naar hem toe,' mompelde Guido. 'Praat met hem en probeer helder te krijgen wat er is gebeurd. Ik ga wel met je mee.'

'Neemt iemand dit gesprek op zodat we bewijsmateriaal hebben?' bedacht Bertie opeens.

'We hebben nu getuigen genoeg, mocht hij het straks allemaal ontkennen. Mark luistert mee.'

'Bertie, ben je daar nog?' klonk Rons stem weer. 'Kom je naar huis? Ik kan niet zonder jou.'

'Ik ben er nog. Ik kom naar huis, maar dan wel om te praten. Is Lotte er nog?'

'Nee, zij is weggegaan met haar auto. Ik heb geen idee waar ze naartoe gaat.'

'De kinderen zijn thuis? Heeft ze hen niets gedaan?' Die zekerheid moest ze hebben.

'Romi zit in de woonkamer te spelen en Beerend ligt in de box. Kom naar huis, alsjeblieft.'

'Ik kom eraan. Tot zo.' Ze verbrak de verbinding en liet zich duizelig op een stoel zakken. Haar handen begonnen te trillen en alles om haar heen leek te draaien.

'Mark? Heb je genoeg gehoord?' hoorde ze Guido zeggen. 'Ik ga met haar mee, regel jij de rest?'

'Gaat het?' Guido boog zich bezorgd naar haar toe.

'Duizelig,' mompelde Bertie, 'alles draait. Misselijk.'

'Houd je hoofd tussen je knieën, dan zakt het wel.' Hij duwde haar hoofd zachtjes naar beneden. 'Blijf even zo zitten. Rustig door blijven ademen.'

HOOFDSTUK 25

Ron was er slecht aan toe, zag Bertie meteen bij het openen van de voordeur. Hij huilde, zijn gezicht was vlekkerig en opgezet en hij zag er vreselijk uit. Zoals hij nu was, kende ze hem helemaal niet. Waar was die sterke, zekere man met wie ze was getrouwd?

Had ze hem eigenlijk wel echt gekend? vroeg ze zich nu af. Het lag toch niet allemaal aan Lotte? Het was vast niet uitsluitend de invloed van Lotte geweest dat hij zo raar had gedaan: het ene moment doen of hij van Bertie hield en haar niet veel later de deur wijzen. Was hij zo verliefd geweest op Lotte dat hij haar leugens voor zoete koek slikte? Hij moest toch gemerkt hebben hoe obsessief Lotte bezig was? Bertie volgde Ron naar binnen en Guido liep met haar mee.

Bij het zien van de andere man kreeg Ron iets waakzaams in zijn blik. 'Wat doet hij hier?'

'Guido heeft me hierheen gebracht. Ik vind het prettig dat hij erbij is. Heb je daar bezwaar tegen?'

Ron schudde na een poosje zijn hoofd.

Romi zat nog altijd rustig te spelen. Beerend was in slaap gevallen in zijn Maxi-Cosi.

'Hé, Romi, weet je nog wie ik ben? We hebben elkaar vandaag al eerder gezien, hè?'

Romi knikte. 'Jij is mama.'

'Precies, ik ben je mama. En vanaf nu laat ik jullie nooit meer in de steek.'

'Waar isse Lotte?'

'Lotte komt niet meer. Ze is ziek. Voortaan zorg ik weer voor jullie. Vind je dat goed?' Bertie streek een haarlok van het voorhoofd van haar dochtertje.

Romi knikte zwijgend.

Bertie boog zich over de box heen om Beerend van dichtbij te bekijken en kon wel huilen van blijdschap. Haar kindjes. Ze waren gezond en wel. Vanaf nu ging ze nooit meer bij hen weg, precies zoals ze Romi had beloofd. Ze veegde over haar ogen nadat ze de slapende baby een kus op zijn voorhoofdje had gegeven.

'Bertie, ik ben zo blij dat je er weer bent. Ga nooit meer bij me weg, alsjeblieft. Blijf bij me, ik weet niet wat me bezielde,' begon Ron.

'Ik blijf bij de kinderen, Ron, maar niet bij jou,' antwoordde Bertie, terwijl ze rechtop ging staan.

'Natuurlijk blijf je bij mij, wij horen bij elkaar. We zijn getrouwd, nog altijd. Die hele scheidingsprocedure zal ik stopzetten. Ik zie nu wat er echt is gebeurd al die tijd. Lotte gaf jou pillen zodat je steeds verder weg raakte in plaats van beter werd. Daardoor wist je niet meer wat je deed en nam je die afschuwelijke beslissing. Zo is het gegaan, hè? Ik had je moeten geloven toen je me dat vertelde. Het spijt me zo.' Zijn stem brak in een snik.

'Je geloofde me ook niet toen ik vertelde dat ik haar maar één keer had geslagen.'

'Ik weet het. Het spijt me zo ontzettend, liefje. Kun je me vergeven? Je houdt toch van me? Tussen ons is er toch niets veranderd?'

'Ik weet het niet, Ron, echt niet. Wat ik wel weet is dat ik hier blijf.'

'Precies, je blijft hier bij ons.'

'Bij de kinderen, niet bij jou. Ik blijf hier en jij zoekt ergens anders onderdak.' Bertie bleef rustig om Romi niet bang te maken.

Verbaasd keek hij haar aan. 'Dat meen je toch niet?'

'Dat meen ik wel. Jij pakt een koffer in en gaat weg. En die echtscheidingsprocedure zetten we gewoon door.'

'Maar Bertie, ik wil je helemaal niet kwijt,' protesteerde Ron.

'Daar had je eerder aan moeten denken. Ik ben geen speelbal die je van de ene naar de andere kant kunt rollen.' Het kostte haar moeite zo te blijven praten, maar ze moest wel. Niet alleen vanwege de kinderen, ook voor zichzelf. Ron had te veel kapotgemaakt, haar iets te vaak voor gek uitgemaakt en niet geloofd. Er was iets onherstelbaar gebroken, dat kon niet meer gerepareerd worden. Voorlopig niet, in ieder geval. Daarom wilde ze de scheiding ook doorzetten. Ron moest beseffen dat het haar ernst was, dat hij niet zomaar over haar heen kon walsen en weer terugnemen als zijn inzicht veranderde. Zo ging je niet met mensen om, niet als je echt van elkaar hield.

Bertie bleef hem strak aankijken. Ze voelde zich gesterkt door de aanwezigheid van Guido, die zich op de achtergrond hield, maar die haar te hulp zou komen als het nodig was.

Guido was ook degene die met Ron naar boven ging om wat spullen te pakken en ervoor te zorgen dat hij geen gekke dingen deed.

Een poos later viel de deur achter Ron dicht, nadat hij afscheid van de kinderen had genomen. Hij stapte in zijn auto en reed van de oprit af. Bertie keek hem na toen hij wegreed.

'Papa komme terug?' wilde Romi weten.

'Ja hoor, liefje, papa komt nog wel een keer terug. Maar dat kan wel even duren,' voegde Bertie er zachter aan toe. 'Zullen we eens gaan eten? Wat wil je eten?'

'Frietjes!'

Dat was duidelijk. Bertie lachte vrolijk, waar Beerend door wakker schrok en begon te huilen. Ze pakte haar zoontje uit de wieg en drukte hem tegen zich aan. Het lukte haar de baby te troosten, wat voor een bijzonder voldaan gevoel zorgde. Over het hoofdje van de baby glimlachte ze naar Guido. Ondanks de rare en onplezierige dingen die er vandaag gebeurd waren, voelde ze zich nu gelukkig.

Guido knipoogde naar haar. 'Zal ik dan maar voor frietjes gaan zorgen?'

'Graag, met een paar kroketten erbij, hè, Romi? Dan geef ik deze jongeman eerst even een fles.' Of kreeg hij al vast voedsel? Ze wist het niet. Hij was nu ruim vier maanden, nee, dan kreeg hij nog geen warm eten, wel fruit.

Wat onwennig zocht Bertie de kastjes af naar de flessen en melkpoeder voor Beerend. Het was weken geleden dat ze thuis was geweest. Lotte bleek het een en ander te hebben veranderd aan de indeling in de kasten. Dat zou morgen meteen weer gewijzigd worden. Het was háár huis! Alle sporen aan Lottes aanwezigheid in haar huis zou ze grondig verwijderen.

Later die avond, de kinderen lagen op bed, sloot Bertie de voordeur en draaide hem stevig op slot. De sleutel liet ze in het slot zitten, omdat ze vanavond geen onverwachte bezoekers wilde krijgen. Achter was ook alles afgesloten, zodat er niemand binnen kon komen. Voor Ron hoefde ze vast niet bang te zijn, maar Lotte was in haar woede tot alles in staat, en zij had nog altijd een sleutel van het huis. Morgen zou ze de sloten laten vervangen.

Guido had Berties spullen, de koffers en tassen die bij hem hadden gestaan, naar boven gebracht en was net naar zijn eigen huis gegaan. Dat had ze gevraagd. Ze wilde voor nu alleen zijn in haar huis. Een beetje rondsnuffelen, spullen terug op hun plaats zetten. Het bed verschonen!

Ze begon als eerste op zolder. In de logeerkamer had Lotte een behoorlijke rommel achtergelaten. Bertie schoof alles bij elkaar wat ze niet herkende als van haar of Ron en propte dat in een vuilniszak. Ron moest maar zorgen dat het bij zijn afgewezen vriendin terechtkwam, zo niet, dan verdween het in de vuilcontainer.

Ze haalde het bed af en stopte het beddengoed in de wasmachine. Toen er niets meer herinnerde aan de aanwezigheid van Lotte, ging ze naar de lagere verdieping. De grote slaapkamer was minder rommelig. Ron had wat kleding in een koffer gestopt en meegenomen, maar verder lag er nog genoeg van hem in de kasten. Nu nog wel. Morgen zou ze de koffers en tassen uitpakken en haar eigen spullen weer terug in de kasten leggen. Daarna kon ze de kleren van Ron inpakken.

Of het lang zou duren voordat ze haar spullen weer in moest pakken, wist ze niet. Berties handen waren bezig met het bed, haar gedachten gingen verder. Het huis moest verkocht worden. Tenzij Ron hier wilde blijven wonen. Zij kon met geen mogelijkheid de hypotheek betalen of Ron uitkopen. Hoe graag ze hier ook woonde, het kon niet langer. Dat soort dingen moest ze op korte termijn met hem bespreken.

Met Guido moest ze... nee, niet meer met Guido. Een collega van hem zou hun scheiding overnemen en verder begeleiden. Het was beter zo, Guido raakte er te nauw bij betrokken. Bertie was blij met zijn hulp, ze had veel steun aan hem gehad, maar nu moesten ze afstand nemen.

Ook in de badkamer vond ze nog wat dingen die van Lotte waren, die eveneens in de vuilniszak verdwenen. Eindelijk was ze tevreden en ging ze weer naar beneden. Met een glas fris in haar handen ging

Bertie op de bank zitten en keek om zich heen. Eindelijk was ze weer thuis. Dit keer om er te blijven. Niemand die haar nu nog weg kon sturen naar het centrum.

De gedachten aan wat er allemaal nog op haar af ging komen – werk, de scheiding, het huis – dreigden haar te overspoelen en veroorzaakten een lichte paniek. Maar het lukte haar om alles te relativeren of toch in ieder geval zodanig te benaderen dat paniek niet nodig was.

Met haar baas kon ze misschien afspreken dat ze de eerste tijd alleen overdag ging werken, omdat ze geen oppas voor de avonduren had nu Ron niet meer in beeld was. Hier zou ze een andere oplossing voor moeten zoeken. Morgen, nee, maandag moest Bertie naar een kinderdagverblijf bellen om te vragen of Romi en Beerend mochten komen. Er was vast wel ergens een plaatsje voor hen vrij.

De scheiding moest ze loslaten. Veel daarvan was al op papier gezet. Door het vertrek van Lotte veranderde er niet heel erg veel, behalve dan voor Ron, maar daarover hoefde Bertie zich niet druk te maken. Ook over het huis moest ze niet piekeren. Het kon snel verkocht worden of nog maanden duren. Daar had ze geen grip op.

Ze kon het aan. Het zou lukken deze keer. Ze was er nu sterk genoeg voor.

Ron belde de volgende dag al om te vragen of hij langs mocht komen. 'Ik wil met je praten, Bertie, zonder dat die man of wie dan ook erbij is. Mag dat?'

Ze aarzelde. Hij wilde vast weer vragen of hij terug mocht komen. Dat wilde ze niet, nu nog niet in ieder geval. Alles was nog te vers. Het moest allemaal nog een plekje krijgen, maar ze had Ron ook nodig. In ieder geval voor de kinderen. 'Best. Je kunt vanmiddag komen, rond drie uur.' Dat was het tijdstip waarop Beerend een fles kreeg en Romi uit bed kwam, dan waren de kinderen er in ieder geval bij, mocht Ron op rare gedachten komen.

Die middag, stipt om drie uur, belde hij aan en wachtte tot Bertie voor hem opendeed. Hij moest wel, omdat de sloten al waren vervangen. 'Kom verder.'

Romi was ook net uit bed gekomen en zat nog wat suffig voor zich uit te kijken. Ze sprong echter op toen ze haar vader binnen zag komen. 'Pappie!' Romi vloog in zijn armen.

Die reactie bezorgde Bertie meteen een schuldgevoel. Mocht ze de kinderen een scheiding aandoen? Ze hielden van hun vader en nu haalde zij hen uit elkaar.

Onzin, gaf ze zichzelf in gedachten antwoord, hij wilde toch precies hetzelfde doen? Jij werd net zo goed uit het gezin geweerd. Denk je echt dat hij daarover na heeft gedacht? Hij wilde Lotte en de kinderen, niet jou.

Ze wist dat ze gelijk had, toch wilde ze niet hetzelfde doen als wat Ron van plan was geweest. Ze zou hem niet de ouderlijke macht ontnemen. Voor de kinderen moesten ze het samen doen, blijven praten met elkaar. Bertie wilde niet dat ze in een vechtscheiding verwikkeld raakten waarvan de kinderen de dupe werden. Het was voor de kleintjes al erg genoeg dat hun ouders uit elkaar gingen.

'Lotte kome?' wilde Romi weten.

'Lotte komt niet,' zei Ron en hij knuffelde even met Romi. Het meisje kreeg er al snel genoeg van en ging naar haar beer. Bertie had ondertussen Beerend op schoot genomen om hem zijn fles te geven.

Ron ging tegenover haar zitten. Hij zag er iets minder tobberig uit dan gisteren. Wel had hij donkere kringen onder zijn ogen. 'Ik heb de halve nacht opgezeten om na te kunnen denken, Bertie. Je hebt gelijk. We moeten een pauze nemen, even afstand nemen. Er is te veel gebeurd de afgelopen tijd. Ik begrijp dat je kwaad op me bent. Dat is volkomen terecht. Wat ik wilde doen, valt niet goed te praten, dat besef ik nu.'

Mooi, hij mocht best voelen wat zij al die tijd had meegemaakt. Nu was hij zelf de ouder die buitenspel gezet dreigde te worden. Afwachtend keek Bertie hem aan.

'Ik zou graag willen helpen waar het de kinderen betreft. Om op te passen en dat soort dingen.'

'Dat komt goed uit. Ik begin volgende week in het hotel, voor twee dagen, woensdag en donderdag.'

'Echt? Dat is snel. Weet je zeker dat je het aankunt?'

Waarom trok hij dat in twijfel? Had ze bovendien een keus? Er moest brood op de plank komen.

'Je hoeft niet te gaan werken. Ik betaal alimentatie. Genoeg voor jullie alle drie. Je kunt thuisblijven bij de kinderen.'

'Dat wil ik niet.' Bertie besefte nu voor het eerst dat ze dat inderdaad niet wilde. Had ze er eerst tegen opgezien om over een poos opnieuw aan de slag te gaan, nu keek ze ernaar uit. Ze had altijd met plezier in het hotel gewerkt, dat wilde ze nu weer gaan doen.

'Is het niet te zwaar voor je? De kinderen vragen nu veel aandacht. Bovendien sta je er straks alleen voor,' herinnerde Ron haar.

Was dat zo veel anders dan voorheen? Als Bertie 's avonds moest werken had Ron op de kinderen gepast, maar verder had hij nooit veel gedaan in huis. Dat was altijd op haar neergekomen.

'Nog niet zo lang geleden was je niet eens in staat om het huishouden draaiend te houden,' ging Ron verder.

'Wat wil je nou?' viel ze uit. 'Als ik zeg dat ik het aankan, dan kan ik dat ook.'

Romi keek geschrokken naar haar moeder en Beerend liet de speen los. 'Mama is niet boos, Romi. Speel maar lekker verder.' Bertie glimlachte naar haar zoontje en wreef met de speen over zijn mondje. 'Drink maar verder, grote jongen.'

'Je wilt het echt? Prima, van mij mag je. Wat doe je met de kinderen? Hun plaatsen op het kinderdagverblijf zijn nu vast bezet.'

'Dat zal wel meevallen. Ik bel maandag naar de opvang. Voorlopig hoef ik de avonden niet te werken, dat heb ik al met Steef afgesproken. Als je trouwens nog tijdelijke woonruimte zoekt; Steef heeft een stacaravan op Zonneland waar je wel een poos in mag wonen.'

'Dat hoeft niet. Ik heb al iets gevonden.'

'Waar zit je nu?'

'Ik heb vannacht bij Conrad en Helga geslapen. Straks ga ik naar David. Hij heeft een kamer waar ik zo in kan, zolang als ik wil.'

'Je gaat toch wel op zoek naar woonruimte? Ik had een appartement op het oog waar ik wilde gaan wonen. Dat kun jij misschien wel nemen.'

'Wil je in het huis blijven wonen?' vroeg Ron verbaasd.

'Tot het verkocht is. Het wordt nu toch verkocht?'

'Dat denk ik wel. Ik voel er niet veel voor om hier alleen te gaan wonen. En jij, jij kunt toch in dat appartement gaan wonen dat je had gevonden?'

'Dat kan, maar ik kan er pas per 1 april in.' Bertie hield de boot af. Verhuizen moest ze toch, maar dan wel naar een woning met voldoende slaapkamers. Nu ze niet meer zo snel mogelijk iets anders moest hebben, kon ze rustig verder gaan kijken naar een huis dat naar haar zin was. 'Heb je nog iets van haar gehoord?' Bertie wilde de naam van Lotte niet te vaak gebruiken, daar was Romi nogal gevoelig voor.

'Ja, maar daar val ik jou liever niet mee lastig. Dat hoofdstuk is voor mij eveneens afgesloten. Ik besefte niet hoe gefixeerd ze was en hoe ver ze daarin ging. Die pillen die ze jou gaf, en dat ze zich zelfs liet slaan om jou daarvan te kunnen beschuldigen...' Hij schudde zijn hoofd. 'Dan ben je echt ziek in je hoofd. Vreemd dat we daar nooit eerder iets van hebben gemerkt.'

'Misschien was het feit dat ze zonder werk kwam te zitten de druppel. Wie zal het zeggen. Ik hoop niet dat ik haar nog een keer tegenkom.'

'Doe je aangifte tegen haar?' wilde Ron weten.

'Als ze me niet met rust laat wel, maar voorlopig laat ik het hierbij.'

'Daar ben ik blij om. Je bent er niet wraakzuchtig door geworden.'

'Wat schiet ik daarmee op? Krijg ik daarmee de tijd terug die ze van mij gestolen heeft?' Bovendien had Bertie het gevoel dat ze met een aangifte niet veel verder zou komen. Wat was er immers daadwerkelijk te vinden tegen Lotte?

'Is het een idee dat de kinderen naar mij komen als jij avonddienst hebt?' ging Ron op een ander onderwerp over.

'Dat zal de eerste tijd nog niet nodig zijn. Ik bouw mijn uren langzaam op, dat is het beste. Bovendien zul jij toch eerst woonruimte moeten hebben als je de kinderen bij je wilt hebben. Dat kan vast niet bij David.' Bertie wist dat deze voetbalmaat van Ron vrijgezel was en er een nogal los leven op na hield.

'Mag ik ze wel zien? Kunnen we daar iets over afspreken?'

'Natuurlijk, mijn voorstel is dat je hierheen komt om de kinderen te zien zolang je nog geen woning hebt gevonden.'

'Dat zou ik fijn vinden. Misschien kunnen we dan als gezin iets samen doen.'

'Dat is niet de bedoeling. Je krijgt tijd met de kinderen, niet met mij.'

'We kunnen het toch proberen?' hield Ron aan.

Wilde hij nu op een slinkse manier een poging doen om de zaak te lijmen? 'Nee, dat doen we niet. Ik zet de scheiding door, Ron, vergeet dat niet.'

Hij glimlachte triest. 'Sorry, ik kon het niet laten. Ondanks alles wat er is gebeurd, ben ik je niet vergeten. Ik houd nog altijd van je.'

Bertie kon haast niet geloven dat hij daar nu weer over begon. Hij leek wel een knipperlicht. Wat voor man was Ron, dat hij zijn gevoelens zo gemakkelijk van de een op de ander projecteerde? Wat was zijn liefde waard op die manier? Was hij altijd zo geweest? Was ze dan zo blind geweest voor zijn ware karakter?

'Je mag zaterdag de kinderen bezoeken. Ik zorg dan wel dat ik hier niet ben,' stelde Bertie voor. 'Kun je je daarin vinden?'

HOOFDSTUK 26

Bertie had haar ouders en broer op de hoogte gebracht van de verandering die de gezinssamenstelling betrof. Al had ze hun niet verteld wat de rol van Lotte daarin precies was geweest. De vriendschap met Lotte was voorbij, dat was alles wat ze kwijt wilde aan haar moeder.

'Waarom kom je hier niet wonen, Bertina?' drong haar moeder opnieuw aan. Dat had ze sinds Berties bezoek al verschillende keren gedaan en bleef ze steeds doen, telkens als ze contact met elkaar hadden. 'Je kunt hier opnieuw beginnen.'

'Dat doe ik niet, mam. Ik wil het Ron niet onnodig moeilijk maken om zijn kinderen te zien, maar binnenkort kom ik met de kinderen een keer bij jullie op bezoek.'

'Dat zouden we fijn vinden. Heb je een auto?'

'Nog niet.' Daar lag niet haar eerste prioriteit. Met het openbaar vervoer kwam ze ook een eind, al was dat niet altijd even handig met een grote kinderwagen. 'Er zijn al een paar kijkers voor het huis geweest. De makelaar is heel erg positief,' ging ze over op een ander onderwerp.

'Het is ook een mooi huis, en nu het volop voorjaar is en alles in bloei staat, is het vast een schitterend plaatje om te zien.'

Dat was het inderdaad. Al was het een crime om het huis steeds op te moeten ruimen als er kijkers kwamen. Hoe leger, hoe beter, leek het motto van de makelaar te zijn. Het stond nu bijna een maand in de verkoop. De huizenmarkt trok weer aan, volgens de makelaar. Men durfde iets meer nu de crisis voorbij leek te zijn.

'Hoe gaat het met Ron?' wilde Hedwig weten.

'Goed, denk ik. We spreken elkaar niet zo vaak. Als hij hierheen komt om de kinderen te bezoeken, ga ik meestal weg.'

'Wil je het echt niet opnieuw met hem proberen? De scheiding is toch nog niet uitgesproken? Jullie zijn zo'n leuk stel en passen zo goed bij elkaar.'

Bertie hield een zucht binnen. Dat bleef haar moeder steeds maar volhouden. Hedwig van Langen hinkte nog altijd op twee benen. Optie A was dat Bertie naar Julianadorp kwam en daar opnieuw begon, het liefst met Rens Enting. B was dat ze met Ron doorging en een succes maakte van haar huwelijk. Haar moeder leek maar niet te kunnen beslissen welke van de twee mogelijkheden het moest worden.

Misschien moest Bertie haar toch eens vertellen dat Ron, sinds hij uit huis was gegaan, al drie keer een andere vriendin had gehad, dat hij nog altijd geen nieuwe woning had gevonden en dat Bertie betwijfelde of hij dat op korte termijn zou doen. Hij zat kennelijk prima bij zijn vriend David. Alleen werd het een probleem als het huis verkocht was. Zolang ze hier woonde, was het net zo goed Rons huis, maar als ze eenmaal op zichzelf woonde, wilde ze hem daar niet hebben. Het werd tijd dat Ron inzag dat hij verder moest met zijn leven en zich niet moest gedragen als een losgeslagen puber.

Hedwig ging op een ander geliefd onderwerp over: de oude moeder van Rens Enting en de man zelf. Bertie kreeg haar moeder niet aan haar verstand gebracht dat ze geen interesse had voor Rens, in ieder geval niet als mogelijke partner.

Het verhaal van haar moeder ging langs Bertie heen. Haar gedachten dwaalden weg naar de laatste weken dat ze alleen met de kinderen was. Het ging goed met haar, meer dan goed zelfs. Romi leek te hebben aanvaard dat Lotte niet meer bij hen kwam. Bertie had haar gelukkig ook niet meer gezien. Romi vroeg nu nauwelijks nog naar Lotte en de hoop groeide dat haar dochtertje haar helemaal zou vergeten. Bertie was weer helemaal haar moeder. Ook met Beerend ging het goed. Hij was nu vijf maanden en deed alles wat hij moest doen op die leeftijd.

Dat de kinderen nu beiden naar het kinderdagverblijf gingen op de dagen dat zij moest werken, was voor Romi in het begin weer een hele omschakeling geweest. Zo veel veranderingen in korte tijd. Gelukkig had Bertie kunnen regelen dat ze in haar oude groep terechtkon, zodat ze bij kindjes kwam die ze al kende.

Dat Romi haar vader niet meer zo vaak zag, had het meisje moeilijker gevonden, maar inmiddels was ze ook daar aan gewend. Tot nu toe kwam Ron iedere zaterdag een paar uur om met de kinderen iets leuks te doen. Voor Bertie, maar zeker voor Romi, zou het beter zijn als hij snel een andere woning vond, waarin de kinderen hun eigen plekje kregen en ze vaker en langer bij hun vader konden zijn.

'Zien we je snel weer?' hoorde Bertie haar moeder zeggen.

'Ja mam. Ik laat het je weten wanneer ik kom met de kinderen. Tot nu toe ben ik in het weekend vrij.'

'Vroeger werkte je toch op zondag?'

'Dat klopt, maar zolang Ron de kinderen niet kan hebben, ben ik vrij in het weekend.' Het was ook in haar eigen belang dat hij een huis vond, dan mochten de kinderen in het weekend naar hun vader toe, als hij dat wilde, en kon zij die dagen mooi gaan werken.

'Fijn, wacht dan niet te lang, voor je het weet heeft Ron een andere woning gevonden en moet je wel in het weekend werken. Ik vind het echt jammer dat jullie niet wat meer je best doen om er iets van te maken. In mijn tijd dacht je er niet…'

'Mam, ik ga hangen. Ik hoor Beerend. Groetjes aan papa, Hugo en Lindsey. Tot snel.' Zonder op het antwoord van haar moeder te wachten, hing Bertie op. Wat ze ook deed, het zou nooit goed zijn in de ogen van haar moeder.

Ze ging naar de keuken om haar inmiddels koud geworden koffie door warme te vervangen. Beerend was nog niet wakker, maar lang zou dat vast niet meer duren. Ook voor Romi was het tijd om uit bed te komen, anders werd het vanavond weer veel te laat.

Nadat ze haar koffie op had, ging Bertie naar boven om haar dochtertje wakker te maken. Nog altijd vond ze het een genot om met de kinderen bezig te zijn en voor hen te zorgen. Niets van die vreemde gevoelens van vlak na de geboorte van Beerend was teruggekomen. Ze hield van haar kinderen en wilde er voor hen zijn. Zelfs haar baan in het hotel veranderde daar niets aan. Het voelde eerder als een goede verdeling tussen het moederschap en tijd voor andere dingen waarvan ze genoot. Het evenwicht was goed op dit moment.

De medicatie was weer een stukje naar beneden bijgesteld en de gesprekken met dokter De Haan hadden een lagere frequentie gekregen. Het was niet nodig om vaker te komen, had hij gezegd. Ook Bertie voelde dat zo.

'Ik weet niet of ik je moet feliciteren, maar de scheiding is een feit,' klonk de stem van Guido in haar oor.

'Het is inderdaad geen felicitatie waard,' was Bertie het met hem eens. Drie maanden geleden had Ron de eerste stap gezet, nu was hun scheiding definitief. Het deed haar goed de stem van Guido te horen. Het was al weer een hele poos geleden dat ze hem voor het laatst had gesproken en gezien. Ze had hem gemist, merkte ze nu. Meestal gunde ze zichzelf geen tijd daarover na te denken. Iedere opkomende gedachte aan hem had ze weggedrukt.

'Ik hoorde van Mark dat Ron een andere woning heeft gevonden,' ging Guido verder.

'Dat klopt. Het werd ook tijd. Nu kan hij eindelijk de kinderen een heel weekend bij zich hebben, al vraag ik me af hoe vaak dat daadwerkelijk zal gebeuren.'

'Hoe bedoel je?'

'Hij heeft om de haverklap een andere vriendin en heeft al een keer een weekend overgeslagen. Hij wil nu om de andere week de kinderen een weekend hebben, dat past hem beter,' antwoordde ze op laatdunkende toon. 'Als je ieder weekend de bloemetjes buiten wilt zetten in de stad, kun je daar natuurlijk geen kinderen bij gebruiken. Ik vind het ook geen prettige gedachte dat Romi steeds met zijn wisselende vriendinnen wordt geconfronteerd. Beerend heeft dat niet zo in de gaten, maar Romi des te meer.'

'Dat begrijp ik. Hoe gaat het met jou? Het is weer even geleden dat we elkaar gesproken hebben.'

Dat had hij zelf zo gewild. Bij de herinnering aan die bijna-kus bij hem thuis kroop er een rode blos over haar wangen. 'Best hoor. Ik werk drie dagen per week. De combinatie met de zorg voor de kinderen gaat me goed af. En hoe gaat het met jou?'

'Ook goed. Ik heb de scheiding met mijn vrouw in werking gezet. Over een paar weken zal die wel rond zijn.'

'Je hebt de stap gezet. Goed van je.'

'Eigenlijk was het mijn vrouw die erop aandrong. Ze wil verder met haar leven en met haar nieuwe vriend,' gaf Guido toe. 'Het is beter zo, inmiddels zijn we al zeker acht maanden uit elkaar. Ik ben ook toe aan de volgende stap.'

Bedoelde hij daarmee dat hij er klaar voor was om verder te gaan? Haar hart begon sneller te bonzen. Al die tijd dat ze hem uit haar gedachten had verbannen, niet had mogen toegeven aan die beginnende gevoelens van verliefdheid. Het was te vroeg, te snel na de scheiding met Ron, dat besefte ze echt wel, maar hield een hart daar rekening mee? Was het daarom verkeerd om aan iemand anders te denken?

Het was niet dat ze niet alleen kon zijn. Dat deed haar niet zo heel veel. Door haar werk in het hotel kwam ze met genoeg andere mensen in aanraking, al maakte dat het gemis van een partner niet goed. Ze was echter niet zo wanhopig dat ze daarom gevoelens projecteerde op iedere beschikbare persoon. Dan had ze dat beter kunnen doen op Rens Enting, een minder gecompliceerde man dan Guido Verbeek en een geschikte kandidaat volgens haar moeder.

'Zullen we een keer in de stad afspreken?' stelde Bertie voor. 'Iets gaan drinken?'

'Best, dat lijkt me wel gezellig. Ik neem aan dat je dan de kinderen meeneemt?'

'Liever niet, dat praat wat rustiger. Deze zaterdag zijn de kinderen bij Ron, hij heeft tenminste nog niet laten weten dat hij niet kan.' Bovendien gold voor haar net zo goed dat ze de kinderen niet te snel met een andere man wilde confronteren.

Ze spraken af elkaar zaterdagmiddag bij lunchcafé Lente te treffen, een gelegenheid in het oude centrum van de stad. Bertie hoefde zich voor niemand te verbergen, iedereen mocht zien met wie ze koffiedronk.

Nadat Bertie de telefoon weer had neergelegd, bleef ze even zitten. Een glimlach speelde om haar mond. Op dit moment voelde ze zich heerlijk. Zaterdag zag ze Guido weer, na bijna twee maanden. Als Ron nu maar niet afbelde. Hij mocht dit keer geen roet in het eten gooien. Vorig weekend waren de kinderen niet bij hem geweest, hij mocht nu echt niet afbellen.

Ron had niet afgebeld. Vanochtend had hij de kinderen opgehaald om mee te nemen naar zijn appartement, morgen tegen vier uur zou hij ze weer terugbrengen, was de afspraak. Dat betekende dat Bertie tot zondagmiddag vrij was om te doen wat ze wilde.

Voorlopig werkte ze nog niet in het weekend, ook de avonddienst deed ze nog even niet mee. Daarvoor had ze toch een betrouwbare oppas nodig die de kinderen bij het kinderdagverblijf kon ophalen, ze eten geven en naar bed brengen. Drie volledige dagen vond ze eigenlijk ook wel genoeg. Steef had er niet op aangedrongen dat ze meer uren of op andere tijden ging werken en zolang hij dat niet deed, begon Bertie er zelf niet over. Met de alimentatie die Ron betaalde, redde ze het financieel voorlopig best. Voor het geld hoefde ze niet in de weekenden te gaan werken. Bovendien zou ze de kinderen dan weer een extra dag niet zien. Of ze moest om het andere weekend werken, als de kinderen bij Ron waren. Misschien dat ze dat ging doen, als ze een poosje verder waren en de bezoekregeling meer regelmaat had gekregen.

Met enige zorg kleedde Bertie zich die middag om. Ze wilde niet te overdreven voor de dag komen, maar ook niet te gewoontjes. Het was immers een uitje, misschien bleef het niet bij alleen maar koffiedrinken. Toch probeerde ze zich er niet te veel van voor te stellen. Het kon ook tegenvallen om elkaar na twee maanden weer terug te zien. In het centrum was het contact tussen hen goed geweest en ook daarbuiten had het geklikt. Dat wilde nog niet zeggen dat ze op dezelfde voet verder konden gaan. Sinds die tijd was er veel gebeurd, en niet alleen met haar.

Toch behoorlijk zenuwachtig ging Bertie met de fiets van huis. Ruim voor de afgesproken tijd zette ze haar fiets op slot tegenover lunchcafé Lente, bij de kerk. Het plein zelf was autovrij, alleen mensen met een speciale vergunning mochten doorrijden. Voor de oprit naar het plein bleef een auto staan. De bestuurder – een vrouw met een grote zonnebril op, die haar bekend voorkwam – leek te zoeken naar een manier om door te kunnen rijden. Uiteindelijk reed ze een stukje achteruit en ging verder op de doorgaande weg.

Bertie bleef aarzelend staan. Zou ze al naar binnen gaan om te kijken of Guido er was of hier buiten op hem wachten? Ze kon even een blik binnen werpen, misschien was hij er al. Ze liep naar de ingang van het café toen ze haar naam hoorde roepen. Verrast keek ze om bij het herkennen van de stem. Haar reactie op zijn stem was veelzeggend. Een blos schoot naar haar wangen, een nerveuze kriebel verspreidde zich in haar buik.

Hij zag er goed uit, merkte ze op terwijl hij de korte afstand tussen hen overbrugde. Zijn donkere haar iets korter dan ze gewend was, een gezonde huidskleur en een blijde oogopslag waarin lichtjes leken te glanzen.

'Ben je er al lang?' vroeg Guido en hij kuste haar op de wang.

'Hoi. Ik heb net mijn fiets weggezet. Ben je te voet?'

'Zo ver is het niet voor mij. Zullen we naar binnen gaan?'

Bertie knikte en ging Guido voor het zaakje in. Een tafeltje bij het raam was nog vrij. Bertie hing haar jas over de stoelleuning en ging zitten. Ze keken elkaar wat onwennig aan.

'Lang geleden dat ik je heb gezien. Je ziet er goed uit,' begon Guido.

'Jij ook. Hoe gaat het met je? Werk je al weer fulltime?'

'O ja, gelukkig wel. Van dat thuiszitten werd ik echt gek. Het bevalt prima. Ik let nu beter op mijn grenzen en ontspan meer buiten mijn werk.'

'O ja? Wat goed. Wat doe je zoal?'

'Wandelen, heel veel wandelen, en fotograferen. Dat wandelclubje in het centrum is me goed bevallen, alleen trek ik er nu meestal alleen op uit, samen met mijn camera. Die gaat tegenwoordig iedere keer mee als ik op stap ga. Ik heb al verschillende bijzondere plaatjes kunnen schieten.'

'Wat goed van je.'

'Ga eens een keer mee. Het zal je vast goeddoen om lekker de natuur in te gaan.'

'Dat lijkt me inderdaad leuk om te doen.' Al zou ze dat voorlopig beperken tot de keren dat de kinderen bij Ron waren.

Een serveerster kwam vragen wat ze wilden gebruiken. Ze bestelden koffie met iets erbij, waarna ze het gesprek weer oppakten. Het was als vanouds. Zodra ze bij elkaar waren, hadden ze onderwerpen genoeg om over te praten. Eerst moest de tijd van twee maanden overbrugd worden, maar daarna kwamen tal van andere dingen aan bod.

De tijd vloog ongemerkt voorbij en twee koppen koffie, een glas wijn en een biertje later, vond Guido het welletjes. 'Wat denk je ervan als we een ander plekje opzoeken om iets te eten? Of heb je andere afspraken vanavond?'

'Ik ben vrij tot morgenmiddag.' Meteen nadat ze het had gezegd, besefte Bertie dat die opmerking wel heel uitnodigend klonk. Ze kleurde beschaamd rood en begon in haar tas te rommelen op zoek naar haar portemonnee. 'Zal ik dan maar gaan afrekenen?'

'Best, maar dan betaal ik het diner,' antwoordde Guido met een lachje rond zijn mond.

Nadat Bertie de rekening had betaald, hielp Guido haar in haar jas. Zijn handen bleven iets langer op haar schouders liggen en met een zachte blik in zijn ogen keek hij naar haar. 'Ik heb je gemist,' mompelde hij vlak bij haar oor.

'Ik jou ook.' Verlegen opeens sloeg ze haar ogen neer.

Guido pakte haar hand en zo liepen ze naar buiten. 'Wat vind je van Grieks eten? Bij Thalassa kun je heerlijk eten.'

'Lekker. Het is eeuwen geleden dat ik uit eten ben geweest.'

'Dan wordt het Grieks,' besloot Guido. 'Dat restaurant zit hier een stukje verderop. Of wil je eerst nog even de benen strekken? Dat kunnen we ook doen voordat we gaan eten.'

Even met hem alleen zijn, een stukje wandelen, trok haar wel aan. 'Dat moet lukken met deze schoenen,' wees ze op haar halfhoge laarsjes.

Guido bleef haar hand vasthouden en in een kalm tempo liepen ze de straat uit. Veel autoverkeer was er niet meer nu het tegen de avond liep, en nu ze het centrum verlieten, waren er ook minder wandelaars op straat. De lente was mild, waardoor het een genot was om buiten te zijn. Guido was een halve kop groter dan Bertie, wat haar het gevoel gaf klein en vrouwelijk te zijn.

'Al die tijd dat we elkaar niet hebben gezien, ben je nooit uit mijn gedachten geweest,' begon hij opeens te praten. 'Ik wilde het niet. Het was voor mijn gevoel niet goed om iets met elkaar te beginnen. We kennen elkaar vanuit het centrum, dat is geen goede basis. Lotgenoten. Misschien was het feit dat we begrepen wat de ander mankeerde de reden dat ik me tot jou aangetrokken voelde, maar ik wilde het niet. Echt niet, Bertie. Ik heb ertegen gevochten, maar het is sterker dan ik. Als je nu weg wilt, kan ik dat begrijpen.'

'Stil toch, zeg niet zulke dingen,' reageerde ze. 'We zijn nu geen lotgenoten meer. Ik vond het te snel na Ron, maar ik kan het net zomin tegenhouden. Ik kan er niets aan doen, wat ik voel is echt. Jij en ik zijn echt. Waarom zou het niet mogen, niet kunnen? Geef het een kans.'

Guido bleef staan en draaide zich half om zodat hij voor Bertie kwam te staan. 'Jij weet het precies onder woorden te brengen.' Hij keek met een warme blik op haar neer, zijn hand ging naar haar wang en streelde die zacht.

Bertie had niet eens in de gaten wat er precies gebeurde. Het ene moment stond Guido nog voor haar, het volgende zag ze de schrik in zijn ogen en trok hij haar opzij. Niet snel genoeg. De klap kwam hard aan en raakte haar van opzij. Een scherpe pijn ging door haar been heen. Met een smak kwam ze op de grond terecht, wat nog meer pijn veroorzaakte in haar arm en haar hoofd.

De auto hotste de stoep af om niet veel verder tegen een lantaarnpaal tot stilstand te komen. Iemand gooide het portier open en viel uit de wagen, bloed op het voorhoofd. Guido ontnam Bertie het zicht door zich over haar heen te buigen.

'Blijf liggen, beweeg je niet. Ik bel een ambulance.' Zijn stem klonk scherp.

Achter hem en om hen heen stroomden mensen toe. Er werd geroepen, geschreeuwd. Het harde geluid van een sirene, rennende voetstappen. Berties ogen zakten langzaam dicht, het lawaai op straat ging over in een golf van geluid, tot ook die verstomde.

HOOFDSTUK 27

Het ziekenhuis, ze lag opnieuw in het ziekenhuis. Dit keer was het haast net zo verwarrend voor Bertie als de vorige keer, maar niet minder pijnlijk. Haar hoofd deed pijn, wat erger werd als ze haar ogen te lang op één punt gericht hield, merkte ze al snel. Wat was er gebeurd, waarom was ze hier?

'Bertie, hoe voel je je?' klonk de stem van Guido.

Voorzichtig richtte ze haar blik op hem. Hij stond aan de zijkant van het bed, iets over haar heen gebogen, zodat ze haar hoofd niet hoefde te draaien. 'Ik weet niet. Wat is er gebeurd?' mompelde ze.

'Je bent aangereden door een auto. Je hebt een arm en een been gebroken, en je hebt een hersenschudding. Heb je hoofdpijn?'

'Afschuwelijke hoofdpijn. Heb ik een ongeluk gehad?'

Guido knikte. 'Dat klopt. Het kan zijn dat je je daar nu niets meer van herinnert. Dat is normaal bij een hersenschudding. Die herinnering komt vanzelf weer terug, heeft de arts gezegd.'

'Hoe... hoe kon dat gebeuren?'

'Een auto reed de stoep op, waar wij op dat moment liepen. Ik kon je nog net op tijd terugtrekken, anders was het vast veel erger geweest.'

Flarden van beelden gingen door haar heen toen ze haar ogen sloot. Guido zat lachend tegenover haar, ergens in een cafeetje. Was dat vandaag geweest?

'Probeer wat te rusten, Bertie,' klonk de stem van Guido weer.

'Mijn kinderen. Beerend, Romi, waar zijn ze?'

'De kinderen zijn bij Ron. Hij heeft ze dit weekend. Morgenmiddag komen ze weer terug. Ik weet niet of je dan al naar huis mag, maar met een arm en een been in het gips kun je niet veel. Laat staan voor de kinderen zorgen.'

Wat Guido zei drong vaag tot haar door. Echt erover nadenken lukte niet.

Het volgende moment dat ze wakker werd, stond er een vriendelijk glimlachende verpleegster naast haar bed.

'Mevrouw Van Langen, hoe voelt u zich? Weet u waar u bent?'

'Eh, in het ziekenhuis, toch?' mompelde Bertie slaperig.

'Dat klopt. Weet u welke dag het is vandaag?'

Over die vraag moest Bertie even nadenken. 'Zaterdag, het is zaterdag vandaag. Ik ben met Guido iets wezen drinken in café Lente.'

'Dat klopt helemaal. Ik laat u voor nu met rust. Straks kom ik weer even bij u kijken. Het is vervelend, maar ik moet u echt om het uur wakker maken.' De verpleegster ging weer weg.

Bertie probeerde haar rechterarm op te tillen, wat nog niet mee-viel door het gewicht dat eraan hing. Gips, ze zat in het gips. Haar arm en haar been waren gebroken. Ze was aangereden door een auto. Dat wist ze niet alleen omdat Guido het haar had verteld, maar ook omdat haar herinnering daaraan terugkwam. De aanrijding zelf had ze niet gezien, noch de auto, wel had ze het gevoeld. Guido had haar weggetrokken, wist ze weer. De auto was daarna tegen een lan-taarnpaal gebotst.

Wat was er met de bestuurder gebeurd? Bestuurster. Het was een vrouw die in de auto had gezeten. Bloed op haar voorhoofd. Blond haar, strak naar achteren getrokken in een knotje. Ze droeg een zon-nebril die scheef op haar hoofd had gestaan. Die vrouw, dat was toch... Nee, dat kon haast niet. Of toch wel? Was het Lotte geweest die haar had aangereden?

Bertie schoot omhoog, wat ze met een flinke duizeling moest bekopen. Een pijnscheut ging door haar been heen. Ze werd ter-stond misselijk en drukte haar hand tegen haar mond. Heftig slik-kend lukte het haar om de misselijkheid terug te dringen. Slechts een zure smaak bleef in haar mond hangen.

Nu ze eenmaal zat, zakte ook de duizeligheid. Het was Lotte geweest. Ze had haar herkend. Die vrouw in de auto met een grote zonnebril op, die ze eerder bij de oprit naar de Bloemenmarkt had gezien. Het was alleen niet haar eigen wagentje waarin ze had gereden. Daarom had ze haar niet direct herkend.

Wat was er met Lotte gebeurd? Zij was ook gewond geraakt door die aanrijding. Ze was tegen een lantaarnpaal gebotst. Was ze opgepakt? Guido had gezien wat er was gebeurd, misschien waren er nog wel meer getuigen van het ongeluk. Nee, het was geen ongeluk geweest. Bertie was met opzet aangereden door Lotte Beijaards.

Al die tijd had ze niets meer gehoord of gezien van Lotte en nu opeens gebeurde er dit. Hoe had ze geweten dat Bertie en Guido daar liepen? Was ze toevallig in de stad geweest en had ze Bertie herkend toen ze bij café Lente haar fiets wegzette?

Op de gang klonken geluiden van een kar die dichterbij kwam. De kamer was verder leeg, zag Bertie nu, drie lege bedden, in het vierde lag zij. Natuurlijk, het was weekend, dan werden de patiënten voor zover dat mogelijk was naar huis gestuurd.

Een verpleegster verscheen in de deuropening en knikte vriendelijk naar Bertie. 'Ha, u bent wakker. Wat mag ik voor u inschenken? Koffie, thee, of liever iets fris?'

Nu pas merkte Bertie dat ze honger had. Natuurlijk, Guido en zij waren nog een blokje omgegaan voordat ze bij het Grieks restaurant Thalassa zouden gaan eten. Daar waren ze niet meer aan toe gekomen. Waar was Guido nu? Was hij terug naar huis gegaan?

'Wanneer is het bezoekuur?' wilde Bertie weten.

'Het spijt me, maar dat is net afgelopen. Het is bijna halfnegen. Hebt u geen bezoek gehad?' Er verscheen een medelijdende blik op het gezicht van de jonge vrouw.

'Ik weet het niet. Ik heb geslapen, denk ik. Een verpleegster kwam me wekken.'

'Ach ja, u hebt een hersenschudding. Vervelend. Wilt u misschien nog iets eten? U hebt het avondeten gemist. Ik kan eens vragen of er nog brood over is.'

'Dat zou fijn zijn.'

'Zal ik het hoofdeind iets omhoog zetten? Dat zit wat prettiger voor u.' De verpleegster stelde het bed anders in, zodat Bertie wat meer ontspannen kon gaan zitten. Ze liet een kopje thee achter en beloofde zo meteen wat brood te komen brengen.

Halfnegen, het bezoekuur was voorbij. Zo lang was ze dan nog niet hier. Jammer dat Guido er niet meer was, Bertie had hem het een en ander willen vragen, over Lotte.

Na een nachtrust met onderbrekingen werd Bertie zelfs het uitslapen niet gegund. Er moest gegeten worden op uur en tijd. Vermoeid hees ze zich zo goed en zo kwaad als het ging omhoog in het bed. Ze wist inmiddels hoe ze het hoofdeinde kon verstellen. Haar been bezorgde haar pijn, waarvoor ze pijnstillers mocht gebruiken, en ook al dat gips was niet echt gemakkelijk. De hoofdpijn was nu wel een stuk minder, ondanks de korte hazenslaapjes.

Haar been zat vanaf haar enkel tot net boven haar knie in het gips. Een verpleegster had verteld dat ze zowel het kuitbeen als het scheenbeen had gebroken, een dubbele beenbreuk. Er waren schroeven en pinnen gebruikt om ervoor te zorgen dat de beide botten weer goed aan elkaar konden groeien. Het herstel kon wel enige tijd gaan duren, had ze gezegd. Eerst zes weken gips en daarna volgden revalidatie en therapie om het been weer goed te leren gebruiken. In de tussentijd mocht ze er niet te veel op steunen.

Haar arm zat vanaf haar hand tot net onder de elleboog in het gips zodat ze die arm in ieder geval gedeeltelijk kon buigen. Dat was net wat gemakkelijker om de kinderen te kunnen helpen, al zou ze hem niet kunnen gebruiken voor het lopen met krukken.

Hoe ze dat voor elkaar moest krijgen met de kinderen, wist Bertie absoluut niet. Ze kon letterlijk niet uit de voeten met al dat gips. Ron kon voorlopig voor de kinderen zorgen, dit weekend in ieder geval wel, maar de wetenschap hoe weinig hij al die tijd de kinderen feitelijk had verzorgd, voerde toch de boventoon van haar onrust. Ze vertrouwde haar kindjes echt geen zes weken aan hun vader toe.

Haar ouders waren een mogelijkheid, daar zou ze heen kunnen gaan als ze eenmaal naar huis mocht. Een andere oplossing zag Bertie voorlopig nog niet. Ron was geen optie, dat wist ze wel. Guido net zomin. Daarvoor kenden ze elkaar te kort. Hulp inhuren was onbetaalbaar, en een beste vriendin had ze niet meer. Sterker nog, voor de tweede keer had Lotte een aanslag op haar leven gepleegd. Dit keer een directe aanslag, en nu ontkwam ze er niet aan dat de politie ingeschakeld werd. Misschien was Lotte zelfs al opgepakt en zat ze in een politiecel. Dat zou haar verdiende loon zijn. Er waren nu genoeg getuigen geweest die konden bevestigen dat Lotte Bertie had aangereden.

Later die zondagochtend kwam er nog een arts langs die haar vertelde dat ze naar huis mocht. Over een week moest ze terugkomen om ander gips om zowel het been als de arm te laten zetten, dan was de zwelling vast helemaal verdwenen. Ze mocht absoluut niet op het been steunen en ook de arm mocht ze niet te zwaar belasten. Geen woord over hoe ze zich thuis moest redden.

Uit het veld geslagen bleef Bertie achter. Naar huis. Fijn. Ze kon niet eens alleen naar het toilet, omdat ze niet mocht steunen op haar been. Hoe kwam ze op zondag aan een rolstoel, krukken of een andere manier om zich voort te kunnen bewegen?

'Valt het tegen?' gokte de verpleegster die achter was gebleven.

'Dat is nog zacht uitgedrukt. Ik heb geen idee hoe ik me thuis moet zien te redden.'

'U bent alleen,' begreep de ander.

'Ja, tegenwoordig wel. Dan heb ik ook nog twee kleine kinderen, een baby van zes maanden en dochtertje van twee.'

'Zijn er geen familie of vrienden die u kunnen helpen?'

'Niet in de directe omgeving. Mijn familie woont in Julianadorp, dat ligt in de kop van Noord-Holland, bij Den Helder.'

De verpleegster knikte begrijpend. 'Dat is niet naast de deur. De man die gisteravond bij u was, kan hij u niet helpen?'

'Vast wel, maar we hebben geen relatie of zo. Hij is niet iemand die ik zou vragen om me naar het toilet te helpen.' Bertie trok een grimas.

'U kunt naar een verzorgingstehuis, dat is een mogelijkheid.'

'Nee, dank je. Laat ik dat nog maar niet doen. Ik zal eens gaan bellen. Of moet ik nu meteen al weg?'

'Nee hoor, regelt u eerst rustig hulp of een opvangadres. U mag de hele dag nog hier blijven als u wilt,' verzekerde de verpleegster haar.

Bertie knikte dankbaar en pakte haar mobiel van het nachtkastje.

'Het spijt me dat ik niet kan helpen, Bertie, maar ik zie het echt niet zitten om zes weken lang voor de kinderen te zorgen. Ik moet werken en kan niet zo lang vrij nemen. Het lijkt me het beste dat je naar je ouders gaat met de kinderen.' Ron was heel duidelijk.

Waar was de man gebleven die haar twee maanden geleden smeekte om toch alsjeblieft bij hem te blijven? Als het eropaan kwam, had ze helemaal niets aan hem. Niet dat ze een andere reactie had verwacht, toch viel het tegen. 'Ik probeer wel te regelen dat ik naar mijn ouders kan,' verzuchtte ze. 'Ben je eventueel bereid me te brengen?' Dat was toch wel het minste wat hij kon doen.

'Weet je wel hoever dat is? Dat kost me ruim vier uur om op en neer te rijden. Ik weet niet of dat gaat lukken,' kwam het antwoord al heel snel. 'Kun je iemand anders vragen om je te brengen? Ik heb een afspraakje vroeg in de avond.'

'Dan kun je al lang weer terug zijn,' hield Bertie hem voor.

'Het spijt me, Bertie,' viel Ron in herhaling, 'dat gaat me echt niet lukken. Neem anders een taxi, die wil ik best voor je betalen.'

'Laat maar. Mogen de kinderen vandaag toch nog wel bij je blijven of zet je ze om twee uur bij mij op de stoep af?' kon ze niet laten te vragen.

'De afspraak was vier uur, daar heb ik de rest van mijn avond op gepland.'

'Het is goed, Ron. Als ik eerder vertrek, kom ik ze wel halen,' verzuchtte Bertie en ze verbrak meteen daarna de verbinding.

De volgende die ze belde waren haar ouders. Haar moeder zou haar vast wel willen helpen. Het was niet handig om zo ver weg te gaan zitten, maar er zat niets anders op. Het kinderdagverblijf moest weer stopgezet worden; ze kon niet gaan werken; het huis zou zes weken lang leeg staan – wat te doen als er kopers kwamen? Dat moest Ron dan maar oplossen – een andere keuze had ze helaas niet.

Opeens schoot ze vol. In gedachten vloekte ze Lotte de huid vol. Voor de tweede keer zette die vrouw heel haar leven op zijn kop, pikte ze Bertie opnieuw de tijd af en de kans om op een normale manier door te gaan met haar leven. Net nu het zo goed ging met haar gezinnetje, haar werk, en Guido en zij voorzichtige stappen in de richting van een relatie hadden gezet.

'Met Van Langen,' klonk de stem van haar moeder in haar oor.

Bertie veegde met haar gipsen arm onhandig de tranen van haar wangen. 'Mam, met mij, met Bertie.'

'Je blijft toch wel even bij mijn ouders?' Bertie probeerde de blik van Guido te vangen. 'Je gaat toch niet meteen terug naar huis?'

'Ik weet het niet. Is het wel zo'n goed idee om te blijven? Ze kennen me helemaal niet.'

'Dan leren ze je meteen kennen. Zo erg is dat toch niet? Drink op zijn minst een kop koffie. Strek even je benen.' Guido had er niet van willen weten dat Bertie met een taxi naar Julianadorp ging, ook al betaalde Ron de kosten.

De kinderen waren gelukkig niet al te lastig tijdens de lange rit. Beerend was vrij snel in slaap gevallen en ook Romi was na een uurtje gaan knikkebollen.

Guido had Bertie opgehaald uit het ziekenhuis en had geholpen de tassen in te pakken voor hen alle drie. Daarna waren ze Beerend en Romi gaan halen. Het was maar goed dat Guido een ruime wagen had, ook al was het niet bepaald een nieuw model: een donkerblauwe Volvo V70, een stationswagon uit 2004. Oud maar betrouwbaar, zoals hij zelf zei. De kinderstoeltjes pasten er in ieder geval in, en ook voor de dubbele kinderwagen was er meer dan genoeg ruimte in de achterbak. Hij had zelfs een rolstoel en krukken kunnen regelen, die eveneens achter in de wagen lagen.

'Denk je dat Lotte veroordeeld zal worden?' stapte Bertie over op een ander onderwerp. Guido had haar verteld dat Lotte na de aanrijding mee was genomen naar het politiebureau voor verhoor. Meerdere mensen hadden gezien dat ze op Bertie was ingereden, al dan niet met opzet.

'Ik durf daar op dit moment geen uitspraak over te doen,' gaf Guido eerlijk toe. 'Die vrouw is gehaaid genoeg om te doen alsof het een ongeluk was, dat ze de macht over het stuur verloor. Dat zou me niet verbazen, het klinkt nog logisch ook, omdat ze daarna tegen een lantaarnpaal is geklapt.'

Iets dergelijks had Bertie ook al bedacht. Lotte zou wel weer een manier verzinnen om buiten schot te blijven. 'Wel heel toevallig dat ze dan net in Roosendaal is en dat ik het ben die ze aanrijdt. Wat heeft ze hier te zoeken? Ze woont in Breda,' begon Bertie zich weer op te winden.

'Rustig nou maar, ik weet het, het klinkt vergezocht, maar houd er rekening mee dat het iets dergelijks gaat worden. Dat ze vrijuit gaat.'

'Zodat ze nog een derde keer kan proberen mij om zeep te helpen?' moest Bertie toch nog even kwijt. 'Telt jouw en mijn verklaring dan niet? We hebben toch verteld wat ze eerder heeft gedaan?'

'Maak je niet zo druk. Laat het aan de politie over. Ze is het niet waard dat jij je zo over haar opwindt. Zo meteen heb je weer hoofdpijn. Je hebt je medicijnen toch wel bij je?'

'Zelfs die heb ik meegenomen.' Bertie verviel in een somber stilzwijgen. Lotte kwam vast en zeker vrij, daar twijfelde ze al niet aan. Misschien kreeg ze een boete voor het een of ander, maar meer zat er natuurlijk niet in. En Lotte zou doorgaan met haar het leven zuur te maken.

Julianadorp kwam in zicht. Bertie loodste Guido om het dorp heen naar de boerderij van haar ouders. Haar moeder had duidelijk te verstaan gegeven dat Bertie en de kinderen bij hen konden logeren totdat haar dochter weer op de been was. Met het ziekenhuis had Bertie kortgesloten dat ze volgende week in Den Helder het gips kon laten vervangen. De foto's van haar arm en been zouden daarheen worden gestuurd. Over verzorging van haarzelf en de kinderen hoefde ze zich in ieder geval niet druk te maken.

'Hier is het,' wees Bertie. 'Zet de auto maar naast het huis weg.'

Guido deed wat ze zei. Hedwig kwam vrijwel op hetzelfde moment uit het woonhuis en begroette de bezoeker.

Bertie boog zich uit het raampje. 'Mam, dit is Guido Verbeek, een vriend van me.'

Het volgende halfuur waren ze druk met het uitladen van de auto en de spullen naar boven brengen. Bertie werd in de tuin geïnstalleerd met haar rolstoel. Beerend was naast haar gezet in de kinderwagen. Lijdzaam moest ze toezien hoe haar familie zich over de kinderen en hun spullen ontfermde. Omdat het voor Bertie te lastig was om de trap te nemen met al dat gips, kreeg ze de slaapkamer van haar ouders op de benedenverdieping toegewezen. Beerend mocht bij haar op de kamer slapen, terwijl Romi haar oude slaapkamer kreeg. Haar ouders verhuisden eveneens naar boven.

Guido kwam na een poosje terug en ging naast haar zitten. 'Het zal wel lukken met de kinderen,' meende hij.

'Dat denk ik ook wel. Mijn ouders zijn dol op hen.' Hoe zij die zes weken door moest komen, wist ze nu nog niet. Daar durfde ze nauwelijks aan te denken. Werd ze geacht zich zes weken lang met wat lezen en televisiekijken bezig te houden? Bertie was vorige week juist begonnen met de zindelijkheidstraining van Romi. Hoe moest dat als haar moeder haar niet op de pot of het toilet kon helpen? Had haar moeder wel tijd om dat te doen, tussen haar drukke werkzaamheden op de boerderij door?

Hugo en Lindsey kwamen aangelopen en begroetten Guido en Bertie.

'Wat is er precies gebeurd?' wilde Hugo weten. 'Heeft die vriendin van je jou aangereden? Die vrouw sluiten ze nu toch zeker wel op?'

'Dat mag ik hopen,' mompelde Bertie, 'maar het zou me niets verbazen als ze nu alweer vrij rondloopt en ze haar niets kunnen maken. Wie spreekt haar tegen als ze zegt dat ze de macht over het stuur verloor?'

'Jakkes, denk je dat ze het met opzet heeft gedaan?' vroeg Lindsey verschrikt.

'Het zou wel heel erg toevallig zijn als ze net op het moment dat Guido en ik daar lopen, komt aanrijden en dan haar auto niet meer onder controle heeft. Ik hoop dat de politie daardoorheen prikt en ook meeneemt wat ze nog niet zo lang geleden heeft gedaan.'

Hugo keek van Bertie naar Guido. 'Zijn jullie…' Hij maakte een gebaar met zijn handen.

'Nee, nee, dat niet. We zijn vrienden,' haastte Guido zich te zeggen.

Bertie verbeet een antwoord. Zag hij het echt zo? Vrienden en niet meer dan dat? Of wilde hij het nog even stilhouden? Dit was niet het meest handige moment om een relatie te beginnen, dat besefte ze zelf ook wel, toch hoopte ze dat dit niet het einde betekende van wat nog amper begonnen was.

HOOFDSTUK 28

Het ziekenhuis in Den Helder besloot om geen nieuw gips om het onderbeen te doen, maar Bertie een speciale brace aan te meten. Daardoor mocht ze voorzichtig haar been gaan belasten, weliswaar met het gebruik van een kruk, maar nu was ze minder afhankelijk van de rolstoel, en van anderen die haar moesten duwen. Dat was al een hele verbetering voor haar eigenwaarde en mobiliteit.

Hoewel Bertie er als een berg tegen op had gezien, viel het heel erg mee om op de boerderij te zijn. Dat kwam niet in de laatste plaats door Rens Enting, die zich geregeld liet zien. Hij nam haar en de kinderen mee het erf af, ging met hen naar het strand – hij had voor die dag zelfs een speciale rolstoel voor op het strand voor Bertie geregeld, een met hele grote luchtbanden – en zorgde dat ze afleiding had. Als vanzelf pakten ze hun gesprekken weer op. Bertie begon uit te kijken naar zijn bezoekjes.

Zelfs haar moeder viel het op dat ze opbloeide als Rens verscheen. 'Ik zie het nog wel gebeuren dat je hier helemaal niet meer weggaat,' begon Hedwig op een middag, toen Beerend op bed lag en Romi naar de peuterspeelzaal in het dorp was. Dat plekje had Lindsey geregeld, zodat Romi twee keer per week met andere kinderen van haar eigen leeftijd kon spelen.

'Hoe kom je daar nu bij? Ik heb een baan en alles in Roosendaal,' protesteerde Bertie.

'Rens en jij kunnen heel goed met elkaar opschieten. Hij is ook dol op je kinderen. Zo gek is het dan toch niet dat ik dat denk. Ik heb meer in de gaten dan jij denkt. Ik zie heus wel hoe hij naar jou kijkt, en jij naar hem.'

'Doe niet zo raar, mam.' Bertie kon niet voorkomen dat ze begon te kleuren. Rens was aardig, meer dan aardig. Hij deed echt zijn best voor haar. Niets was hem te veel, ook niet voor de kinderen. Ze genoot van zijn aandacht. 'Ik kan het niet maken tegenover Ron om hier te gaan wonen.' Hij was nog één keer langs geweest omdat het zijn beurt was om dat weekend de kinderen te hebben, maar hij had de kinderen toen niet mee naar zijn huis genomen. Alleen met Romi was hij een paar uurtjes op stap geweest. Beerend meenemen was echt veel te onhandig, had hij gezegd. Die was bovendien te klein om er iets van mee te krijgen. Hij was met Romi naar Den Helder geweest. Een paar uurtjes maar, daarna had hij haar weer terugge- bracht. En als ze Romi mocht geloven was er een vrouw bij geweest die zij niet kende. Zijn vriendin?

'Je denkt toch niet dat ik vier keer heen en weer ga rijden? Je zorgt er de volgende keer maar voor dat je in Roosendaal bent, anders kom ik de kinderen niet halen,' had hij gezegd toen hij Romi terugbracht.

Bertie had perplex gestaan en geen ad rem antwoord kunnen geven. Pas nadat hij weer weg was gereden, had ze geweten wat ze had moeten zeggen: als hij liever met zijn vriendin alleen was in plaats van bij zijn kinderen te zijn, kon hij zich de volgende keer de moeite besparen om te komen. Ze verwachtte hem niet nog een keer te zien in Julianadorp.

'Je zou wel gek zijn als je met hem rekening ging houden,' was haar moeder van mening. Ze had geen goed woord over gehad voor Ron, nadat hij weer weg was gegaan. Voor Hedwig had hij nu defi- nitief afgedaan. 'Het is hem nog te veel om zijn eigen kinderen te komen halen.'

'Het is ook een flinke afstand, mam,' probeerde Bertie het ondanks alles goed te praten.

'Onzin. Als je je kinderen wilt zien, is geen afstand je te groot.' Hedwig stond op en nam de lege koffiekopjes mee. 'Ik ga nog even naar de kaas kijken voordat ik Romi ga ophalen bij de peuterspeel- zaal. Heb jij iets nodig uit het dorp?'

'Nee hoor, ik red me hier wel.' Nadat haar moeder naar buiten was gegaan, stond Bertie op en liep met behulp van de kruk naar de slaapkamer om bij Beerend te kijken. Hij zou nu zo ongeveer wel wakker zijn. Het lopen ging haar steeds beter af. Ze mocht haar been meer belasten, nog altijd samen met de kruk, al moest ze het natuur- lijk niet overdrijven. Toch had ze het niet alleen met de kinderen gered zonder de hulp van haar ouders. Ze kon nu eenmaal niet de baby én een kruk vasthouden.

Beerend was inderdaad wakker. Zittend op het bed verzorgde Bertie hem en legde hem vervolgens in de buggy, zodat ze hem zo naar de keuken kon duwen. Ze schrok even bij het zien van de bezoeker die net op dat moment door de achterdeur binnenkwam.

'Bertie, heb je hulp nodig?' vroeg Rens.

'Nee, dank je, het gaat prima zo. Ben je op zoek naar mijn vader?'

'Niet speciaal, ik kom zomaar even aan. Je bent gisteren toch naar het ziekenhuis geweest voor controle?'

'Dat klopt. Ze hebben de brace weer wat verder bijgesteld en ik heb nieuwe oefeningen meegekregen van de fysiotherapeut. Ik mag mijn been nu voor vijfenzeventig procent belasten.'

'Dat gaat mooi vooruit,' knikte Rens goedkeurend. 'Nog een week, dan mag je weer normaal lopen.'

Bertie hobbelde naar het aanrecht en pakte een pak vruchtensap en een flesje uit de kast. Pas nadat ze op een stoel was gaan zitten, kon ze de baby uit de buggy tillen. Ze ondersteunde hem met haar goede arm, zodat ze hem met haar gipsen arm de fles vruchtensap kon geven.

'Wat is het toch een heerlijk kereltje,' zei Rens. Hij keek met een vertederende blik naar de drinkende baby.

'Jammer dat jij geen kinderen hebt. Ik weet zeker dat je een geweldige vader zou zijn.'

'Dank je. Helaas was me dat niet gegund met Karien.' Rens ging tegenover haar zitten.

Hij keek haar met zo'n intense blik aan dat Bertie het er warm van kreeg. Ze sloeg haar ogen neer. 'Kun je zomaar gemist worden op de boerderij?' vroeg ze, om de stilte te verbreken.

'Natuurlijk, ik ben de baas. Ik mag doen wat ik wil.' Hij lachte bij het zien van haar verbaasde blik. 'Nee hoor, dat is onzin. Ik wil aan je vader vragen of we vanavond samen naar de vergadering gaan.'

Dat had hij ook telefonisch kunnen doen, ging het door Bertie heen. Was hij hier voor haar, omdat hij haar wilde zien? Dat streelde haar ego. Anders dan Guido schroomde hij niet om te laten merken dat hij belangstelling voor haar had. Guido was veel meer teruggetrokken en voorzichtig in het uiten van zijn gevoelens. Sinds ze hier was, had Guido haar één keer gebeld, kort na haar vertrek uit

Roosendaal, maar hij had niet gevraagd of hij langs mocht komen. Hun gesprek was op hetzelfde niveau als voor hun afspraakje in café Lente gebleven. Alsof er niets tussen hen was gebeurd. Dat vond Bertie moeilijk. Ze had nog altijd geen idee hoe het nu precies tussen hen zat. Daar werd door de telefoon niet over gepraat en Bertie durfde het niet rechtstreeks te vragen, bang dat het antwoord tegenviel.

'Is het heel brutaal als ik je vraag of je morgenavond met mij uit eten wilt?' onderbrak Rens haar gedachten.

'Uit eten?'

'Tja, een mens moet toch eten. Ik dacht dat je het wel leuk zou vinden er weer eens uit te zijn. Je kunt je nu wat beter voortbewegen, dankzij die brace.'

'Dat wel, maar ik heb niet bepaald geschikte kleding voor een uitje,' aarzelde ze.

'Daar houd ik rekening mee, we gaan niet naar een chique tent. Je mag gewoon in je joggingbroek mee, daar heb ik geen enkel bezwaar tegen.'

'O, nou, in dat geval zeg ik geen nee.'

Rens keek haar stralend aan en stond op. 'Daar doe je me een enorm plezier mee. Is zeven uur te laat?'

'Dat denk ik niet.' Haar moeder zou het vast niet erg vinden om de kinderen morgenavond naar bed te brengen. Sterker nog, ze stond vast te juichen als ze hoorde dat haar dochter met de begeerde vrijgezel Rens Enting uit ging eten. Haar moeder meende dat er meerdere vrouwen op hem uit waren. Rens was aardig, leuk om te zien, vrijgezel, niet onbemiddeld en had een eigen bedrijf. Wie wilde er nu niet zo'n man aan de haak slaan?

'Mooi, die afspraak staat dan.' Rens boog zich naar haar toe en drukte een kus op haar wang. 'Dank je wel, dat je me dat plezier doet.'

Bertie werd rood door de onverwachte kus. 'Je hoeft mij niet te bedanken, jij doet míj juist een plezier,' stamelde ze verward.

Rens grijnsde en liep naar de keukendeur. 'Tot morgenavond.'

Bertie had niet alleen maar joggingbroeken meegenomen. Ze had ook een redelijk nette spijkerbroek bij zich met wat bredere pijpen waarin haar been met de brace goed paste. Met een leuk bloesje erboven, haar haren opgestoken met de hulp van Lindsey, en ook opgemaakt door haar schoonzus – als ze zich met haar linkerhand moest opmaken werd het een oorlogsmasker – vond ze het resultaat verbluffend.

'Je ziet er schitterend uit,' vond Lindsey.

'Dank je wel. Jij hebt fantastisch werk geleverd. Leer mij nog maar eens hoe ik dit resultaat zelf kan bereiken.'

'Echte schoonheid zit vanbinnen, zusje. Je straalt het uit.' Lindsey lachte plagend.

'Wat straal ik uit?'

'Dat je verliefd bent, dat is het halve werk.'

Verliefd? Op wie dacht zij dat Bertie verliefd was? Lindsey wist niets van Guido, dat had ze tot nu toe voor iedereen verzwegen. Ze wilde eerst meer zekerheid hebben over hoe het precies zat tussen hen.

'Je moet toch toegeven dat Rens er goed uitziet. Zelfs voor een kalende veertiger.'

'Ik ben heus niet verliefd op hem, als je dat soms denkt. Begin jij nou alsjeblieft ook niet,' bitste Bertie. Ze was het beu steeds te moeten horen dat Rens zo'n goede partij was en dat zij goed bij elkaar zouden passen.

Lindsey lachte en stak verdedigend haar handen op. 'Best hoor, ik vind het prima. Ik vertel alleen maar wat ik zie.'

'Dat zie je dan verkeerd.' Het plezier over het uitstapje met Rens was nu al voor de helft bedorven door de opmerking van haar schoonzus.

Waar was ze eigenlijk mee bezig? vroeg Bertie zich af. Waarom ging ze een avondje uit met een man? Ze bleef hier echt niet wonen, zelfs niet vanwege een man. Als Rens dacht dat het meer kon worden, kon ze hem beter meteen uit die droom helpen. Het zou niet eerlijk zijn hem aan het lijntje te houden.

Terug in de woonkamer begon haar vader ook al. 'Je ziet er schitterend uit. Rens mag zijn handjes dichtknijpen dat hij met zo'n mooie vrouw mag gaan eten. Weet je zeker dat je geen chaperonne nodig hebt?' vroeg hij met een knipoog.

Bertie glimlachte maar wat, ze had geen zin opnieuw een bits antwoord te geven.

'Mama isse mooi,' vond ook Romi. 'Romi ook stiften?'

'Dat doen we nog wel een keer,' beloofde Lindsey, 'maar nu niet. Jij gaat zo meteen bedje slapen.'

Het duurde gelukkig niet lang voordat Rens door de keukendeur binnenkwam en onder het roepen van 'Volluk!' verder liep. Zijn ogen bleven bewonderend op Bertie rusten. Die blik was voldoende om het bloed naar haar wangen te jagen. Niet verliefd, ze was niet verliefd op hem. Het was de manier waarop hij naar haar keek waardoor ze zo reageerde, hield ze zichzelf voor.

'Ik hoef niet te vragen of je er klaar voor bent. En ik maar denken dat je vanavond met me mee zou gaan in een joggingbroek. Daar heb ik me op gekleed.' Rens keek haar lachend aan.

Hij had niet eens een joggingbroek aan. Rens droeg net als zij een spijkerbroek, met een wit overhemd erop dat het zonnebruin van zijn armen, gezicht en hals goed uit deed komen. Eenvoudig, maar het stond hem goed. Hij was een grote man, breedgeschouderd en stevig gebouwd zonder echt dik te zijn. Iemand bij wie je je veilig kon voelen. Hè, waar gingen haar gedachten nu weer heen?

'Veel plezier, jongelui,' zei haar moeder. 'Heb je een sleutel bij je, voor het geval het heel erg laat wordt?'

'Ik zorg wel dat ze veilig thuiskomt, Hedwig,' beloofde Rens.

'Het is je geraden,' was haar antwoord. 'Ze heeft hier nog twee bloedjes van kindjes zitten.'

Bertie drukte een kus op de wang van haar dochtertje. 'Lekker slapen, snoes. Tot morgen.' Beerend kreeg nog een aai over zijn wang, ook al stak hij bellen blazend zijn armpjes uit naar zijn moeder.

Eenmaal uit het zicht van de familie en in de beslotenheid van zijn auto draaide Rens zich naar haar toe. 'Je bent een mooie vrouw, Bertie. Ik bof dat ik vanavond met jou samen mag zijn.'

'Doe niet zo raar, je ziet me vandaag echt niet voor het eerst,' mompelde Bertie, ongemakkelijk met de situatie.

'Ik meen het. Breng ik je in verlegenheid?'

'Een beetje wel. Kunnen we nu gaan? Ik heb eigenlijk best honger.'

Hij lachte even en startte de motor. 'Dat hoor ik graag, een vrouw die honger heeft.'

Het was vreemd intiem naast hem in de auto te zitten. De spanning was haast voelbaar. Die stomme opmerking ook van Lindsey over dat verliefd zijn. Dat was ze echt niet. Toch verspreidde zich een nerveuze kriebel door haar lijf, waardoor het Bertie moeite kostte stil te blijven zitten. Ze was dan ook blij dat Rens een halfuurtje later de auto parkeerde voor een restaurant dat er vanbuiten gezellig uitzag. Binnen bleken, ondanks dat het een normale woensdagavond was, veel tafeltjes bezet door voornamelijk jonge en oudere stelletjes.

Rens leek de ober te kennen die naar hen toe kwam gelopen en hun een tafeltje wees.

'Zullen we met een heerlijke witte wijn beginnen?' stelde hij voor. 'Houd je van vis?'

'Beide vind ik prima. Kun je me iets aanraden?'

'Absoluut, mag ik je verrassen?'

'Doe maar, ik ben wel in voor een verrassing.' Ze ontspande zich wat meer.

De ober kwam met een ijsemmer en een fles witte wijn, die hij aan tafel opende. Hij liet Rens voorproeven, waarna hij hun glazen vulde. Rens bestelde vervolgens een voor- en een hoofdgerecht voor hen beiden.

Normaal hoefde Bertie niet naar woorden te zoeken om met deze man te praten, nu ging haar dat minder gemakkelijk af, alsof er iets was veranderd tussen hen.

'Waar denk je aan?' vroeg Rens.

'Niet aan iets speciaals. Kom je hier vaak?'

'Een heel enkele keer. Mijn moeder is niet graag alleen in de avond.'

'Dat wist ik niet. Kun je haar nu dan wel alleen laten?'

Hij knikte. 'Een nicht van haar is op bezoek. Ze blijft een paar dagen bij ons logeren.'

'Vandaar dat je een avondje weg kon,' begreep Bertie. Ze wist dat zijn moeder zwaar reumapatiënt was en in een rolstoel zat. 'Het zal niet altijd even gemakkelijk zijn voor jou.'

'Ach, dat valt ook wel mee,' zwakte Rens het af. 'Ik hoef haar niet te wassen of aan te kleden. Voor dat soort dingen komt er een thuishulp. Moeder is vooral bang om alleen te zijn. In principe kan ze overal op de benedenverdieping komen met haar elektrische rolstoel, toch durft ze dat niet goed. Eigenlijk zou het beter voor haar zijn als ze naar een verzorgingstehuis ging, maar dat wil ze niet. Ze is nog te graag op de boerderij. Dat kan ik wel begrijpen, daar is altijd wel iets te beleven.'

'Dat wel, maar op den duur is het voor jou ook niet meer op te brengen.'

Rens haalde zijn schouders op. 'Voorlopig gaat het nog best.'

De voorgerechten werden gebracht. Rens had niets te veel gezegd, het eten was werkelijk verrukkelijk. Hun gesprek was wat luchtiger; pas na het nagerecht werd het opnieuw ernstig.

'Ik word er niet jonger op, Bertie,' begon Rens. 'Tweeënveertig ben ik nu. Karien is met de noorderzon vertrokken. Zij leeft haar eigen leven. We hebben geen kinderen, dus met haar heb ik niets meer te maken. Toch mis ik een vrouw in mijn leven.'

Bertie sloot haar handen om het koffiekopje dat inmiddels voor haar stond en keek Rens niet aan. Ze had wel een idee in welke richting het gesprek zou gaan. Hier was ze onwillekeurig bang voor geweest en ze trok de muur rondom haar hart dan ook een stukje verder op.

'Ik mis een maatje om samen leuke dingen mee te doen, 's avonds mee te praten en bij wie ik mijn zorgen, maar ook de leuke gebeurtenissen kwijt kan. Ik ben geen man om alleen te blijven, dat weet ik van mezelf al te goed. Ik zoek een vrouw met wie ik lief en leed kan delen, samen kinderen kan krijgen, een toekomst kan opbouwen.'

Was hij echt zo dringend op zoek naar een andere vrouw? Hij hoefde het maar te zeggen en er stonden hele hordes op zijn erf waaruit hij kon kiezen. Bertie opende haar mond om iets te zeggen, maar Rens stak zijn hand op.

'Zeg nog even niets. Ik weet dat er genoeg vrouwen in het dorp zijn die graag in deze nood willen voorzien, maar geen van die vrouwen heeft wat ik bij jou wel vind. Jij bent anders, Bertie. Vanaf het allereerste begin klikte het tussen ons, dat heb jij vast ook gevoeld. Je was nog getrouwd, je zat in een moeilijke periode. Nu ben je vrij om te doen wat je wilt. Ik heb geen zin in een lange verkeringstijd om elkaar beter te leren kennen, vandaar dat ik misschien wat direct overkom. In de tijd dat je hier bent, heb ik jou beter leren kennen. Ik weet wie je bent en wat ik aan je heb. Met jou durf ik de stap wel te wagen.'

Hij wilde er vaart achter zetten, dat was wel duidelijk. Dit was een regelrechte liefdesverklaring, maar dan wel berekenend en helemaal uitgedacht. Bertie wist niet of dit wel was wat ze wilde. Ze voelde zich aangetrokken tot Rens, dat kon ze niet ontkennen, maar was die aantrekkingskracht sterk genoeg om hier te blijven? Was er nog ruimte om elkaar beter te leren kennen? Zij voelde het helemaal niet zo alsof ze alles al van hem wist. Bovendien was Guido er ook nog. Toch wilde ze hem niet direct afwijzen, maar alle mogelijkheden openhouden.

'Ik heb kinderen, Rens. Nee, laat me uitpraten,' zei ze, omdat hij opnieuw zijn hand opstak. 'Ik heb kinderen van een andere man. Hij heeft het recht zijn kinderen te zien. Daar alleen al heb ik rekening mee te houden. Ik zal nooit helemaal loskomen van Ron, vanwege de kinderen. Jij zoekt een vrouw om iets mee op te bouwen. Denk je dat je dat kunt met mij? Vergeet niet dat ik een zware depressie heb gehad na de geboorte van Beerend. De kans is groot dat ik weer iets dergelijks krijg bij een volgend kind.'

Nu legde Rens zijn vingers tegen haar lippen zodat ze wel moest zwijgen. 'Ik heb het niet over nog meer kinderen. Natuurlijk begrijp ik wat de risico's daarvan voor jou zijn. En wat je ex betreft, daar komen we wel uit. We vinden wel een oplossing als je besluit bij mij te blijven. Desnoods brengen we ze tot halverwege de afstand. Daar moet een mouw aan te passen zijn. Ik ben bereid het risico te nemen, Bertie, en de stap te wagen. Ik weet wat ik voor je voel.' Hij pakte haar hand en drukte die zacht.

'Je overvalt me nogal,' gaf Bertie toe.

'Dat besef ik. Denk erover na. Je bent nog enige tijd hier. Ik zou het prettig vinden als we die tijd zo veel mogelijk samen door kunnen brengen, om elkaar nog beter te leren kennen.'

Duidelijk was hij in ieder geval wel. Dat was bij andere mannen lang niet altijd het geval, zoals bij Guido. Een paar weken geleden had ze gemeend dat hij iets voor haar voelde, dat er meer was tussen hen dan alleen maar vriendschap, maar nu was ze daar niet meer zo zeker van. Waarom belde hij niet meer of kwam hij niet op bezoek? Als hij om haar gaf, wilde hij haar toch zien?

Zwijgend dronken ze hun koffie op. Rens ging afrekenen en hielp haar daarna opstaan en haar jas aandoen. Steunend op de kruk liep ze naast hem naar de auto. Opeens schoot de kruk weg en dreigde Bertie te vallen. Rens kon haar nog net vastpakken en tilde haar voorzichtig op in zijn armen. De kruk viel op de grond.

'Daar lag je bijna op de grond. Nog een gebroken been lijkt me niet handig,' mompelde hij met zijn gezicht dicht bij het hare.

Het plotselinge contact joeg het bloed door haar aderen, haar ademhaling versnelde en haar ogen zochten zijn gezicht af, dat langzaam dichterbij kwam. Hun lippen vonden elkaar in een kus. Bertie sloot haar ogen en liet het over zich heen komen. Zijn voorstel mocht dan berekenend zijn, zijn kussen benamen haar de adem en deden haar verlangen naar meer. Hoelang was het geleden dat een man haar zo had vastgehouden, gekust en begeerd?

HOOFDSTUK 29

De dagen die volgden ervoer Bertie alsof ze in een roes leefde. Rens was er iedere dag. Ze praatten als vanouds veel met elkaar, toch was er nu iets anders tussen geslopen. Hij nam haar mee naar zijn moeder om kennis met elkaar te maken. Gelukkig stelde hij haar niet direct voor als de vrouw met wie hij verder wilde.

Ze genoot van zijn aandacht. Het was heerlijk zich zo gewild te voelen, aandacht te krijgen en op momenten dat ze alleen waren gekust en gestreeld te worden.

Haar ouders, en vooral haar moeder, vonden het prachtig wat er voor hun ogen gebeurde. Zelfs Hugo en Lindsey meenden dat ze het niet beter kon treffen dan met Rens Enting.

Hij was verliefd op haar, dat merkte ze aan alles. Het lukte Bertie echter niet om zich daar volledig aan over te geven. Niet dat ze hem ontweek of afwees, maar wel bleef ze een bepaalde reserve houden. Ze moest aan de kinderen denken, Ron, en niet in de laatste plaats aan Guido. Het voelde alsof ze nog iets af moest werken voordat ze zich helemaal aan Rens kon geven.

Een leven hier zou voordelen hebben, meer voordelen dan nadelen. Het leven op de boerderij stond haar absoluut niet tegen. Bovendien werd er van de vrouw van een vermogend boer niet verwacht dat ze meewerkte in het bedrijf. Als ze wilde kon ze zich volledig met de kinderen bezighouden, of een baan buitenshuis zoeken voor een paar dagen per week. Daartegen had Rens geen enkel bezwaar. Hij was modern genoeg om te beseffen dat er vrouwen waren die dat nodig hadden.

Haar bedje leek gespreid, Bertie hoefde alleen nog maar ja te zeggen.

Een week later, op zaterdag, stopte er opeens een auto op het erf, een donkerblauwe Volvo V70. Bertie was buiten met Romi, die voor haar uit holde achter de hond aan. Met een schok bleef ze staan en herkende de man die uitstapte.

'Hallo Bertie. Je loopt!' zei Guido verrast. Hij kwam naar haar toe gelopen. Geen kus, geen hand. Hij bleef gewoon voor haar staan, zijn handen in zijn zakken, en liet zijn blik over haar heen gaan, van haar blote benen onder de korte broek naar haar gezicht.

'Dat klopt. Ik heb na die eerste week gips een brace gekregen waarmee ik het lopen kon opbouwen. De breuken genezen goed. Maandag ben ik op controle geweest, vanaf die dag mocht ik weer gewoon gaan lopen, zonder kruk. Die brace mag er waarschijnlijk over een week af.'

'Dat is fijn om te horen. Ik had eerder willen komen, niet zo lang weg willen blijven. Er is de afgelopen tijd nogal veel gebeurd.' Zijn stem klonk alsof hij een flinke kou te pakken had.

Het viel Bertie op dat hij bleek was in zijn gezicht, zijn wangen waren ingevallen, hij leek behoorlijk wat gewicht te hebben verloren. 'Ben je ziek?'

'Niet meer. Ik ben aan de beterende hand. Ik heb enige tijd in het ziekenhuis gelegen met een fikse bloedvergiftiging. Niet zo prettig allemaal.'

Daar schrok Bertie van. 'En dat hoor ik nu pas? Wanneer was dat? We hebben elkaar… bijna vijf weken geleden voor het laatst gezien. Je hebt 's maandags nog gebeld, toen was je toch niet ziek?'

'Kort daarna kreeg ik een bloedvergiftiging, sepsis. Een wondje aan mijn been, waardoor een bacterie binnenkwam. Het ging vrij snel en bleek nogal serieus te zijn. Ik ben pas een week thuis uit het ziekenhuis. Sorry dat ik niet eerder iets van me heb laten horen. Ik wilde je niet onnodig ongerust maken.'

'Niet onnodig…' Bertie schudde verontwaardigd haar hoofd. 'Je had me moeten bellen, desnoods iemand anders laten bellen. Je had wel dood kunnen gaan! Wie had mij dat dan laten weten? Had ik het uit de krant moeten vernemen? Ik dacht dat wij vrienden waren.' Ze streek de haren die in haar gezicht waaiden met een wild gebaar opzij. 'En nu? Heb je… ben je… Ben je weer helemaal beter? Geen restverschijnselen?'

'Ik heb al mijn ledematen nog. Alle organen werken weer goed, al ben ik nog wel snel moe,' gaf Guido toe.

'Waarom rijd je dan dat hele eind? Is dat wel verantwoord?' Ze kon het niet helpen dat ze zo boos tegen hem deed. Ze was ook woest. Er had van alles met hem kunnen gebeuren zonder dat zij ergens van wist. Hield hij dan helemaal geen rekening met haar, met haar gevoelens?

'Ik heb het hiernaartoe rustig aan gedaan met lange pauzes ertussen.'

Ze schudde ongelovig haar hoofd. 'Ga zitten, alsjeblieft. Wil je wat drinken, iets eten?' Ze wees naar het tuinstel. 'Kun je even op Romi letten, dan haal ik koffie voor je.' Bertie ging naar binnen en begon te redderen met koffie en kopjes. Op een gegeven moment hield ze het niet langer meer en stroomden de tranen over haar wangen. Hij had wel dood kunnen gaan zonder dat zij het wist! Snikkend liet ze zich op een stoel zakken. Waar had die idioot met zijn gedachten gezeten? Hij had best iets kunnen laten weten toen hij weer aan de beterende hand was. Dat deed je toch als je om elkaar gaf?

Zo vond haar moeder haar. 'Wat is hier aan de hand? Is dat Guido die buiten zit, die man die jou hierheen heeft gebracht? Hij ziet er slecht uit.'

Bertie veegde vlug haar wangen droog. 'Hij heeft bloedvergiftiging gehad, sepsis, en heeft lang in het ziekenhuis gelegen om te herstellen.'

'Wist jij daarvan?' wilde Hedwig weten.

'Nee, niets. Hij komt doodleuk aanrijden en vertelt me net waarom hij zo lang is weggebleven.'

'Dan kan ik me voorstellen dat je geschrokken bent. Jullie hadden toch niets met elkaar?'

'Niet echt, maar ik dacht dat we vrienden waren. Zoiets laat je toch aan je vrienden weten?'

'Misschien ging dat niet. Wie weet heeft hij dagenlang in coma gelegen. Dat hoor je toch ook weleens. Ik zou niet al te boos tegen hem doen, hij ziet er niet echt gezond uit. Ga maar snel naar hem toe, ik maak die koffie wel.' Haar moeder maakte een vegend gebaar met haar hand.

Bertie liet de koffie voor wat die was en deed wat haar gezegd werd.

Guido was op een stoel gaan zitten. Romi en Sam zaten aan zijn voeten. Hij praatte tegen het kleine meisje. Hij vertelde haar een verhaaltje over een meisje en een hond. Bertie bleef op een afstandje staan luisteren naar zijn stem. Romi ging helemaal op in hetgeen Guido vertelde.

Haar boosheid ebde weg en maakte plaats voor een ander verwarrend gevoel dat ze niet meteen kon plaatsen. Dankbaarheid, geluk, een mengeling daarvan. Hij leefde nog. Hij was door sepsis getroffen en had het overleefd. Tranen vulden opnieuw haar ogen en langzaam liep ze naar hem toe.

Guido hoorde haar aankomen, stopte zijn verhaal en draaide zich naar haar om. In zijn ogen lag dezelfde blik die ze net voor het ongeluk ook had gezien, toen hij haar had verteld dat hij aan zijn gevoelens voor haar niet had willen toegeven vanwege hun gezamenlijke achtergrond in het centrum.

Hij stond langzaam op en overbrugde met een paar stappen de afstand tussen hen. 'Bertie, kun je me vergeven?' Zijn handen lagen warm op haar schouders en met een blik waarin oneindig veel liefde lag, zochten zijn ogen de hare. 'Ik dacht er goed aan te doen jou niets te laten weten, nu besef ik hoe fout ik daarmee zat. Jij bent de laatste die ik verdriet zou willen doen. Niet huilen, lieverd.' Met zijn duim veegde hij teder een traan van haar wang. 'Zeg iets, alsjeblieft,' toen ze bleef zwijgen.

'Bertie?'

Het hoofd van Guido schoot omhoog en over haar schouder keek hij naar iemand die dichterbij kwam. Rens, wist Bertie meteen. Waarom kwam hij net op dit moment hierheen? Langzaam draaide ze zich om naar hem.

'Hallo, kennen wij elkaar?' vroeg Rens aan Guido. Hij was iets langer dan Guido, zodat hij op hem neer leek te kijken.

Guido liet een hand op Berties schouder liggen, de andere stak hij uit naar Rens. 'Guido Verbeek. Ik ben een vriend van Bertie.'

'Een vriend van Bertie is altijd welkom. Aangenaam kennis te maken. Rens Enting, de vriend van Bertie.' Ze gaven elkaar een hand.

Ze merkte meteen de kille sfeer tussen de beide mannen, ook al bleef bij beiden de glimlach gehandhaafd. Guido blikte even opzij naar haar. Bertie wist niets anders te doen dan terug te glimlachen, ook al was ze het liefst weggerend van hier. Twee mannen voor wie ze allebei gevoelens had. Verwarrende gevoelens waarvan ze niets meer begreep.

'Jij hebt Bertie hierheen gebracht, is het niet? Kom je op bezoek?' ging Rens verder. 'Het is een hele reis. Heeft iemand je al iets te drinken aangeboden? Ga zitten, kerel.'

Hij gedroeg zich alsof hij hier heer en meester was, wat Bertie irriteerde.

'Hier is de koffie. O, Rens, jij bent er ook,' riep Hedwig op gemaakt vrolijke toon. 'Ga zitten, dan haal ik er nog een kopje bij. Gezellig!' Ze zette het blad met de kopjes en een drinkbeker voor Romi op de tuintafel en haastte zich terug naar binnen.

Het zou Bertie niets verbazen als haar moeder snel naar Rens had gebeld dat hij moest komen. Was ze soms bang dat Guido haar mee zou nemen?

Rens ging naast Bertie zitten en schoof zijn stoel dichter bij die van haar. Romi kroop op schoot bij haar moeder en vlijde haar hoofdje tegen haar schouder. Guido zat tegenover haar. Er trilde een spiertje naast zijn oog.

Bertie kreeg medelijden met hem. Hij had die lange rit vanuit Roosendaal hierheen gemaakt om haar te zien. En dan werd hij geconfronteerd met een nieuwe man in haar leven. Dit was vast niet wat hij had verwacht aan te treffen. Waarom had hij dan ook niet wat vaker gebeld, laten weten hoe het met hem ging en dat hij nog altijd gevoelens voor haar had?

Haar moeder kwam terug met een vierde kopje en zette zich op de stoel tussen Guido en Bertie. 'Hoe gaat het met je, Guido? Ik begreep van Bertie dat je ernstig ziek bent geweest.'

'Dat klopt, mevrouw Van Langen,' knikte Guido. 'Een bloedvergiftiging strooide roet in het eten, anders was ik hier vast al eerder en vaker op bezoek geweest. Het lopen gaat goed, zie ik, Bertie. Betekent dat dat je weer naar huis komt?'

'Ik eh…' begon Bertie.

'Misschien voor korte tijd om daar al haar zaken te regelen, maar daarna komt ze terug hierheen,' onderbrak Rens haar. 'Bertie en ik zoeken nog naar een manier om samen verder te kunnen gaan.'

Haar mond viel open en verbaasd keek ze naar de man die naast haar zat. Hoe haalde hij het in zijn hoofd om die beslissing voor haar te nemen? Daar hadden ze nog niet echt over gepraat. Hij mocht zijn plannen dan al rond hebben, zij was er nog lang niet over uit wat ze precies wilde. De komst van Guido had haar onzekere gevoelens nog verder aan het wankelen gebracht. Ze had meer tijd nodig dan een paar dagen om een besluit te nemen over de rest van haar leven.

'Bertie?' vroeg Guido op een haast smekende manier.

'Ik ga terug naar huis,' besloot ze op dat moment. 'Ik kan lopen zonder krukken, ook trappen klimmen. De verdere behandeling kunnen ze bij ons in het ziekenhuis ook prima begeleiden. Misschien is het beter dat ik met jou naar huis ga, Guido. Ik kan zelfs autorijden zodat jij niet dat hele stuk hoeft te rijden.'

'Je moet maandag nog naar het ziekenhuis,' protesteerde Hedwig. 'Neem nu geen overhaaste beslissing.'

'Onzin, je gaat nu niet op stel en sprong terug naar Roosendaal. Als je wilt, breng ik je na het weekend wel, als je bij de dokter bent geweest,' viel Rens haar moeder bij. 'Dan kun je het huis luchten en eens kijken wat je met de meubels en dat soort dingen wilt. Het is toch nog niet verkocht? Je hoeft geen haast te maken.'

Het huis was gelukkig nog niet verkocht, anders had ze helemaal geen plek gehad om naartoe te gaan. 'Ik ga naar huis, Rens. Vandaag, desnoods morgen, maar ik ga. Ik ben hier lang genoeg geweest. Het wordt tijd dat ik weer op mijn eigen benen sta en alles op een rijtje zet.' Ze keek met een strakke blik naar de man die haar leven in zo'n korte tijd op zijn kop had gezet.

Guido zat er een beetje verloren bij. Hij mengde zich niet in de discussie, vast begrijpend dat hij de aanleiding daartoe was.

Bertie stond op met Romi in haar armen. 'Gaan we naar huis, snoes? Naar papa en je vriendjes bij Dribbel?'

'Bij papa sape?'

Voor Romi zou het goed zijn haar vader weer te zien. Het had nu lang genoeg geduurd, het was tijd om terug te gaan, besefte Bertie. 'Ja, we gaan naar huis, naar papa. Zoek je speelgoed maar eens bij elkaar, mama gaat de koffers inpakken.' Bertie zette Romi op de grond en liep naar binnen, naar de slaapkamer beneden waar ze nog altijd sliep met Beerend. De baby lag nog te slapen. Ze stil mogelijk haalde ze haar kleren en die van de kinderen uit de kast en legde alles op het bed. De koffers trok ze onder het bed vandaan.

'Ga je echt weg?' klonk het achter haar. Rens was haar naar binnen gevolgd en stond in de deuropening.

Om Beerend niet wakker te maken duwde ze hem naar buiten en sloot de deur achter zich. Met haar rug tegen de deur bleef ze staan en keek omhoog naar de grote man voor haar. 'Ja, ik ga naar huis. Ik wil even afstand nemen, Rens. Rustig na kunnen denken over wat ik wil.'

'Daar waren we het toch over eens? Ik houd van je en ik wil met jou verder. Het is die kerel, hè? Had je iets met hem toen je hierheen kwam? Is hij een vriendje van je?' De manier waarop Rens 'vriendje' zei klonk alsof het iets smerigs was geweest, iets goedkoops.

Ze wilde niet liegen tegen hem, ook al wist ze dat ze hem hiermee pijn ging doen. 'Nee, we hadden niets met elkaar. Nog niet. Als ik op dat moment niet werd aangereden, hadden we wel iets gekregen, dat weet ik zeker.'

Rens' kaak verstrakte. 'Houd je van hem? Voel je voor hem hetzelfde als voor mij?'

'Dat weet ik niet,' antwoordde ze naar waarheid. 'Ik mag je graag, Rens, heel erg graag. Niets van wat ik tegen je heb gezegd, was gelogen, maar het is op dit moment een grote warboel in mijn hoofd. Het is beter dat ik naar huis ga voordat we beslissingen gaan nemen waar je later weleens spijt van kunt krijgen.'

'Ik krijg geen spijt, dat weet ik zeker. Als je gaat, Bertie…' Rens moest een paar keer slikken voordat hij verder kon praten. 'Als je nu naar huis gaat, is dat het einde tussen ons. Blijf, alsjeblieft, blijf bij me. Ik houd van je en wil je gelukkig maken. Ga niet weg.' Zijn handen grepen haar bij haar schouders en trokken haar naar hem toe. Hij kuste haar wild en op een manier die haar tegenstond.

Met kracht wrong ze haar gipsen arm tussen hen in en duwde hem van zich af. 'Niet zo, Rens. Alsjeblieft, laten we niet zo uit elkaar gaan.' Tranen liepen over haar wangen.

'Jij kiest hier en nu. Voor hem of voor mij. Als je gaat, weet ik voldoende.' Zijn stem klonk laag en schor. Zijn gezicht sprak boekdelen. Ook dit was Rens Enting, onverzettelijk en beslist.

Verward zocht ze zijn gezicht af naar een teken van medeleven, een aarzeling.

'Ik kwam wel op een ongelukkig tijdstip,' begon Guido een paar uur later, toen ze eenmaal op de N9 reden.

'Het maakt niet uit,' verzuchtte Bertie vermoeid. 'Ik kon niet blijven, niet nu al.'

'Wil je erover praten?'

'Nee, dat wil ik niet.' Net als op de heenreis, een maand geleden, had alle bagage een plaatsje gekregen in de ruime achterbak van Guido's wagen. De kinderen zaten op de achterbank in hun stoeltjes. Bertie staarde naar buiten, naar het strakke, weidse land waarin ze reden. Haar hart huilde om Rens, om zijn onverzettelijkheid. Het was voorbij als ze nu ging, had hij gezegd. Dat deed pijn. Waarom had hij haar niet wat meer tijd kunnen geven? Iets meer dan een week geleden had hij haar gevraagd definitief te blijven. In zo'n korte tijd kon ze toch geen weloverwogen beslissing nemen, dat moest hij toch kunnen begrijpen?

Romi zorgde er met haar geklets voor dat het eerste deel van de rit niet al te stil werd. Om Guido niet te zeer te vermoeien en omdat ze nu eenmaal iets moesten eten, hielden ze ruim een uur pauze in een wegrestaurant. Voor Beerend warmden ze een potje op in de magnetron en Romi deed zich tegoed aan frietjes met appelmoes en een knakworstje.

'Heb je nog iets gehoord over een zekere vrouw?' maakte Guido een toespeling op Lotte, zonder haar naam te noemen om Romi niet te alarmeren.

'Niet van haarzelf, wel van de politie. Haar verklaring dat ze de macht over het stuur verloor, hield geen stand toen ze geconfronteerd werd met de andere feiten die tijdens de scheiding aan het licht kwamen. Ze zit nog altijd in voorarrest in afwachting van het vonnis. Wat mij betreft mag dat nog heel lang gaan duren.'

'Mooi zo, ze komt dus niet weg met een waarschuwing. En je ex? Is hij nog geweest?'

'Hij vond de afstand te groot om meer dan één keer naar Juliana-dorp te komen. Hij heeft zijn dochter zegge en schrijve een paar uurtjes gezien. Heb jij nog iets van hem gehoord, of via Mark?'

'Nee, niet echt, maar ik had wel iets anders aan mijn hoofd dan jouw ex.'

'Dat begrijp ik. Heb je helemaal niets overgehouden aan die sep-sis? Je hoort wel van mensen dat organen aangetast zijn of dat ze vin-gers of ledematen moeten missen.'

'Ik heb ongelofelijk veel geluk gehad. Buiten een behoorlijke put in mijn kuit, waar de ontsteking begonnen is, heb ik geen blijvend letsel. Ze waren er op tijd bij en de behandeling sloeg vrijwel meteen aan.'

'Dan heb je echt geluk gehad.'

'Ik weet het.' Guido prikte in het vlees dat op zijn bord lag. 'En hoe gaat het verder met ons? Is er nog wel een "ons" na die vriendelijke man bij je ouders? Of heb je daar helemaal niet meer aan gedacht?'

De lepel waarmee Bertie een hap naar de mond van Beerend bracht, bleef even in de lucht hangen voordat die zijn weg vervolgde. 'Dat heb ik wel. Ik begreep niet waarom je niets van je liet horen.'

'Je hebt zelf ook niet gebeld.'

'Dat klopt. Ik durfde niet goed.'

Ze keken elkaar niet aan. Bertie bleef de kinderen eten geven en Guido sneed zijn vlees in steeds kleinere stukjes.

'Die man, Rens. Hij lijkt me een geschikte kerel,' vervolgde hij na een poosje. 'Heb je iets met hem?'

'Dat dacht ik.' Bertie schudde verward haar hoofd. 'Kunnen we dit laten rusten, alsjeblieft? Ik wil er niet over praten.' Het was beter dat ze nu had gezien hoe star Rens kon zijn dan over een paar maanden of een jaar. Hij mocht dan menen dat hij haar goed genoeg kende om door te gaan, dat had zij niet zo gevoeld. Guido was op het juiste moment teruggekomen.

Het liep tegen acht uur toen Guido de auto voor het huis van Bertie parkeerde. De kinderen waren in de stoeltjes in slaap gevallen.

Bertie ging naar boven met Romi in haar armen, Guido volgde haar met Beerend. Jammer dat ze de bedden niet even kon luchten. Bertie had het niet aan de buurvrouw willen vragen die al die tijd de post en de planten had verzorgd.

Nadat de kinderen op bed lagen en de koffers naar boven waren gebracht, bleef Guido in de woonkamer staan. 'Dan ga ik nu maar. Het is een lange dag geweest.'

'Voor jou helemaal,' knikte Bertie. 'Bedankt dat je ons thuis hebt gebracht.'

'Graag gedaan. Houden we contact?'

'Dat doen we dit keer zeker,' beloofde Bertie.

Ze stonden tegenover elkaar. Guido legde een hand tegen haar wang en boog zich iets naar haar toe om haar mond zacht met zijn lippen te beroeren. Een vederlichte aanraking, meer was het niet. Meteen daarna draaide hij zich om en liep de voordeur uit.

Bertie keek hem na vanuit de deuropening en zwaaide naar hem toen hij wegreed. Misschien was dit het begin van iets moois. Misschien werd het niets tussen hen. Ze had voorlopig genoeg om over na te denken en te verwerken. Als ze de komende tijd alleen bleef, zou ze het ook niet erg vinden, haar leven was de afgelopen tijd roerig genoeg geweest.

Bertie sloot de deur en draaide hem achter zich op slot. Met een glas wijn ging ze in de achtertuin zitten, genietend van een rustige avond en de geluiden van de omgeving die hier vaag tot haar doordrongen. Ze was weer thuis. Ze had haar leven terug en zou wel zien hoe het verder liep.